O DIABO DE MILÃO

MARTIN SUTER

O DIABO DE MILÃO

TRADUÇÃO
RENATA DIAS MUNDT

Título Original: *Der Teufel von Mailand*

Coordenação editorial: Rogério Eduardo Alves
Revisão: Francisco José M. Couto
Capa e Imagem da capa: Graziella Iacocca
Diagramação: Bia Araujo

Dados Internacionais de Catalogação na Publicação (CIP)
(Câmara Brasileira do Livro, SP, Brasil)

Suter, Martin
O diabo de Milão / Martin Suter ; tradução Renata Dias Mundt. -- São Paulo : Editora Planeta do Brasil, 2008.

Título original: Der Teufel von Mailand.
ISBN 978-85-7665-377-6

1. Ficção alemã - Escritores suiços 2. Ficção policial e de mistério I. Título.

08-05944 CDD-833

Índices para catálogo sistemático:
1. Ficção policial e de mistério : Literatura suiça em alemão 833

2008
Todos os direitos desta edição reservados à
Editora Planeta do Brasil Ltda.
Av. Francisco Matarazzo, 1500 — 3º andar
05100-000 — São Paulo-SP
vendas@editoraplaneta.com.br

Para Albert e Anita Hofmann

Além da aparência do mundo exterior, a qual representa nossa realidade, esconde-se uma realidade transcendental cuja verdadeira essência permanece um mistério.

Dr. Albert Hofmann

Um

Não cheirava mais a azul-ardósia, e ela também não podia mais ver as vozes.

O quarto estava na penumbra. Através das persianas penetrava exatamente a porção de dia que Sonia precisava para encontrar o caminho entre os móveis e as peças de roupa até a porta.

Ela a abriu e se viu em um vestíbulo. Através do vidro fosco ornamentado da porta do apartamento penetrava a luz vinda das escadas — e se apagou.

Foi tateando ao longo da parede até a primeira das três portas que conseguira reconhecer à luz vinda das escadas. Uma delas devia ser do banheiro.

Ela sentiu a maçaneta fria. Nada mais. Nem meio amarga, nem agridoce, simplesmente fria.

Entrou em um quarto escuro e ouviu uma respiração

profunda e regular. Ouviu. Não ouviu e viu. Ainda assim.

Sem fazer barulho, fechou a porta, tateou até a próxima e encontrou-se em uma cozinha iluminada.

Dois homens estavam sentados à mesa. Eles tomavam café em silêncio e fumavam. Copos mal cheios e pratos com restos de comida estavam espalhados por todo o lugar. A louça se amontoava na pia.

Os homens olharam para a porta, e, pela forma como a encararam, ela percebeu que estava nua.

— O banheiro? — ela perguntou, uma vez que já estava ali mesmo.

— A próxima porta — disse um deles. O outro só olhava para o vazio.

Sonia ainda lhes ofereceu uma visão de seu lado de trás e saiu da cozinha.

O banheiro cheirava a vômito que alguém tentara limpar do assento da privada. O papel tinha acabado.

Ela se olhou no espelho para averiguar se sua aparência estava tão horrível como se sentia.

Não, até que não estava tão ruim. Mas uma coisa a deixou inquieta: o rosto que devolvia o seu olhar não lhe despertava nenhum sentimento. Nem simpatia, nem familiaridade, nem indulgência, nem compaixão. Ela não tinha nada a ver com a mulher naquele espelho.

Examinou o estado da toalha de mão e desistiu de amarrá-la na cintura. Saiu do banheiro exatamente como entrara.

A luz das escadas havia se acendido de novo iluminando o seu caminho até o quarto.

Lá, ela encontrou um interruptor e o acionou. Nos quatro cantos tremeluziram lâmpadas fluorescentes verticais. A vermelha, a amarela e a azul se acenderam após alguns segundos. A verde continuou piscando.

Além das quatro lâmpadas, o quarto não tinha nenhum outro enfeite. A desordem no chão de taco devia ser anterior à noite passada.

Sonia encontrou sua calcinha e a vestiu.

— Nós dormimos juntos?

Um dos homens da cozinha estava em pé na porta. Ele estava descalço, com uma calça preta e camiseta branca. Sua barba estava por fazer e seus cabelos pretos, desgrenhados. Em ambos os casos, ela não tinha muita certeza se era o seu estilo.

— Eu não me lembro.

O homem sorriu e fechou a porta atrás de si.

— Talvez a gente se lembre de novo durante.

— Mais um passo e leva um chute no saco. — Sonia continuou juntando suas roupas. O homem ficou parado e levantou as mãos como se quisesse mostrar que estava desarmado.

Sonia encontrou seu sutiã e o vestiu.

— O que era aquele negócio?

— Ácido.

— Vocês disseram que era California Sunshine.

— Blue Mist, Green Medge, Instant Zen, White Lightning, Yellow Dimples, California Sunshine: todos nomes de ácido.

Era mentira que Sonia não conseguia se lembrar. Para ela, era mais difícil esquecer alguma coisa do que lembrá-la. Sua memória era um poderoso arquivo de imagens que conseguia recuperar quando necessário. Até palavras ela tinha arquivado como imagens, tabelas de conjugação, poemas, nomes.

E números também. As tabuadas do um, dois, três, quatro, cinco e seis estavam armazenadas com giz vermelho, azul, amarelo, verde, violeta e cor de laranja sobre uma lousa preta com a letra escolar rebuscada da srta. Fehr, sua professora. Todas as cores estavam erradas, com exceção do amarelo para o três. Quando chamou a atenção da srta. Fehr para esse fato, foi reprimida. Ela disse que não havia cores certas ou erradas para os números. Foi então que Sonia começou a guardar essas coisas para si mesma.

A tabuada do sete tinha a letra redonda da srta. Keller, muito mais nova e mais simpática, cujo nome ela também tinha arquivado em forma de imagem: "Eu sou Ursula Keller", com giz azul sobre a lousa preta na parede. Foi assim que ela se apresentou à classe quando teve que substituir a srta. Fehr. No início, apenas por algumas semanas, depois, alguns meses e, depois que a classe inteira e a escola inteira tiveram que trazer uma flor para a pobre srta. Fehr, para sempre.

Naquela época, quando fazia isso na escola, ficava com peso na consciência. Colar era proibido e, afinal, o que ela fazia não era muito diferente. Seus exercícios de matemática, suas palavras, seus versos, ela copiava ou simplesmente lia nas imagens que tinha na cabeça. Ela não conseguia se alegrar de verdade com suas boas notas e, certo dia, confessou tudo à srta. Keller. Somente quando esta lhe assegurou que "colar" da cabeça não era proibido, os seus problemas de consciência desapareceram.

Durante todo o seu período escolar e universitário, esse dom a prejudicou mais do que ajudou. Pois ela conseguia montar as fórmulas mais complicadas de álgebra se já as tivesse visto antes, mas nunca conseguiu compreendê-las. O mesmo valia para fórmulas de química e física, rios, cidades, datas, vocabulário e poemas. Por isso, ela sempre fora considerada um talento fenomenal sem nenhuma ambição. Passou no exame final da escola com a nota mínima, que os professores lhe deram com um alerta sobre tamanho desperdício de talento.

As imagens da noite anterior ela obviamente também havia memorizado.

A rua molhada da chuva em cujas poças se refletiam fragmentos, azul-neon e branco-halogênio, da placa luminosa do Meccomaxx.

Os vultos na pista de dança que, em vez de acompanharem o ritmo lento da música *trance*, se movimentavam quadro a quadro, conforme a luz estroboscópica.

O bar com os rostos mergulhados em uma luz vermelho-sangue, entre os quais estavam também os dos dois homens da cozinha.

Os dois comprimidos sobre a palma da sua mão, quase invisíveis à luz azul-drogada do banheiro feminino.

E de repente a música, como se fosse uma avalanche de dados prateados e cinza cor-de-navio-de-combate que rolavam, pulavam e cambaleavam em câmera lenta em sua direção. E a voz de um dos homens da cozinha — ele tinha um nome amarelo-areia —, que desapareceu em perspectiva no canto superior direito da área de projeção, transformando-se numa estampa de listras onduladas brancas e pretas. Estampa que, a cada vez que ele dizia alguma coisa, surgia diante dos olhos dela.

E mais tarde — quão mais tarde? — o papel de parede branco que se diluía em *pixels*, os quais se adensavam em escuras manchas ou se deslocavam como ondas pela parede, como as espigas quando o vento de verão sopra sobre um campo de milho.

Quanto tempo ela ficou olhando a movimentação dos *pixels*? Minutos? Horas? Depois de quanto tempo o homem de nome amarelo-areia — Pablo? Sim, Pablo —, depois de quanto tempo Pablo apareceu espantando os *pixels*?

Também havia imagens dele. A tatuagem *yin-yang* no lado direito da bunda. A pelagem crespa acima do sacro que ela sentia azul-neblina. E de novo a voz, agora colorida, mas ainda gráfica, um Vasarely tardio.

— Normalmente as mulheres se lembram se dormiram comigo ou não — disse Pablo.

— Normalmente os homens também se lembram de mim. — Sonia tinha acabado de se vestir. — Você viu minha bolsa?

— Como ela é?
— Como o som de uma guitarra elétrica.

Parecia que o motorista morava no táxi. O próprio motorista também dava essa impressão. Ele fedia a fumaça choca e ao Big Mac que estava na caixa de isopor aberta entre o banco do motorista e o do passageiro e no qual ele dava uma mordida a cada sinal vermelho.

Sonia pressionou o botão de abrir a janela, mas o vidro não reagiu.

— A senhora está com calor?

— Não.

— Ainda bem, porque eu estou com frio.

— Eu só quero me prevenir para não vomitar no seu estofado.

O motorista apertou um botão e o vidro ao lado de Sonia deslizou para o interior do revestimento da porta.

O ar gelado de um dia sujo de abril soprou em seu rosto. O chofer de táxi levantou, repreensor, a gola de sua jaqueta.

Apenas pouco antes de chegar ao local indicado por Sonia ele quebrou seu silêncio. Eles foram parados por um policial e tiveram que esperar até que uma das três ambulâncias estacionadas à margem da calçada saísse.

Por trás da barreira policial havia um pequeno aglomerado de pessoas olhando para o Rambazamba, um bar com música popular ao vivo, cuja entrada agora era vigiada por dois homens de uniforme.

— Talvez eles devessem ter escolhido outro nome — comentou o motorista.

— Talvez — respondeu Sonia. Então esperou calada até que o policial lhes desse sinal para continuar.

Diante do prédio onde ela morava estava parado um caminhão-baú. "Kohler", estava escrito na lateral, "mudanças e aluguel para mudanças". O "O" de "Kohler" era um *smiley* amarelo. No asfalto, em frente à caçamba, alguns móveis gastos esperavam ser carregados.

Todo móvel parece gasto quando está em frente a um caminhão de mudanças, pensou Sonia. Quando ela se mudou para cá, ficou torcendo para que nenhum de seus conhecidos a visse. De qualquer forma, o risco era pequeno. As pessoas que conheciam Sonia evitavam essa região. Esse foi um dos motivos de ela ter se mudado para cá, apesar de ter condições de arrumar algo melhor.

Ela pagou o táxi e saiu do carro. O motorista não achou necessário abrir-lhe a porta, apesar de ela lhe ter dado uma gorjeta. Assim, ela também não julgou necessário fechar a porta. Ela não entendeu o que ele lhe gritou.

Na escada teve que voltar alguns degraus para dar passagem a dois moços com um sofá vermelho. Um dos dois ela conhecia de vista. Se não estivesse tão cansada, teria dito "você está se mudando?" ou qualquer outra coisa assim brilhante.

Quando entrou no apartamento, já estava começando a escurecer. Fim de mais um dia que ela gostaria de apagar da memória. Da sala vinha o barulho metálico de quando Pavarotti se exercitava em sua gaiola. Ela foi até ele e tirou o pano da gaiola.

— Desculpe, Pavarotti, eu sou uma bagunceira.

Ela trocou sua água e sua ração e prendeu uma nova espiga de painço entre as grades.

— Bagunceira — ela cantarolou — diga bagunceira.

A luz do quarto estava acesa, e sobre a cama desfeita estavam as roupas que tinha provado e rejeitado ao se arrumar para sair no dia anterior. Na taça sobre a penteadeira ainda havia um gole da champanhe que ela tinha tomado para entrar em clima de festa.

A cozinha não estava muito melhor do que aquela onde estivera nua uma hora atrás. Ela encontrou na geladeira uma garrafa com um resto de água gasosa que já estava sem gás há muito tempo.

Tirou a roupa e a jogou no cesto do banheiro. Algumas calcinhas estavam de molho na pia. O sabão para lavagem de roupas à mão havia se depositado sobre o material preto formando uma camada branca. Como cré sobre o fundo do mar.

Sonia abriu a cortina do chuveiro, girou as duas torneiras até chegar a uma boa temperatura, entrou na pequena banheira, ficou embaixo do jato de água quase quente demais e começou a chorar.

Um longo grito a arrancou do sono. Ela se levantou, vestiu seu quimono, foi até a porta da frente e abriu uma fresta. Das escadas vinha o choro inconsolável de uma mulher. E, de vez em quando, a voz rude de um homem.

Sonia voltou a trancar a porta e caminhou decidida até o telefone. Discou o número de emergência da polícia.

— Rua Amboss, 111, primeiro, segundo ou terceiro andar, uma mulher precisa de ajuda.

Enquanto estava à janela esperando pela radiopatrulha, as imagens surgiram.

O vidro estilhaçado ao lado da maçaneta.

A mão se enfiando pelo buraco.

O corte profundo, ainda sem sangue, entre o polegar e o indicador.

A mão tateando em busca da chave da porta.

O corte que de repente começou a sangrar.

O fio de saliva nos cantos da boca, como quando ele foi preterido na promoção a diretor de *private equity*.

O sangue. Em todo lugar o sangue da mão de Frédéric e do lábio dela.

Sangue sobre a tinta fresca de dispersão. Sangue na camisa branca dele. Tinta no macacão branco de pintor dela.

As três palavras que sempre se repetiam. Três triângulos afiados, brilhantes como aço: Eu. Mato. Você.

A camiseta sem manga branca como neve sobre a pele negra de um dos senegaleses do quarto andar.

O sangue de Frédéric sobre o branco dessa camiseta, redondo e vermelho como a bandeira do Japão.

A pistola de oficial da gaveta esquerda da escrivaninha de Frédéric.

Frédéric com a cara no chão.

A algema no pulso de sua mão que sangrava.

O choro ainda chegava das escadas. Lá no fim da Rua Amboss, uma luz azul pulsava e foi se aproximando mais e mais até que se visse a radiopatrulha. Ela se aproximou do prédio sem sirene, lenta como a escolta de um político de visita.

Dois homens uniformizados saíram do carro, olharam para o alto da fachada do prédio e se dirigiram à porta.

A campainha soou. Sonia levou um susto, foi até o interfone e apertou o botão. Ela abriu a porta e ficou atenta ao sons vindos da escada.

Passos, campainha, vozes. Pouco a pouco o choro foi parando. Então a campainha tocou em sua porta.

— Pois não? — ela perguntou através da porta fechada.

— Polícia. Foi a senhora que telefonou? — A voz soou rude e irritada.

Sonia abriu. Os dois policiais eram jovens. Ambos usavam o cinto cheio de armas e utensílios policiais que os obrigavam a manter os braços levemente arqueados. O loiro parecia mais simpático que o moreno. Mas foi o moreno quem falou.

— O cachorro morreu — ele bufou —, e a senhora chama a polícia por isso?

— Mas eu não sabia por que a mulher estava chorando.

— E por que a senhora não foi ver?

— Eu tive medo.

— Ah, sei, medo. — O policial olhou por cima dos ombros de Sonia para dentro do apartamento. — A senhora está sozinha?

— Como assim?

— Se a senhora está sozinha.

— Sim, por quê?

Ele não respondeu, apenas a encarou.

— Eu pensei que a mulher tivesse apanhado. — Mas por que ela estava se defendendo?

O loiro fez menção de ir embora. Mas o outro ainda não tinha terminado.

— Nem toda mulher chorando é um caso de violência contra mulheres.

— Eu vou me lembrar disso. — Sonia pousou a mão sobre a maçaneta e empurrou um pouco a porta.

O policial colocou um pé diante dela.

— Vamos, Karli — disse o loiro.

— Já, já. A senhora bebeu?

— O senhor vai me prender por dormir em estado alcoolizado?

O simpático mordeu a boca disfarçando o sorriso. O outro ficou com as bochechas vermelhas.

— Eu não deixo tipos como você rirem da minha cara. Tipos como você de jeito nenhum. Eu sempre dei conta de gente como você. Até hoje, sempre.

— Vamos, Karli. — O policial loiro puxou a manga de seu colega. Ele ainda ficou ali parado por uns instantes, indeciso se devia deixar um tipo como ela passar ileso. De repente, deu meia volta e se dirigiu às escadas.

— Obrigado por ter telefonado — disse o loiro em voz baixa, e seguiu o outro.

Sonia passou a tranca na porta. No prédio, até onde ela sabia, só havia um cachorro. Um mastim gordo de respiração curta, com partes do corpo peladas, que talvez tenha sido um dia um pomerânia. Era de uma mulher dos

Bálcãs. Ela morava no segundo andar com seu marido, era muito bonita e jovem demais para um cachorro de velha como esse. Quem teria imaginado que ela gostava tanto do bicho?

Os olhos de Sonia se encheram de lágrimas de novo. Ela foi para a cama e tentou chorar até dormir.

Mas as imagens de Frédéric se impuseram novamente na tela de projeção diante de seu rosto. Ela se levantou, foi até o banheiro e mandou um Rohypnol goela abaixo com um copo de água da torneira.

Dormiu até o meio-dia. Profundamente e sem imagens.

Sonia estava usando o seu conjunto esportivo Puma da época em que planejara fazer *jogging* três vezes por semana. Pavarotti reclamou do barulho do aspirador. No corredor havia duas pilhas de roupas para lavar. Uma para o tintureiro, a outra para a máquina de lavar. Ela já tinha ido três vezes até a lavanderia e as duas máquinas estavam ocupadas todas as vezes.

Estava usando luvas de látex como uma cirugiã e um lenço na cabeça como uma faxineira de um filme dos anos 1960. Deslizou o cano do aspirador lentamente pelo pedaço em que o rodapé e o piso se encontravam. Queria aspirar cada migalha e cada pozinho que tivesse se acumulado nos poucos meses desde que tinha colocado aquele carpete cor-de-areia pequeno-burguês e aquele infeliz rodapé de madeira, e enfiá-los no fundo do latão de lixo, no pátio do prédio.

Ela dedicou mais de meia hora ao carpete de pouco menos de doze metros. Então desligou o aspirador e levou a cesta de roupas para o porão.

A luz estava acesa na lavanderia. Uma mulher estava agachada diante de uma das máquinas e enfiava um tambor de roupas lavadas em um cesto de plástico turquesa. O seu curto *top* tinha se deslocado para cima, e sobre a parte desnuda, entre a calça e a blusa, na diagonal, havia dois vergões roxos.

Ela se levantou num pulo, olhou à sua volta e levou um susto. Era a mulher do segundo andar. Ainda dava para ver que tinha chorado.

— Sinto muito pelo seu cachorro — disse Sonia.

— Ele já estava velho. — Ela pegou o cesto de roupas. — Máquina livre.

As duas ficaram um momento paradas, frente a frente, cada uma com o seu cesto cheio de roupas.

— Tudo okay? — perguntou Sonia.

— Todo okay — respondeu a mulher.

Sonia deu um passo para o lado e lhe deu passagem.

No caminho de volta para o seu apartamento, ela esvaziou sua caixa de correio. Tinha jornais dos dois últimos dias e uma carta. Atrás, no lugar do remetente, havia um discreto B&Z. Sonia conhecia as iniciais: Baumann & Zeller, advogados de Frédéric. Sem abri-la, jogou-a ao lado dos outros papéis sobre a mesa da cozinha e continuou sua faxina de primavera.

Tirou as almofadas de couro pretas de seu odioso sofá Corbusier — todo mundo tinha sofá Corbusier — e as colocou no chão. Então aspirou a estrutura e o estofado com o cano para estofados até que a poeira, as bolinhas de lã, os pelinhos, os fiozinhos e as lembranças dos visitantes dos últimos meses tivessem sido completamente eliminados.

Depois, fez uma gim-tônica sem gim, vestiu luvas cirúrgicas novas e pegou a carta. Olhou-a de todos os lados, pegou o gim e jogou uma dose na tônica. Quando tomou um gole, percebeu que suas mãos estavam tremendo.

Ela fuçou o saco de lixo embaixo da pia da cozinha e achou o maço de cigarros que havia jogado fora enojada há algumas horas. Não encontrou fósforos. Apertou o botão de acendimento do fogão a gás e aproximou o cigarro da chama. Então foi até a janela aberta e fumou.

Um frio vento do leste trazia consigo nuvens marrom-acinzentadas. Às vezes, elas abriam espaço para alguns raios de sol que iluminavam a rua por poucos instantes como um brilhante holofote. Os passantes, que caminhavam desanimados para os seus negócios, olhavam então espantados para o céu e colocavam a mão diante dos olhos como se quisessem se manter incógnitos.

A carta era um requerimento para que ela assinasse uma petição pela interrupção do processo contra seu ex-marido, de quem estava divorciada, o dr. Frédéric Forster, além de algumas justificativas sobre o motivo porque isso era indispensável. Ela já sabia antes de abrir a carta. Não responderia a ela, adiando com isso ainda mais a libertação de Frédéric.

Mas um dia ele seria solto. Ela já havia se acostumado há muito com essa idéia. Só não tinha pensado ainda sobre o que faria então. Em sua vida passada, ela planejava o futuro até enjoar.

Nas férias de inverno, eles planejavam as férias de verão. No jantar, o menu da noite seguinte. Ao comprar um apartamento, a compra da casa para quando tivessem filhos. Como os filhos não vieram, a fertilização *in-vitro*. Durante a fertilização *in-vitro*, os panoramas para adoção. Em meio à festa por uma promoção, o próximo passo na carreira. Durante a mudança para Londres, a mudança para Nova York. Ao ir dormir, o acordar. Ao vestir a roupa, o tirar a roupa. Devido ao futuro, o presente caíra em esquecimento em sua vida passada.

O caminhão de lixo apareceu. Dois homens de macacões cor de laranja pularam do caminhão, passaram pela entrada do pátio, empurraram um contêiner para fora e ficaram olhando enquanto ele era levantado pela hidráulica e seu conteúdo despejado dentro do caminhão. Sonia teve que pensar no mastim morto. Talvez ele estivesse em um dos sacos de lixo que estavam sendo comprimidos com um alto estrondo. Junto com os sacos de seu aspirador cheios de más lembranças.

Ela fechou a janela. O periquito a espiava através de seu pequeno espelho.

— Acho melhor nós sumirmos daqui, Pavarotti.

O pássaro abriu o bico, mostrou a língua grosseira e começou a roer seu poleiro.

Pouco antes da meia-noite, parecia que ninguém nunca havia morado naquele apartamento. As roupas estavam no tintureiro, as roupas lavadas de volta no armário, o banheiro e a cozinha cheiravam a produtos de limpeza, a sala, a limpa-carpetes, e o quarto, a lençóis lavados. Sonia tinha tomado banho, secado seus cabelos pretos com secador, vestido o pijama verde de seda chinesa que normalmente só usava quando estava com gripe.

Mesmo assim, ela não se sentia melhor. Além do sentimento de irrealidade que ficara da noite passada e da aversão a si mesma que aumentava a cada dia, ela voltara a ser acometida pelo medo que a espreitava desde aquele dia em dezembro.

Sonia foi até a cozinha e fez um chá de hortelã. Enquanto esperava que ele esfriasse um pouco, deu uma folheada no jornal.

Um cliente do Ramzabamba havia atirado no *barman* e em um cliente. Ele teria chamado o *barman* três vezes sem ser atendido, pois ele conversava com o tal cliente, justificou o criminoso. O *barman* estava correndo risco de morte, e o cliente tinha morrido.

Entre as ofertas de emprego, um anúncio chamou sua atenção. Ela o recortou para o caso de amanhã continuar decidida a mudar sua vida.

A mulher que abriu a porta era uma daquelas pessoas que fazem todas as conversas se interromperem quando chegam a um ambiente. Ela tinha no máximo uns vinte e cinco anos.

— Desculpe — disse Sonia —, eu queria falar com...

— Barbara Peters?

Sonia assentiu com a cabeça.

— Eu sou Barbara Peters. E você, é a sra. Frey? — Ela apertou sua mão. — Entre.

Ela entrou na suíte júnior número 605. Um grande quarto com cama *queen-size*, um jogo de sofá e poltronas, e uma escrivaninha. Segundo os padrões internacionais, quatro estrelas, como Sonia já sabia de sua vida passada.

Barbara Peters convidou Sonia a se sentar em uma poltrona.

— Eu imaginava uma fisioterapeuta diferente.

— Eu também pensava o mesmo de uma dona de hotel.

A moça riu e ficou ainda mais bonita.

— Quem começa?

— O quê?

— As perguntas.

— Normalmente o empregador.

— Bom, então: em que você trabalhou nos seis anos que se passaram desde seu último emprego?

— Eu estava casada.

— Mas isso não é um trabalho.

— Na visão do meu marido, é.

— O que seu marido é?

— Banqueiro. Era.

— Não é mais?

— Não é mais meu marido.

— Entendi. Não é mesmo da minha conta.

— Não.

Durante um curtíssimo momento, Barbara Peters ficou um pouco constrangida. Então sorriu.

— E agora você quer voltar à ativa.

— Eu estou pensando na idéia.

— Você não precisa?

— A senhora quer dizer, materialmente?

— Sim.

Sonia pensou um pouco.

— Materialmente, não, mas de resto, sim.

Barbara Peters hesitou um pouco antes da próxima pergunta.

— Você fez outros cursos nesses seis anos?

— A senhora quer dizer, se ainda estou a par das últimas novidades da área?

— Sim.

— Chegamos agora à parte financeira?

— Sim.

— Para uma clínica, talvez não.

— Mas para um hotel com uma área de bem-estar, sim?

— Exatamente.

Barbara Peters mostrou de novo seu sorriso encantador.

— Agora você.

— A senhora tem fotos?

A sra. Peters se levantou, foi até a escrivaninha e voltou com um portfólio. Ele tinha vários *layouts* de um prospecto. Todos mostravam na capa a foto de uma construção semelhante a um castelo com duas torres de pedra que sobressaíam de um telhado de estrutura complicada, formado de cumeeiras íngremes, chaminés altas e ameias dentadas. A fachada era interrompida por janelas góticas, sacadas destoantes, canhoneiras e balcões que causavam tontura.

O todo dava a impressão de ser a realização de um desenho feito há cem anos por um garoto que se recuperasse na cama de uma doença infantil.

O mais estranho era uma construção de aço e vidro incrustada no flanco esquerdo do edifício. Como se o castelo tivesse colidido com uma nave espacial.

— Hotel Gamander — disse Barbara Peters, meio orgulhosa, meio irônica.

— Herdado? — Sonia não conseguiu pensar em nenhuma outra reação melhor.

— Comprado. Comprado, reformado e expandido.

Sonia queria ter perguntado: Por quê? Se tivesse dinheiro suficiente para comprar um hotel, podia pensar em milhões de coisas que faria. Comprar um hotel não estava entre elas.

Mas perguntou:

— A parte nova é a área de bem-estar?

— Piscina esportiva, piscina térmica, circuito de banhos romano irlandês, sauna, *jacuzzi*, *fitness*, massagem, solários. E tudo o que ainda puder imaginar.

— Fango?

— Fango.

Sonia pegou um dos *layouts* e o folheou. Mais por embaraço do que por interesse.

— Qual você prefere?

— A senhora quer dizer, dos prospectos?

Barbara Peters assentiu com a cabeça.

— Para ser sincera, nenhum.

— A vaga é sua. — A jovem proprietária do hotel riu.

Durante uns quinze minutos, elas discutiram as condições. Na verdade, já tinham chegado a um acordo quando Sonia disse:

— Eu tenho um periquito. Isso é um problema?

— Odeio passarinhos. — Barbara Peters não parecia estar brincando.

Sonia deu um suspiro e se levantou.

— Pena. O passarinho não é negociável.

Barbara Peters vacilou.

— Ele faz barulho?

— Só quando passo o aspirador,

— E você o mantêm no quarto.

— Claro.

— Os periquitos não têm aquela doença contagiosa dos papagaios?

— As pombas também têm.

— Eu também odeio pombas.

— Como eu já disse: Pavarotti não é negociável.

— Pavarotti? Tão alto?

— Tão gordo.

A nova chefe de Sonia riu.

— Então leve essa porcaria de passarinho junto.

Por pouco Pavarotti não mudou o curso dos eventos.

Três horas da tarde e quase noite. Um céu cinza-fuligem pesava sobre a cidade e borrifava uma mistura de chuva e neve sobre os passantes atormentados pelo tempo. O mês de abril não fazia jus à sua fama de clima inconstante: até esse dia ele se mantinha. Mantinha-se ruim.

Sonia comprou de um homem deprimido vindo de um país mais ensolarado uma revista feita por desempregados, certamente a quinta ou sexta que comprava dessa mesma edição, e entrou na loja de departamentos. Ela era praticamente a única cliente a caminhar pela brilhante seção de perfumaria, passando pelas vendedoras festivamente maquiadas. Estas não muito mais confiantes do que o desempregado diante da porta de entrada.

Sonia havia marcado de encontrar Malu no estande de comida tailandesa, na seção de alimentos. De tarde quase não havia gente ali, e era possível conversar sem ser incomodado. Sonia imaginou que o local e a hora desse encontro estavam mais relacionados à rotina de sua amiga e à sua situação financeira.

Enquanto Sonia se dirigia à lanchonete, viu de longe que Malu já estava lá.

Malu era uma loira alta e escandalosa que adorava as cores rosa e violeta. Era a única pessoa do passado de Sonia com quem ela ainda tinha contato. Malu se chamava na verdade Vreni e tinha conseguido realizar o feito de se relacionar com três homens diferentes do círculo de amizades de Frédéric sem ser excluída dele. Sonia sempre a admirara por isso. Não que tivesse vontade de fazer o mesmo, apenas um daquele tipo já tinha sido mais do que suficiente. Mas o fato de Malu conseguir não dar a mínima para as convenções dessas pessoas e mesmo assim ser aceita por eles merecia o profundo respeito de Sonia.

Malu era também a única que não a tratava como uma

pária depois que deixou Frédéric. Elas ainda se encontravam para almoçar, como antes, e também fora ela que introduzira Sonia na vida social do clube da cidade. Malu sempre fora da opinião de que uma mulher devia ter uma vida privada, principalmente quando estava ligada a alguém.

Sendo assim, foi também Malu a primeira a saber dos planos de Sonia. Ela não aprovou sua decisão.

— Nem um milímetro, se lembra?

— Eu não estou cedendo, só quero mudar minha vida. Isso aqui não está me fazendo bem. — Sonia lhe contou sobre sua viagem com LSD.

— Você cheirou cores e viu vozes? E está reclamando? Me dá o endereço desse cara!

— Não foi uma experiência boa.

— Mas você não precisa se enfiar num buraco por isso.

— É o oposto de um buraco. Eu vou para o alto. Montanhas, ar das alturas, sol e relaxamento o dia inteiro.

— Relaxamento para os outros, você vai ficar amassando as bundas caídas.

— Eu sou fisioterapeuta, não massagista.

— Sonia, não faça esse favor para ele. Não deixe ele te expulsar daqui.

— Só quando eu não estiver mais aqui ele vai acreditar que não vou mais voltar para ele.

— Você não entende nada de homens. Ele não quer você de volta. Ele só queria que tivesse sido ele quem terminou tudo. Acredite em uma mulher idosa. — Malu se caracterizava como uma mulher velha desde que não comemorara seu quadragésimo aniversário. Seis meses atrás.

— Eu prefiro não estar por perto quando eles o deixarem sair.

— Eles não vão deixá-lo sair tão cedo.

— Eles não podem mantê-lo por mais tempo do que duraria a sua pena.

— Esse homem é doente da cabeça. Um perigo para a sociedade.

— Apenas para uma ínfima parte da sociedade. Para mim.

Uma jovem tailandesa em uma blusa de seda de gola levantada trouxe a *tom yang gung* de Sonia. Ela se curvou sobre a tigela e aspirou o odor. Cheirava vermelho-amarelado, e ela o sentiu como uma espiral que se afunilava.

— Tem alguma coisa errada com a sopa? — perguntou Malu preocupada. Ela a tinha recomendado, mas pedira para si *saté*, aqueles espetinhos.

— Não, ela está com um cheiro ótimo. — Sonia mergulhou a colher de porcelana na sopa, esperou até ela esfriar um pouco e experimentou. Era como se estivesse lambendo uma daquelas velas de aniversário que soltavam estrelinhas acesa. Brasas prateadas encheram sua boca e queimaram sua língua. Seus olhos se encheram de lágrimas.

— Tão apimentada? — perguntou Malu.

Sonia balançou a cabeça em afirmativa. Lenta e concentradamente, ela tomou toda a sopa. Mas as lágrimas continuaram rolando.

— Ainda a sopa?

— Ainda a vida — respondeu Sonia.

— Talvez você tenha razão. Talvez você deva mesmo ir embora daqui.

Mais tarde, quando elas se despediam, Malu perguntou:

— E o que você pretende fazer com o seu apartamento?

Na mesma noite, Frédéric ligou. Ela sabia que era ele antes que dissesse qualquer palavra. Levou o fone até o ouvido, disse "sim" e esperou.

Ouviu uma respiração e, ao mesmo tempo, viu um contorno embaçado de um verde-cobalto peculiar.

— O que você quer, Frédéric?

Quando ele começou a falar, o contorno ficou mais nítido.

— Eu preciso falar com você.

— Eu, não. — Sonia encerrou a conversa. O verde-obalto se diluiu como se alguém o tivesse misturado com água clara.

Mas o coração continuou disparado. E ela o levou consigo até o corredor, até a cozinha, o banheiro e, por fim, deitou-se na cama com ele. Tentou se concentrar em outros barulhos: o barulho do ralo no banheiro, o tique-tique do aquecedor, os passos do apartamento de cima, o barulho de metal da gaiola de Pavarotti. Seu coração não se acalmou, mas a sua batida passou para o segundo plano.

O que fora aquilo, aquela sombra verde-cobalto? Pertencia a Frédéric, não havia dúvida. Mas por que a vira pelo telefone?

Não, ela não tinha visto a sombra verde-cobalto. Ela a tinha ouvido.

Sonia se levantou da cama e foi até a cozinha. No corredor, seus olhos bateram naquele lugar na parede, pela primeira vez há muito tempo. O gesso que fora usado para fechar o buraco do tiro tinha formado um calombo depois de seco.

Ela abriu um dos dois vinhos sicilianos que tinha guardado para uma ocasião especial. Pelo menos não precisava ficar preocupada se o vinho cheirava vermelho e tinha sabor redondo.

Dois

Pavarotti estava em uma gaiola transportável que — enrolada em uma toalha felpuda — estava dentro de uma mala Louis-Vuitton. Ela a tinha ganhado de presente de Frédéric certa vez e nunca a havia usado. Sonia achava as bolsas Louis-Vuitton vulgares, mas até que aceitáveis para o transporte de animais.

Ela estava sentada sozinha em uma cabine com quatro assentos; tinha colocado a mala ao seu lado e ocupado o banco à sua frente com a bolsa e com as leituras de viagem. Esperava, assim, desencorajar outros viajantes de se sentarem com ela. Ainda teria que agüentar mais quatro minutos até que o trem partisse da estação de Chur.

Olhou para a plataforma através da estampa formada pelos fios de água. Um adolescente gorducho enfiou uma moeda em uma máquina cheia de *junk-food* e apertou uma combinação de números. Nada aconteceu. Ele digitou mais uma vez. Mais uma vez, nada aconteceu. Então apertou o botão de devolução do dinheiro. Nada.

Ele olhou à sua volta e encontrou o olhar de Sonia. Ela levantou os ombros.

O menino bateu na máquina. Primeiro com cuidado, depois cada vez mais furioso.

Com certeza sabotada pela Agência Nacional de Saúde, pensou Sonia e sorriu. Desde hoje de manhã, quando entregara as chaves de seu apartamento para Malu, ela estava de bom humor. Era como se tivesse se livrado de uma pesada carga.

Ela estava começando uma nova vida com bagagem leve. Fora Malu, ninguém mais sabia para onde tinha ido. E ninguém mais sabia o seu novo número de celular também.

Malu ficara com o apartamento com todos os móveis, pois não queria se mudar para lá, só precisava dele para, como ela mesma disse, "arrumar um pouco de espaço livre dentro do relacionamento estreito com Alfred". No final da temporada de verão, iria liberá-lo de novo para Sonia.

Mas Sonia sabia que nunca mais voltaria para essa triste rua. Nunca mais subiria as escadarias mofadas. Nunca mais enfiaria a chave na nova fechadura da porta convenientemente consertada. Nunca mais esquentaria pratos prontos naquela cozinha embutida vagabunda. Nunca mais o barulho de ódio e amor dos apartamentos vizinhos. Nunca mais chamaria um táxi no meio da madrugada apenas para trocar a tristeza de seu apartamento pela melancolia de um *lounge*.

O maquinista fez soar um apito longo e lamentoso. O garoto deu um último chute na máquina e pulou para dentro. Com um solavanco, o trem partiu.

Sonia se afundou em seu manual de balneologia para, caso necessário, evitar o contato visual com algum passageiro em busca de lugar. Mas ninguém apareceu, com exceção do condutor. Ele verificou sua passagem e desejou boa viagem.

Depois de poucos minutos, o trem chegou à periferia da pequena cidade. Sonia viu bairros residenciais melancólicos em cujas fachadas a chuva tinha deixado sua marca, e feias construções industriais de pequenas firmas cujos luminosos malfeitos brilhavam na escura paisagem chuvosa. Voltou-se para seu livro.

— Este lugar ainda está livre?

Sonia levantou os olhos relutante. Uma senhora em uma capa de chuva amarela estava de pé, ao lado da cabine, e olhava para o banco ocupado com reprovação. Ela tirou suas coisas sem dizer uma palavra. A mulher tirou sua capa de chuva. Por baixo, ela também vestia amarelo. Uma calça estampada predominantemente de amarelo. Um *twinset* com um casaco e uma malha de caxemira amarela manchada. Um xale amarelo com uma delicada estampa de flores. Os seus cabelos também eram amarelos. Só os olhos eram verdes, contornados por um lápis de olhos de cor semelhante. Seus lábios estavam pintados de vermelho-china.

Sonia voltou a se concentrar em seu livro. Ela sentia que a mulher a encarava. Mas fixou os olhos no manual de balneologia. Não estava com vontade de iniciar uma conversa de viagem.

Justamente nesse momento, Pavarotti começou a reclamar. Sonia tentou ignorá-lo. Até que a mulher disse:

— Os seus periquitinhos precisam de ar.

Sonia deu uma espiada dentro da bolsa através do zíper meio aberto. E se sentiu obrigada a dizer:

— Ele tem ar suficiente.

A mulher ficou calada por um instante. Então perguntou:

— Ele não tem uma companheira?

— Não, ele é solteiro.

— Solitário. Eu chamo de solitário. Periquitos gostam de andar em bandos.

— Pavarotti odeia periquitos.

— Como você sabe?

— Ele já teve duas companheiras. Matou as duas.

— Matou? — exclamou a mulher amarela, incrédula. — Então esse animal tem má formação.

— Ele só prefere ficar sozinho. Pode acontecer.

— Espero que ele pelo menos tenha um espelho.

— Ele também bica o espelho.

— Galhos naturais. Nada de poleiros enfeitados de madeira ou de plástico. Senão ele fica com calos.

— Ele tem um toco de faia de uma árvore natural.

— Não faça piada.

O trem vermelho passou por uma estreita garganta. Pinheiros com galhos pesados de chuva emolduravam o trecho. Vez ou outra, o delicado verde de um pinheiro-larício se destacava. O velho vagão de segunda classe chacoalhava pelos trilhos. Sonia precisou usar o dedo indicador para acompanhar as linhas de seu livro. Observava a velha senhora com o rabo dos olhos. Ela olhava fixamente para a mala como se tentasse fazer contato telepático com Pavarotti.

Ela tinha pousado as mãos sobre os joelhos. E eram desproporcionalmente grandes e grosseiras. As unhas estavam pintadas com o mesmo vermelho-china dos lábios e se arqueavam na altura da raiz como cascas de nozes esmaltadas.

Essas mãos começaram a dar calafrios em Sonia. Ela desviou o olhar para o alto. A amarela olhou diretamente em seus olhos.

— Eu trabalhei duro minha vida inteira — disse ela, como que para justificar suas mãos.

Sonia não sabia o que responder.

— Você sempre leva o pássaro nas férias? — informou-se a mulher.

— Eu não estou viajando de férias.

— Você mora lá em cima?

— Moro.

— Onde?

— Val Grisch.

— Então você devia ter ido por Klosters, pelo Túnel Vereina.

— Eu não gosto muito de túneis. — Sonia retomou o livro, mas a mulher não entendeu o sinal.

— Você trabalha lá?

Sonia balançou a cabeça em afirmativa, sem tirar os olhos do livro.

— Você faz o quê?

— Sou fisioterapeuta — ela suspirou. Logo vem ela com seus sintomas.

Mas a senhora não insistiu no tema.

— Eu só estou fazendo um pequeno passeio. Tenho o pacote total.

— Hum.

— De manhã vou até a estação e subo em um trem. De noite estou em casa de volta.

— Que bom.

Sonia sentiu que a mulher olhava para ela esperando que dissesse algo mais. Ela resistiu.

— Talvez mais para cima tenha sol.

— Talvez — murmurou Sonia.

— Você sabe há quanto tempo nós não temos sol?

Sonia negou com a cabeça.

— Quarenta e dois dias.

Sonia levantou os olhos de seu livro.

— Me desculpe, eu não quero ser mal-educada, mas preciso ler isto.

A mulher amarela concordou com a cabeça.

— Na sua idade as pessoas não dependem tanto do sol. Mas nós ficamos melancólicos.

A partir de então a mulher amarela se calou. Sonia tentou se concentrar no livro, porém sempre se pegava em momentos em que seus olhos liam, mas sua cabeça, não. Mas que vaca ela tinha se tornado! Qual era o problema de trocar algumas palavras com uma velha senhora solitária que matava o tempo andando de trem? E ela mesma não era também uma mulher solitária com seu periquito em uma viagem de trem?

Sonia olhou pela janela. Pôde ver a locomotiva. Sobre o arco de cubos de pedras de um viaduto que causava vertigens. Fechou os olhos.

Quando os abriu, tudo continuou escuro como breu.

— O túnel anfíbio — disse a mulher amarela. Por um curto instante, Sonia viu sua voz. Ela não era amarela, era de um cinza empoeirado que mal se destacava da escuridão do trem.

Alguns segundos mais tarde, o vagão começou a se encher de novo com a obscura luz do dia. Então o túnel ficou para trás.

— Você não gosta de túneis, nem de altura — a mulher concluiu. — Então está morando na região errada.

— No país errado.

A mulher riu, Sonia riu junto.

Sonia teve que fazer baldeação em Samedan. Despediu-se de Susi Bellini. Esse era o nome da mulher amarela, o sobrenome era do marido falecido há quase trinta anos, um fundidor de canos da Calábria sobre o qual Sonia agora sabia tudo.

A esperança da sra. Bellini de um pouco de sol não se realizou. Sonia estava na plataforma com seu carrinho e a mala do Pavarotti, e tremia de frio. Uma chuva persistente caía sobre a cobertura da plataforma e as bordas dos trilhos. Ela teria que esperar uns bons vinte minutos. Pouco tempo para o bufê da estação, decidiu. Fora ela, apenas um único viajante tomara a mesma decisão. Um homem mais velho com um chapéu de couro de abas estreitas que brilhava, molhado. Ele carregava duas sacolas de compras que não queria apoiar no chão molhado, elas eram de papel.

O bom humor de Sonia havia desaparecido. Ela mal conseguia manter à distância a depressão que a aguardava. Tinha desenvolvido uma certa virtuosidade em lidar com a melancolia. Sabia por trás de que pensamentos ela espreitava, em que imagens se aninhava e quais ruídos a atraíam. Era fácil para Sonia entregar-se a ela, mas também não era muito difícil mandá-la embora de novo.

Pavarotti estava tão quieto que ela deu uma espiada dentro da sacola. Afastou a toalha para o lado e viu que o tinha acordado. Ele deu alguns passos de lado sobre o jornal com o qual ela tinha forrado o fundo da gaiola e a olhou com ar repreendedor.

— Perdão — murmurou ela, e voltou a fechar um pouco o zíper.

Um carrinho elétrico com duas carretas cheias de malas passou por ela. Sonia reconheceu suas duas malas e a caixa com a gaiola de Pavarotti. Um pouco mais à frente, o motorista parou e começou a ler um tablóide todo amassado.

A suave chuva contínua aumentou, transformando-se de repente em uma tempestade barulhenta. A locomotiva vermelha que surgiu distante acendera os faróis.

Val Grisch se localizava em um vale lateral da Baixa Engadina, a quinze minutos da estação de trem de Storta com o carro do correio. Entre os seus aproximadamente seiscentos habitantes — na alta estação, alguns mais —, a maioria eram pessoas que trabalhavam na Alta Engadina. Havia alguns fazendeiros em período integral e outros poucos que cuidavam da fazenda paralelamente a outras atividades. Quem precisasse de um marceneiro, um eletricista, um chaveiro, um médico, um farmacêutico ou um professor, também o encontraria em Val Grisch. Havia quatro restaurantes, cinco pensões, algumas dúzias de casas e apartamentos que eram alugados para temporadas, um jardim-de-infância, uma escola primária e uma igreja católica do século XVI.

O vilarejo viveu o florescer do turismo no tempo em que os ingleses inventaram a Suíça. Em 1913, no mesmo ano em que a ferrovia da Récia inaugurou o trecho de Bever a Scuol conectando Val Grisch às capitais desse mundo, Gustav Mellinger, um empresário de St. Gallen, abriu o Hotel Gamander. Esse verão/outono de 1913 entraria na história do Gamander como a melhor temporada de todas. No verão seguinte, a Primeira Guerra estourou, e depois da Segunda, seguiu-se o triunfo dos teleféricos nas estações de esqui. Val Grisch tentou acompanhar o desenvolvimento até os anos 1960, construiu dois teleféricos que puxavam os esquiadores, um teleférico com bancos e até uma ladeira pré-fabricada para saltos de esqui. Mas as pistas do vilarejo ficavam em uma região sem grandes desafios para esquiadores e as pistas mais altas podiam quase ser alcançadas mais facilmente através dos *resorts* vizinhos, nos quais também havia mais ofertas.

No início, o Gamander, originalmente concebido para a alta burguesia, sobreviveu graças a alguns fiéis hóspedes regulares, e depois cada vez mais graças a pessoas que faziam trilhas em montanhas, amantes da natureza e a grupos de turistas que passavam por lá a caminho de outro local. Ficou com cara de albergue da juventude, com as regras da casa escritas de forma divertida no quadro de avisos e hóspedes que comiam seus lanches trazidos de casa no terraço.

O vilarejo já tinha se conformado há muito em viver com os ganhos dos que trabalhavam fora, um pouco do turismo diário, dos donos de apartamentos de temporada e da para-hotelaria, quando o hotel trocou de dono. Muito dinheiro foi investido para reformá-lo e ampliá-lo.

Val Grisch ficava sobre o terraço sul na nascente de um vale amplo e plano, mais de mil e quatrocentos metros acima do mar. Em dias claros, tinha-se uma vista maravilhosa da floresta ao pé das colinas, no lado oposto do vale, com seus íngremes picos branco-acinzentados. Os últimos quilômetros da pequena estrada tortuosa que ia até o vilarejo passavam por gramados suaves que pareciam ter sido feitos por um paisagista.

Mas nesse nublado dia de chuva, Sonia só conseguia ver através da embaçada janela do carro do correio a borda dos gramados cheios e bem cuidados como o verde de um campo de golfe. Apenas um terço do ônibus estava ocupado. A maioria dos passageiros eram alunos que já haviam ultrapassado a escola primária de Val Grisch e freqüentavam a escola secundária em outro lugar. Em Storta, eles se sentaram em seus lugares com a naturalidade de passageiros regulares, cumprimentaram-se rapidamente com um aceno de cabeça e voltaram-se para seus trabalhos escolares ou seus celulares. Durante a viagem, mal se ouviu uma palavra. Somente quando o carro do correio parava para alguém entrar ou sair, podia-se escutar um rápido *"buna saira"*.[1]

Os outros passageiros — um velho com uma mochila militar surrada, uma mulher de aproximadamente cinqüenta anos com duas sacolas das quais apontavam mudas de tomate e um recruta exausto em férias — também se espalharam individualmente em bancos duplos. Apenas um casal de idosos, ambos com pelerines transparentes cor de fumaça, estava sentado lado a lado. Mas eles também não falavam.

De repente, ao ronco confiável do motor a diesel se misturou a buzina do carro do correio. "Bi-bi-fom-fom!" soou pouco antes de uma curva tão estreita que o motorista tinha que usar uma parte da pista oposta. E mais uma vez "bi-bi-fom-fom!", como que por alívio porque ninguém veio na direção contrária.

Lembranças de um mundo há muito desaparecido. Por alguns segundos, Sonia sentiu-se invadida pela segurança de sua infância.

Ela bocejou e, num ataque de cansaço fingido, enxugou duas lágrimas dos olhos.

O casal de idosos se levantou, o carro do correio diminuiu a velocidade e parou. Ambos desceram e se dirigiram a uma pequena travessa. A porta se fechou, o chofer engatou a marcha e continuou a andar. Quando Sonia olhou para trás, os pelerines cinza do casal mal se diferenciavam do cinza do entardecer.

[1] "Boa Tarde", na língua reto-romana (ou romanche), falada no cantão dos Grisões, no leste da Suíça. (N.E.)

Sonia foi a última a desembarcar. O carro parou diante do correio, um prédio novo que imitava o estilo arquitetônico das antigas casas de Engadina. O porta-malas, que ficava na parte inferior do ônibus, estava aberto. O chofer ajudou Sonia a desembarcar as suas duas malas, a caixa com a gaiola e o carrinho. Então lhe desejou boas férias.

Um homem grande, de uns quarenta anos, com um avental verde, foi até ela. Ele carregava um guarda-chuva e usava um quepe no qual estava escrito com letras douradas "Hotel Gamander".

— Sonia Frey? — ele perguntou. Tinha uma voz grave e agradável e um sotaque eslavo.

Ela assentiu com a cabeça.

— Eu sou Igor. — eles apertaram-se as mãos. Dois colegas de trabalho em seu primeiro encontro. — Espere aqui, por favor.

Ele pegou as malas dela e desapareceu com elas atrás do prédio. Pouco depois, voltou e pegou a caixa com a gaiola e o carrinho.

— Deixe — disse Sonia —, eu posso levar alguma coisa também.

Igor balançou a cabeça.

— Preciso treinar.

Ela o seguiu atrás da casa. Lá estava parada uma carruagem azul com teto de couro e a inscrição "Hotel Gamander". Dois cavalos molhados e um cocheiro com uma capa de *loden* encharcada esperavam irritados por não poderem continuar. Igor embarcou a bagagem e abriu a portinhola.

Sonia riu.

— Vocês buscam os funcionários com isso?

— Para treinar. — Igor fechou a portinhola e subiu na boléia com o cocheiro. Após alguns trancos, o veículo se colocou em movimento. Sonia estava com vergonha.

Colonials Bruhin era um misto de mercado, loja de suvenires, banca de revistas e papelaria. Lá havia mapas de trilhas, guias de reto-romano para iniciantes, manuais da flora e fauna alpinas, além de sal do Himalaia, velas aromáticas, chás relaxantes e outros restos de diferentes sortimentos testados pela dona. Ali se podia comprar também um guarda-chuva barato ou uma jaqueta impermeável. Anna Bruhin, uma mulher magra de pouco mais de sessenta anos, era especialista em coisas que as pessoas esquecem ou não planejam.

Mas, na verdade, os habitantes do vilarejo faziam suas compras nos grandes distribuidores do vale. Lá era mais barato e havia mais sortimento. Os negócios com os turistas também não iam bem. Eles não compravam mais filmes dela, pois todos tinham câmeras digitais. E era bastante improvável que o Gamander, agora que fora reformado por milhões, continuasse tolerando que os hóspedes comessem no terraço os sanduíches comprados no Colonials Bruhin. Talvez ela passasse a oferecer bebidas geladas. E aumentasse o sortimento de sorvetes. Isso se algum dia o verão chegasse de verdade. Eles estavam no início de junho, não eram nem seis horas e ela já tinha acendido a luz na loja.

Ela abriu a porta da loja. Há muito já não registrava a campainha acionada automaticamente. Na entrada havia uma lousa onde estava escrito: "Hoje, morangos frescos!". Estava coberta com um plástico para que a chuva não apagasse o giz. Ela só tinha vendido um único cestinho. Tão cedo não faria mais ofertas de frutas frescas.

A sra. Bruhin enxugou o plástico com um pano e levou a lousa para dentro. Quando fechou a porta, a carruagem do Gamander passou na frente da loja.

Sobre o parapeito de uma sala ao lado da cozinha do Steinbock, estava um cigarro aceso. Sua brasa se consumia lentamente em direção à madeira. Mais cinco milímetros e ele deixaria uma marca de queimado, como muitos outros antes.

Da cozinha chegavam uma luz neon branca e salsa. Vez por outra, ouvia-se o barulho de uma frigideira batendo ou da torneira de água. Mas estava quieto demais para uma cozinha de restaurante uma hora antes do jantar.

Peder Bezzola entrou, pescou o cigarro e deu uma tragada profunda. Ele estava usando uma jaqueta de cozinheiro com botões redondos e o monograma PB, uma calça xadrez, um lenço triangular e uma touca. Tudo impecável, como um cozinheiro de televisão.

Peder foi até uma prateleira de mantimentos na qual se encontravam produtos não perecíveis, sal, açúcar, arroz, óleo, conserva. Lá havia uma garrafa aberta de Bordeaux e um copo vazio. Ele o encheu e abriu a janela.

O ar fresco da chuva entrou na pequena sala. A rua estava deserta. Ele jogou o cigarro pela janela.

Um velho Landrover verde passou e estacionou ao lado da entrada do Steinbock. Luzi Bazzell, um homem mais velho, encorpado, em um macacão cinza de operário, desceu do carro e se dirigiu à porta. Ele jogaria cartas a noite inteira, beberia cerveja e comeria uma salsicha com pão, talvez duas.

Peder puxou outro cigarro de um maço que estava na prateleira de mantimentos e o enfiou na boca. Deu uma tragada e o colocou sobre o parapeito da janela. Ainda nem tocara no vinho.

Um moroso bate-pernas se aproximou. Peter se virou, fechou a janela, esvaziou o copo e voltou para a cozinha.

Sandro Burger, o sacristão, caminhava pela nave central e olhava em cada fileira de bancos se nada havia sido esquecido. Ele fazia isso mais de forma simbólica, pois durante a semana, fora de temporada, nunca havia esquecido nada. Porque ninguém nunca entrava na igreja. Com exceção da velha Seraina e da mais velha ainda Annamaria. Mas elas só rezavam diante do altar de Maria e nunca esqueciam nada.

Apenas no quarto domingo do mês, quando o padre Dionys rezava a missa, Sandro Burger tinha que tirar o aspirador de pó do armário. E na temporada às vezes, quando um grupo de turistas visitava a igreja.

Ele apagou a luz eterna no altar e a iluminação econômica. Então checou se o portal principal estava trancado, foi até a porta lateral, deu uma última olhada na quieta igreja, saiu ao ar livre e trancou a porta. Eram exatamente seis horas. Amanhã cedo às seis ele voltaria a abrir a San Jon.

Estava chovendo forte de novo. Ele puxou o capuz de sua jaqueta impermeável sobre a cabeça quase careca e tomou o caminho para o largo da igreja. Os dois postes de luz já estavam acesos. A carruagem do Hotel Gamander passou pelo largo. Burger acenou para o cocheiro. Ele se chamava Curdin Josty e era seu primo. Era dono dos cavalos. Tinha começado há pouco a trabalhar como cocheiro do hotel por um preço fechado.

Curdin acenou de volta.

A ponta de ferro da bengala de Gian Sprecher batia sobre o breu da rua molhada, brilhante. Ele tinha puxado o capuz de sua antiquada jaqueta vermelha de professor de esqui. A mochila mole de couro de cabra estava quase preta de tão molhada. Sprecher mancava em conseqüência de um ferimento de lenhador negligenciado, o que, porém, não o impedia de deixar seu trator de um eixo em casa duas vezes por semana e percorrer a pé o cansativo caminho até o vilarejo. Seus lábios tinham ficado finos de tanto que ele os apertava.

Ao ver a carruagem, ele reduziu o passo a fim de dar tempo a Curdin para fazer a curva e entrar no hotel. Não estava com vontade de conversar com ele.

O cocheiro o cumprimentou com um movimento de mão quase invisível que Gian retribuiu com um aceno de cabeça. Ficou parado olhando para o veículo até ele chegar à entrada do hotel e o porteiro descer da boléia, abrir um guarda-chuva e depois a portinhola.

Quando a moça desceu, Gian desviou o olhar e continuou mancando.

Alguns degraus largos levavam até a entrada do hotel. Quando ela chegou ao penúltimo, a porta de vidro deslizou para o lado. Sonia entrou no saguão de recepção.

O lugar cheirava a tinta e a produto para tratamento de madeira. A tinta dos entalhes que ornamentavam o balcão da recepção, a cabine do porteiro, as colunas, as vigas e o corrimão das escadas tinha sido removida e eles tinham sido repintados. Uma mulher mais velha com uniforme de camareira aspirava o carpete vermelho. Um eletricista estava de pé sobre uma alta escada dobrável e trabalhava em um pesado lampadário. Atrás do balcão da recepção estava sentado um jovem diante de um monitor de tela plana. Duas mulheres espiavam por cima dos ombros. Uma delas era Barbara Peters.

Ninguém parecia ter notado a chegada de Sonia. Somente quando Igor chegou e avisou: "A sra. Frey chegou", Barbara Peters levantou os olhos. Ela estava sem maquiagem, o que, em seu rosto, dava a impressão de que usava um discreto *make-up*, e seus cabelos estavam cuidadosamente despenteados.

— Desculpe, estamos aqui no meio de um curso de informática. Deixe-me apresentá-los: sua colega Michelle Kaiser, recepcionista, e o sr. Kern, que está tentando nos explicar como funciona o seu *software* de hotéis.

Ao lado de Barbara Peters, a recepcionista parecia a amiga feia que a mulher bonita usa para destacar a própria beleza. Mas sem esse contraste, ela era bem bonita. Tinha um rosto redondo, os cabelos curtos como um recruta e sorria como se já estivesse feliz pela chegada de Sonia desde o início do dia. No momento em que se levantou para cumprimentá-la, Sonia viu que era baixinha. Quase baixa demais para o balcão da recepção atrás do qual passaria seus dias de trabalho. Ela entregou a Sonia uma argola com duas chaves, e sua nova chefe disse:

— Igor vai lhe mostrar o seu quarto, e quando estiver instalada, desça que eu lhe mostro o resto.

Sonia odiava tetos inclinados. Eles a lembravam da época em que usava aparelho nos dentes (o que, naquele tempo, ainda não era moda) e era uma cabeça mais alta que todos os meninos que lhe interessavam. O teto inclinado de seu quarto naquela época era verde-pistache, que sua mãe, que não entendia muito de meninas adolescentes, considerava uma cor de meninas adolescentes. A inclinação sobre ela lhe dava a sensação de que iria escorregar para fora do quarto.

E agora a sua morada tinha um teto inclinado. Não era verde-pistache, mas forrado de madeira, o que era quase pior. Lembrava o seu quarto no apartamento alpino de férias em Berna, cujas paredes eram tão finas que ela participava de todas as brigas de seus pais. E de todas as reconciliações.

Sonia puxou a cortina para o lado e abriu a janela. Pelo menos não era tão alto como costumavam ser as águas-furtadas. O telhado anguloso do Gamander era bem baixo nesse local. A copa de uma bétula, cujos galhos ela quase conseguia tocar, tapava a maior parte da vista e lhe dava uma sensação de segurança.

O quarto era pequeno, talvez três por quatro metros. Estava mobiliado com uma cômoda, um armário com espelho oval e uma estreita cama com um criado-mudo. Todos os quatro móveis eram visivelmente parte do mobiliário original do hotel. Tinham sido levados ao lixiviador para eliminar o mofo. Sonia não tinha certeza se tinha funcionado.

À janela havia uma escrivaninha dos anos 1960 e ao lado, uma poltrona verde-oliva, também do depósito da casa. Os objetos de decoração mais modernos eram uma televisão de hotel barata sobre um console giratório fixado no forro de madeira da parede não inclinada, e um telefone.

O banheiro a consolou. Era gigantesco, com azulejos brancos e pretos, possuía uma pia antiga, uma privada combinando e uma banheira com pés de leão. No teto inclinado havia uma janela através de cujos vidros foscos entrava a luz cinzenta do entardecer prematuro. Provavelmente ele fora originalmente o banheiro do andar com parte do qual mais tarde se fez esse pequeno quarto de dormir.

Sonia sentou-se na cama. Através da janela aberta entrava o barulho da chuva sobre as folhas da bétula. Além da árvore, ela via um pedaço da rua e, atrás dela, as estrias cinza-azuladas que encobriam a encosta. Fechou a janela e começou a desempacotar a gaiola de Pavarotti.

No meio da madrugada, ela acordou com o coração disparado. Deve ter se assustado com algum barulho.

Talvez o distante sino da igreja, que tocava a cada quarto de hora. Ou talvez alguém que não conseguisse dormir. Nessas casas antigas se ouvia cada passo. Ela prendeu a respiração e escutou com atenção.

O vulto na poltrona eram suas roupas, isso ela já sabia desde o início, quando fora arrancada do sono. Depois acendeu a luz do banheiro e deixou a porta entreaberta. O fino facho de luz atravessava o quarto, eliminando a ameaça de ambientes estranhos na madrugada.

Ela devia ter bebido mais, assim teria podido dormir melhor agora. Barbara Peters dissera:

— Eu vou tomar água, mas se você quiser beber um copo de vinho com a comida, não vou ficar chocada.

Assim, Sonia pediu uma taça de Veltliner, e parou nessa única taça. A qualidade do vinho facilitou sua decisão.

Todos os empregados jantaram no restaurante como treinamento para os garçons. Antes disso, Barbara Peters lhe mostrara a casa. Com a ajuda de uma *designer* de interiores, ela havia retornado à sua substância, como a chefe dissera. Com base nas plantas originais e fotos do ano de inauguração, eles desfizeram todas as tentativas do último dono de modernizar a casa, mas deixaram a infra-estrutura no estado mais novo possível. A tentativa de conferir um brilho juvenil ao velho baú não fora muito bem-sucedida. A escuridão e o mofo que deviam desaparecer acabaram ficando ali e acolá ainda mais destacados. O problema não era a decoração. O problema era a arquitetura.

O Gamander possuía 28 quartos, entre eles, seis suítes juniores, três suítes e uma suíte na torre com dois andares.

Todas haviam sido decoradas carinhosa e economicamente com peças de época selecionadas. Apenas pequena parte do mobiliário vinha dos vários sótãos angulosos da casa.

A área de bem-estar, localizada na cunha de vidro, granito, aço e água enfiada ao lado do monstro historístico, prescindiu do costumeiro *design* dos spas, transmitindo calma meditativa com uma rigidez minimalista. Tinha duas piscinas, uma para nadar e uma térmica, aquecida a trinta e sete graus e enriquecida com água salina natural. Um terço dela ficava ao ar livre, de forma que uma nuvem de vapor iluminada pelos *spots* se elevava pela fria noite chuvosa. Quatro quedas-d'água geométricas providenciavam o sugestivo ruído de água.

Uma escada ao lado da piscina térmica levava até o subsolo. Ali ficavam as salas do ciclo romano irlandês: sauna a vapor, sauna seca, chuveiros, banho turco, hidromassagem, banhos de água gelada, cabines de massagem e tratamento, sala de repouso. Todas as salas eram construídas com pedras encaixadas com exatidão, calmas e sérias como câmaras sepulcrais.

Então era ali embaixo que ela passaria seus dias. Junto com a sra. Felix e Manuel, seus dois colegas.

A sra. Felix era uma mulher muito pequena, forte e troncuda, de cabelos pretos curtos; Sonia calculava que devia ter pouco mais de sessenta anos. Ela tinha passado a maior parte de sua vida na parte baixa da região onde trabalhava como fisioterapeuta. Há alguns anos, voltara para o local de sua juventude, onde passara a viver como fisioterapeuta domiciliar. Ela não falou muito durante o jantar, mas Sonia a surpreendeu várias vezes observando-a furtivamente. O mais estranho nela eram os óculos ornamentados de forma extravagante, que não combinavam nem um pouco com a sua aparência e cujas lentes grossas deixavam seus olhos grandes e embaçados.

Manuel, o outro fisioterapeuta, havia chegado há dois dias. Sonia calculava que ele estaria na metade dos trinta anos. Um homem roliço, de estatura mediana, barba e bigode. O seu ousado corte repicado com mechas loiras no cabelo castanho não se encaixava no quadro geral. Quando Manuel ria, o que fazia com freqüência e em voz alta, mostrava o largo espaço entre seus dentes da frente. Ele não fazia nenhum esforço para esconder que era *gay*. Sonia sabia que confiaria nele.

Do banheiro vinha o tilintar de Pavarotti subindo pelas grades de metal com ajuda das patas e do bico. Deve ter sido isso que a acordou. O pássaro também não conseguia dormir no novo local.

Normalmente ela já teria tomado um Rohypnol há muito tempo. Mas tinha jogado hoje de manhã, pouco antes de entregar o apartamento para Malu, a caixinha quase cheia no último saco de lixo, o qual levou pessoalmente até o contêiner. Ela tinha certeza de que a viagem de trem teria o efeito da travessia de um canal de desinfecção e de que deixaria para trás tudo o que a incomodava.

Virou-se com o rosto para a parede reta e tentou tirar o teto inclinado da cabeça. Mas quanto mais se concentrava, mais se afundava. O quarto começou a se inclinar. Logo os móveis começariam a escorregar.

Sonia acendeu o abajur sobre o criado-mudo. Imediatamente o quarto e os objetos recobraram sua banalidade tranqüilizadora. Ela se levantou e começou a arrastar a pesada cômoda com a pedra de mármore cinza-clara. Pouco a pouco, para fazer o mínimo barulho possível, até o móvel se posicionar longitudinalmente ao lado da cama.

Voltou a se enfiar debaixo das cobertas, apagou a luz e fechou os olhos. Sentia a cômoda atrás de si, pesada e imóvel. Obrigou-se a respirar profunda e regularmente. Um truque que conhecia de seu casamento. Fingir que está dormindo até dormir.

Mais uma vez, um barulho fez com que acordasse assustada. Dessa vez, era vermelho-carmim e quase transparente nas bordas.

Quando Sonia abriu as cortinas na manhã seguinte, o véu de neblina estava ainda mais próximo. Devia ter parado de chover apenas há pouco, pois a água ainda pingava irregularmente da bétula. Ela mal tinha dormido e, quando se olhou no espelho, achou que se podia ver isso em seu rosto.

Tirou o pano da gaiola do Pavarotti. Ele também parecia um pouco amassado.

— Não me olhe assim, eu também imaginei que seria diferente — disse ela; vestiu um maiô e um roupão e saiu do quarto.

Assim que a porta de vidro deslizou para o lado, já se ouviu o barulho das quedas-d'água. O lugar cheirava a calor, vapor d'água e cloro. A piscina térmica estava vazia, mas na piscina esportiva uma cabeça com um capuz de natação amarelo-limão submergia e emergia, para cima e para baixo.

Em um dos ganchos cromados ao lado das cabines de vidro dos chuveiros estava pendurado um roupão. Sonia pendurou o seu ao lado e entrou no chuveiro. Quando saiu, Barbara Peters estava saindo da piscina; ela arrancou o capuz da cabeça com mãos experientes e balançou os cabelos.

— Dormiu bem?

— Mais ou menos.

— A mudança do ar. Eu preciso de três dias.

Barbara Peters parecia uma candidata a *miss* certa da vitória após a prova de maiô. Ela sorriu despreocupada:

— Em seu lugar, eu planejaria um dia tranqüilo hoje. Conhecer um pouco a região, passear com o passarinho, fazer uma sauna, dormir, comer. Aliás, no Steinbock pode se comer bem. Planeje um dia agradável, você parece um pouco cansada. Pois você ainda tem três dias até os primeiros hóspedes chegarem.

Sonia esperou até que ela desaparecesse atrás da porta. Então fez um arco em torno da piscina esportiva e se deixou afundar lentamente na piscina térmica.

Ficou na água morna até esquecer o tempo. Depois se enrolou em uma toalha quente de um armário aquecido e se deitou em uma espreguiçadeira na sala de repouso. Em um grande cubo de granito no meio da sala havia um aquário marinho no qual peixes ornamentais nadavam despreocupados. Um vaporizador de ambiente invisível perfumava o ar com óleos etéreos e caixas acústicas ocultas tocavam baixinho música de meditação de inspiração asiática. Talvez não tenha sido um erro, afinal, vir para cá, pensou Sonia antes de adormecer.

Reto Bazzell dirigia cuidadosamente o Pajero Mitsubishi 88 pela estradinha escorregadia que ia da fazenda de Wenger até a estrada principal. O tanque acoplado ao carro tinha capacidade de carregar cinco mil e oitocentos quilos de leite e dois terços estavam completos. Dos alto-falantes soava *Rat Race*, de Bob Marley.

Reto coletava leite, um trabalho que seu pai inventara para ele. Ele calculara, para os oito produtores de leite que haviam restado na região, que era mais confortável, barato e qualitativamente melhor armazenar o leite em tanques refrigerados na própria fazenda e mandar coletá-lo diariamente do que levá-lo duas vezes por dia com o trator até o local de coleta. Os fazendeiros, um após o outro, providenciaram tanques de armazenagem, e seu pai, aquele tanque-carreta usado. Desde então, Reto era responsável pela coleta do leite em Val Grisch. Não era exatamente o trabalho de seus sonhos.

Mas era melhor que a maioria dos trabalhos que experimentara nos últimos anos. Ele era agrônomo, com diploma de escola técnica e tudo. Seu pai não tinha lhe dado outra escolha, mas ainda na noite de seu último dia de aula, fez as malas e foi embora. Para sempre, gritara para o pai.

Isso fora há 21 anos. Desde então, ele foi embora oito ou nove vezes para sempre. A última vez fora há quase quatro anos. E hoje ele era o coletor de leite de Val Grisch.

Ele virou na estrada principal, ainda com cuidado. Dirigir com pneus enlameados no asfalto molhado era como dirigir sobre gelo polido.

Na rua do vilarejo, ultrapassou uma mulher que não conhecia. Ela carregava um guarda-chuva verde com a inscrição “Hotel Gamander”. Ele só a viu rapidamente de lado e depois mais um pouco pelo espelho retrovisor. Alta, cabelos pretos, magra. E, do quanto pôde avaliar daquela distância, atraente. Pelo menos ela andava como andam as mulheres que sabem que são atraentes.

Hóspede ela não podia ser, o Gamander só abriria no sábado. Então ela fazia parte dos funcionários. Exatamente como ele desejara: o novo Gamander trouxera um pouco de sangue novo para aquele buraco abandonado por Deus. Reto aumentou o volume da música e passou a dirigir um pouco mais rápido.

No início de seu casamento, Sonia sempre passara o natal na Engadina, mas na parte mundana. Os pais de Frédéric tinham um apartamento em St. Moritz, e era tradição passarem os dias de festa juntos lá em cima.

— Quando vocês vão subir este ano? — perguntava sua sogra todo ano, o mais tardar depois das férias de verão.

Havia tradições demais na família de Frédéric. Todo aniversário da mãe de Frédéric era comemorado com uma festa no jardim da Rua Beeren. A Rua Beeren era a casa dos pais, uma mansão reformada com vista para a cidade e para o lago.

— No domingo nós vamos à Rua Beeren — Frédéric costumava informá-la, ou:

— Eu ainda vou dar uma passada rápida na Rua Beeren depois do trabalho.

No jardim dessa Rua Beeren era comemorada a festa de aniversário da Maman, fizesse chuva ou fizesse sol, sempre no primeiro domingo depois da data verdadeira, 28 de julho. Frédéric e seus dois irmãos, com suas famílias, tinham de planejar suas férias de verão em função da festa. Tradição.

O Dia das Mães também tinha sua tradição. O Paps os convidava para ir ao Imperial, sempre na mesma mesa. E sempre se comiam aspargos com presunto cru, filé de vitela com cogumelos frescos e tortinhas de morango. Depois eles iam para a Rua Beeren, que estava decorada com flores entregues pelo pai, filhos, noras e netos, como uma capela de cemitério. Eles sempre ficavam até depois do chá e do incomparável bolo marmorizado feito pela Maman.

Sonia conseguiu abrandar a tradição pela primeira vez quando exigiu comemorar a passagem do Ano-Novo lá embaixo. Com ou sem Frédéric, ameaçou-o. Por fim, ele cedeu e se vingou com uma festa de Reveillon quase muda e uma conversa telefônica de meia hora com sua mãe à meia-noite. Depois disso, todo ano ela quebrava mais algumas tradições dos Forster. E por fim, quebrou também a última delas, que consistia em que um Forster não se divorciava em hipótese alguma.

Naquele tempo, em St. Moritz, ela nunca encontrava moradores da cidade. Ou, se os encontrava, não os identificava como tais. Eles se vestiam da mesma forma que os hóspedes em férias e dirigiam os mesmos jipes de luxo. Mas aqui, todos eram moradores nativos. Eles a cumprimentavam com uma falsa amabilidade ou fingiam que não a viam para depois observá-la disfarçadamente.

A imagem do vilarejo de Val Grisch era dominada por antigas casas típicas da Engadina, cujas janelas incrustadas no fundo das grossas paredes eram emolduradas por esgrafitos geométricos e em cujos parapeitos resplendiam gerânios ou petúnias. Porém, como se não quisessem deixar o lugar atrativo demais para o turismo, nos últimos cinqüenta anos eles sempre voltavam a imputar ao idílio algumas atrocidades arquitetônicas. Aqui uma casa paroquial, ali um quartel de bombeiros, acolá um prédio de apartamentos imitando o estilo arquitetônico local.

Sonia entrou no Steinbock, o restaurante que Barbara Peters lhe recomendara. Ele ficava na praça do vilarejo, se é que se podia chamar assim o alargamento da rua principal, em frente à igreja e ao lado do poço do vilarejo carregado de gerânios. Em uma placa luminosa branca e amarela, estava escrito "Cervejaria Calanda", e, embaixo, em letras pequenas, "Steinbock". O local era exatamente como ela imaginava. Mesas de madeira com bancos, banquetas e castiçais de ferro forjado sob os olhares vítreos de camurças, corços, alces e cabritos monteses[2].

Na mesa dos clientes habituais, alguns jogadores de cartas emudeceram. Uma menina de *jeans* de cintura baixa apertado e *piercing* no umbigo saiu de trás do balcão e disse:

— Onde a senhora preferir.

---

[2] *Steinbock*, em alemão. (N.T.)

Sonia sentou-se a uma mesa ao lado da janela e pediu um chá.

— Que chá? — perguntou a menina.

— Preto.

Ela foi para trás do balcão e voltou com um cardápio.

— A carta de chás.

Realmente, o Steinbock tinha uma carta de chás com quatro páginas, desde o assaês, passando pelo *oolong* até o *gunpowder* e de folhas de framboesa, chá de gengibre e até de *roiboos*. Sonia pediu um chá de flor de laranjeira e recebeu uma chaleirinha com um centro de porcelana cheio de flores de laranjeira perfumadas.

O cardápio também a surpreendeu. Além do menu padrão costumeiro, como pratos de Bündner, pratos de queijos, lingüiça e sopa de cevada, havia pizokel com manjericão tailandês, *capuns* recheados de lagosta e veado ao *curry*. Sonia decidiu que comeria ali assim que encontrasse alguém para acompanhá-la. Ela não gostava de comer sozinha em restaurantes.

Os jogadores de cartas haviam emudecido apenas por pouco tempo. Logo puderam ser ouvidos de novo. Eles acompanhavam seus pontos com gritos de triunfo e suas perdas com xingamentos e se comportavam como garotos de escola querendo impressionar meninas.

Quando Sonia chamou um garçom, um deles se levantou e veio até sua mesa. Um homem gordo de barba encanecida, pálpebras pesadas azul-água e olhos emoldurados por olheiras marrons.

— Pois não?

— Eu queria pagar.

— A senhora pode pagar para mim.

Sonia pagou seu chá.

— Cardápio promissor — ela comentou para quebrar o gelo. — Você é o cozinheiro?

— O dono. — E não disse mais nada.

Sonia não desistiu. Afinal, ela passaria os próximos meses ali em cima.

— Eu trabalho no Gamander.

— Ah, sei. No Gamander. — Ele tirou uma mão cheia de moedas do bolso da calça e colocou o troco de Sonia sobre a mesa. — No Gamander, sei — murmurou mais uma vez, antes de voltar para suas cartas.

A chuva tinha cedido um pouco. Ela não caía mais em finos fios, mas se dispersava como pó no frio ar da montanha. Em vez de voltar para o hotel, Sonia continuou caminhando pela cidadezinha até uma placa indicadora de caminho onde estava escrito "Alp Petsch, 2 horas". Tomou essa direção.

No começo o caminho ainda era pavimentado. Ele passava por algumas casas de fazenda cujos estábulos e celeiros haviam sido transformados em garagens e moradias. Em alguns, havia placas penduradas: "Aluga-se casa de férias" ou: "Abitaziun da vacanzas!". Apenas em poucas delas havia um monte de esterco diante da porta e ouvia-se barulho de patas e bufadas do gado vindo da janela aberta do estábulo.

Sonia caminhava rápido e logo estava sem fôlego. Ela também queria recuperar a condição física perdida em sua nova vida. Quando ainda trabalhava como fisioterapeuta, fazia parte da profissão manter-se em forma. E, mais tarde, quando Frédéric a convenceu a abandonar a profissão, ela se mantinha em forma por tédio. Exercitava-se regularmente em um clube só porque não sabia o que fazer com o seu tempo. E quando isso também passou a entediá-la, começou ioga. Foi então que conheceu Peter, sua primeira escapada. Quando acabou tudo com ele, a ioga também já tinha acabado para ela. A partir de então, sua vida foi se tornando cada vez menos tediosa. E cada vez menos saudável.

A ruazinha se transformou em uma estrada de terra invadida pelo mato. Dos dois lados haviam se formado poças das quais ela tinha que se desviar constantemente. Os seus Hogan pretos logo ficaram encharcados. Ela não tinha sapatos adequados para esse tipo de solo, provavelmente não escaparia de comprar um par de sapatos de trilha na única loja de esportes do vilarejo.

Tinha fechado o guarda-chuva e o usava como bengala. A fina chuva fazia seu cabelo colar na testa e nas bochechas em mechas reluzentes. Nunca havia se sentido tão bem desde sua chegada em Val Grisch.

O caminho transitável acabava em uma pedreira abandonada que agora servia como retorno e estacionamento. Ali se iniciava uma trilha que tinha a largura exata para que duas pessoas se cruzassem lado a lado. Ela continuava por mais um trecho através de uma pastagem e começava a subir.

No horizonte, a névoa se condensava em uma escura parede. Dela se desprendiam, à medida que Sonia se aproximava, os contornos das árvores. Ela entrou em um luminoso bosque de pinheiros e parou.

Silenciosa, a fina garoa caía. Nenhum pipilar de pássaros, nenhum galho quebrando, nenhum ruído de folhas. Do tapete de grama, musgo, liquens e pequenos arbustos, erguiam-se troncos cinzentos e úmidos que se perdiam na turvação do baixo manto de névoa. Cheirava a musgo molhado e madeira esponjosa.

Sonia continuou andando. O caminho se tornava mais íngreme, em curvas estreitas. Ela correu, escorregou e tropeçou pelo caminho acima, como se se oferecesse a ela exatamente agora a única chance de deixar a si mesma para trás se corresse suficientemente rápido.

Arquejante, ela chegou ao fim da subida. O caminho descrevia uma curva ampla e a levava até a margem da floresta. Lá havia um banco feito com dois troncos de árvore cortados ao meio onde estava gravado "Società da trafic Val Grisch". Ela se sentou ofegante, sem limpar antes os pingos do assento.

Diante dela havia uma pastagem que desaparecia debaixo da cortina de neblina em uma curva suave. Com tempo bom, com certeza se teria dali uma vista maravilhosa do vale e da serra que ficava do outro lado.

Lentamente, Sonia recuperou o fôlego. De repente ela percebeu a mudança.

A grama, ainda há pouco de um verde esfumado, brilhava como espinafre novo. Os pontos e manchas desbotados que a salpicavam haviam se transformado em sálvias azuis-celestes, margaridas brancas como neve e flores de lã rosa-bebê. Alguns raios de sol haviam penetrado por uma fenda do manto de névoa fazendo com que a grama e as flores úmidas brilhassem como a vitrine de um joalheiro.

E então Sonia viu o arco-íris. Ele surgira em tons vagos na incerteza da névoa, adensara-se em um orgulhoso semicírculo com todas as cores do espectro e se desmanchava lá em cima no cinza da tarde chuvosa.

O seu violeta era como o pêlo de um gatinho do campo, seu azul como a rosca de um parafuso, seu verde como um seixo polido, seu amarelo como um pedaço anguloso de espuma de borracha, seu vermelho como a parte interna de sua bochecha quando a tocava com a língua.

Mas o mais estranho nesse arco-íris: em sua borda externa, ao lado do vermelho mais vermelho, ali onde o espectro normalmente acabava, havia mais alguma coisa. Uma faixa de uma cor que ela nunca vira antes e para a qual não encontrou um nome. Ela brilhava bem fraquinho, mas Sonia tinha certeza de que não estava enganada. Tinha a aparência do perfume do coentro e dava a sensação de pêlo de toupeira.

Por alguns calmos instantes tudo estava encantado: o gramado, a névoa, o arco-íris e a própria Sonia.

E, de repente, da mesma forma como se abrira, a fenda voltou a se fechar e os raios de sol foram apagados. Sobre o gramado voltou a pousar o véu cinzento, o arco-íris desapareceu.

Mas ali onde ele estivera, ainda brilhou pelo tempo de um piscar de olhos a estreita faixa da cor inexistente.

Sonia se levantou do banco e tomou o caminho de volta. Lenta e cuidadosamente, para manter o encantamento.

Anna Bruhin separou os morangos maduros demais e os colocou em um *tupperware*. Assim, transformou onze cestinhos de morangos não mais tão frescos em oito cestinhos de morangos frescos. O pote de plástico ela colocou na geladeira no quarto dos fundos, os cestinhos voltaram para a vitrine. Pegou a lousa lá fora e a modificou para "Hoje oferta: morangos!". Talvez conseguisse atrair assim alguns fregueses vindos com o carro do correio das seis horas.

Uma moça subia pela rua do vilarejo. Ela já a tinha visto. Há três dias chegavam empregados do hotel. Aqueles que não vieram com o próprio carro foram buscados pela carruagem do hotel. Quem já ouviu falar alguma vez de um hotel em que os empregados eram transportados de carruagem?

A mulher que passava ali agora era um deles. Ela carregava o guarda-chuva fechado e estava totalmente encharcada. Sua calça preta estava suja até os joelhos e não se podia mais reconhecer a cor de seus sapatos de tanta lama. Caminhava lentamente, com uma expressão festiva no rosto e parecia não perceber a chuva.

Anna Bruhin lhe exclamou um feliz "allegra!". Mesmo que maluca, ela era uma possível cliente.

Mas não teve resposta. A mulher agiu como se ela não existisse. Passou por Anna a menos de dois metros de distância sem nem mesmo lhe dirigir o olhar.

Desse jeito você não vai chegar muito longe, moça, pensou Anna Bruhin. Aqui em cima, não gostamos de pessoas arrogantes.

Sonia estava na banheira. Tinha fechado os olhos e contava as gotas que caíam da armatura antiga na água do banho. Já estava em trezentas e quarenta e duas. No início, tinha planejado sair do banho quando chegasse às cem. Então prolongou o prazo até duzentas, depois para trezentas e então definitivamente para trezentas e cinqüenta.

Toda vez que trazia de volta à memória a imagem do arco-íris, conseguia sentir suas cores e a magia se reinstalava. E toda vez que a sensação se extinguia, era substituída por uma inquietação crescente.

Desde aquela noite no Meccomaxx essas miragens a perseguiam. Ela teve a esperança de conseguir deixá-las para trás como seus móveis, mas elas agora pareciam estar se tornando ainda mais intensas. O que estava acontecendo com ela? Será que estava ficando maluca? Será que tinha saído dos trilhos? Será que a sua mudança de vida dos últimos meses tinha deixado um dano permanente?

Trezentas e quarenta e seis.

Era tarde demais para um novo começo? Será que devia partir amanhã? Assinar o consentimento do advogado de Frédéric e iniciar ela própria um tratamento psiquiátrico?

Quinhentas.

Parou de contar. Mas não se levantou. Ficaria ainda bastante tempo ali, até a água esfriar. Ela se proibiu imediatamente de abrir a água quente de novo.

Talvez tenha se superestimado. Não era tão forte quanto pretendia. Talvez Frédéric devesse vencer mesmo.

Então quem sabe a deixasse em paz. Ele era, como todos os maus perdedores, um vencedor generoso.

Ela abriu os olhos. Já havia escurecido. Um dos *spots* que iluminavam a fachada do hotel lançava um pouco de luz pela janela. Viu a gaiola e a silhueta de Pavarotti. Ele estava em um pé só, a cabeça enfiada na pelagem das costas, e dormia.

Sonia abriu a água quente.

O toque de um telefone a arrancou do sono e ela logo estava de pé, pingando água, na banheira. Seu coração batia acelerado. Sonia saiu da banheira, enrolou-se na toalha, foi até o quarto e atendeu o telefone.

— Você estava dormindo? — era a voz de Malu.

— Eu estava na banheira.

— Quer que eu ligue mais tarde?

— Agora eu já saí.

— Por que você não responde aos meus SMS?

Sonia se deu conta de que não tinha mais ligado o celular desde o jantar com sua chefe.

— O celular está desligado.

— Por quê?

— Porque eu esqueci de ligá-lo de novo. O que você queria?

— Saber como você está.

— Bem.

— Tem certeza? A sua voz não está boa.

— Como ela está, então?

— Como fica quando você está muito mal.

Sonia olhou o quarto à sua volta. A porta do

armário lotado estava aberta. A poltrona estava ocupada por uma de suas duas malas. Suas roupas sujas e molhadas estavam espalhadas pelo chão.

— Um pouco cansada, só isso.

— Cansada de quê?

— A diferença de altitude. A caminhada.

— Caminhada? Aqui está chovendo torrencialmente.

— Viu?

— E então? Como é o seu quarto?

— Bonitinho.

— Isso soa pequeno.

— O banheiro é gigante.

— E as pessoas?

— Parecem ser legais.

— E a comida? Meu Deus, será que eu vou ter que perguntar tudo?

— No vilarejo há um restaurante com cozinha reto-asiática.

— Reto-asiática?

— Veado ao *curry*, espetinhos de corço picante com molho de amendoim.

— Parece horrível.

— Eu não acho... Alguém bateu na porta. Eu preciso desligar.

— Quem está batendo?

— Sei lá.

— Me liga de novo.

— Okay.

— Mas liga mesmo.

— Com certeza.

Sonia desligou. Voltou ao banheiro, tirou a tampa da banheira, colocou o pano sobre a gaiola e acendeu a luz. Deu uma olhada no espelho. Talvez devesse fazer alguma coisa pelo seu cabelo.

Três

A névoa continuava baixa, mas tinha parado de chover. Agora se podia enxergar tudo do alto da casa de Gian Sprecher, até o Gamander. Ele estava sentado no banco diante do estábulo com o binóculo militar diante dos olhos.

Desde ontem chegavam hóspedes. Há alguns minutos, um Renault Espace. Do carro desceram um homem e uma mulher e três, não: quatro crianças. Brincadeira cara, se hospedar com quatro moleques em um caixote desses.

O iugoslavo veio até eles, quepe de uniforme, avental verde, como deve ser. O pai abriu o porta-malas e começou a tirar as malas do automóvel. O iugoslavo ajudou um pouco. Mas as coisas mais pesadas foi o pai que carregou. Eu, em seu lugar, não moveria um dedo por menos de 300 francos por quarto. Por dia!

A família inteira carregava malas. Da porta de

entrada, a moça veio ao seu encontro. Ela apontou para o iugoslavo e disse alguma coisa. Provavelmente que ele era pago para carregar as malas. O hóspede riu e respondeu alguma coisa. Provavelmente que as malas não eram pesadas. Então ele as colocou no chão e deu a mão para a moça. Enquanto isso, o iugoslavo já tinha levado duas malas para dentro e estava voltando para pegar as do homem.

Sprecher guardou o binóculo de novo no estojo de couro gorduroso e o pendurou em seu prego na porta do estábulo. Então começou a varrer o esterco. Balançando a cabeça.

Já durante a *effleurage* ela percebeu que Madame Lanvin lhe causava aversão. *Effleurage* é a técnica com que se inicia e termina uma massagem clássica. E uma massagem clássica era o máximo que podia exigir de si mesma hoje. Ela não estava bem o suficiente para sua especialidade, a combinação da massagem clássica com *shiatsu*. Essa fora a primeira lição de sua mestre de *shiatsu*: se você não estiver em seu *hara*, não pode fazer *shiatsu*. E Sonia estava tudo, menos em seu *hara*. Tinha sonhado que alguém a jogara do alto de uma cachoeira. Ela se agarrara com suas últimas forças a um galho e ao seu lado a água bramia na espuma muito abaixo dela. Quando acordou, com um grito, o barulho continuou. Demorou um bom tempo até ela perceber que era o vento chacoalhando as folhas da bétula diante de sua janela.

Depois disso, ficou muito tempo deitada acordada, pensando em seu primeiro tratamento. Amanhã, dezesseis horas, Madame Lanvin.

Sonia não fazia massagem há anos. Sem contar as feitas em Frédéric, que foram se tornando cada vez mais raras no decorrer do casamento.

Normalmente isso não fazia muita diferença. Ela podia fingir. Os pacientes não costumavam perceber nada. Mas uma pessoa que tinha vindo especialmente da Bélgica e marcara um tratamento já no primeiro dia certamente estava acostumada a fazer massagem e não se deixaria enganar.

Até os galhos da bétula começarem a tomar forma e os primeiros pássaros começarem a cantar, Sonia ficou relembrando as imagens das técnicas básicas de seu antigo manual. Então caiu em um sono inquieto, do qual acordou cedo demais e toda moída.

Madame Lanvin estava deitada de barriga para baixo e coberta até a cintura com uma toalha. Sonia tinha colocado os dedos esticados acima de suas nádegas, à esquerda e à direita da espinha dorsal, e agora devia se familiarizar com a paciente passando as mãos com força pelas suas costas e omoplatas.

Mas Madame Lanvin tinha no meio das costas uma marca avermelhada deixada pelo sutiã. Por algum motivo, Sonia não conseguia tocá-la. Como quando era menina e não podia pisar de jeito nenhum nos espaços entre as lajotas.

Ela deslizou, hesitante, ambas as mãos para cima. Pouco antes da marca, levantou-as e abaixou-as de novo do outro lado. Assim dava para levar.

Isso nunca lhe acontecera antes. Ela sabia, é verdade, de sua época de estudos, que havia pessoas que tinham nojo dos pacientes. Por esse motivo, algumas de suas colegas de faculdade tinham desistido do curso no fim do primeiro semestre. Mas ela mesma nunca tivera problemas com isso.

Madame Lanvin não tinha aparência repugnante. Tinha pouco mais de quarenta anos, não era gorda nem magra demais, não era descuidada nem doente. Ela não tinha problemas de pele e nem transpirava de forma desagradável. O que incomodava Sonia eram apenas aquela marca avermelhada do tecido e a impressão claramente delineada do fecho do sutiã sobre a pele pálida e brilhante de óleo. Ela fechou os olhos e tentou tirar Madame Lanvin da cabeça.

Mas esta deu um suspiro baixo e lânguido e ressurgiu. Sonia cobriu as suas costas e desnudou suas pernas. Colocou ambas as mãos sobre os tornozelos da mulher e as passou pelas panturrilhas e pelos jarretes até o início das coxas. Ali sentiu as pontas dos pelos da perna que nasciam e tirou as mãos como que eletrizada.

— Você também sente nojo de pacientes algumas vezes?

— Só de mulheres — sorriu Manuel.

— Isso nunca aconteceu comigo antes. Eu conseguia separar as coisas. Claro, sempre havia alguns de quem eu não gostava, mas eu não tinha problemas em tocá-los.

Na sala dos funcionários da área de bem-estar havia alguns armários, um banheiro com privada, um chuveiro e uma pia, uma geladeira, uma pia, um lugar para se fazer chá, uma televisão. No meio da sala havia uma mesa com seis cadeiras. Nelas estavam sentados Sonia e Manuel tomando chá. Não havia muito o que fazer. Doze hóspedes haviam chegado até agora e, fora a sra. Lanvin, ninguém mais quisera tratamento.

— Se eles fedem, então eu preciso me esforçar. Uma vez mandei um tomar um banho.

— Ela não fedia. 1000, Jean Patou. Eu simplesmente não conseguia tocá-la. Ela me dava uma sensação de nojo.

— Quanto tempo você ficou sem trabalhar?

— Seis anos.

— Então você simplesmente perdeu o costume de tocar pessoas desconhecidas.

— Você acha que eu agora vou sentir isso com todos?

— Conheci um cara que teve de largar a profissão. Por isso. Agora ele trabalha como lixeiro. — Manuel teve um ataque de riso. Sonia sorriu com ele.

— Perguntei a ele se era melhor. Ele disse que não, mas que podia usar luvas. — Ele riu de novo.

Na noite depois do arco-íris, Sonia ficou em seu quarto. Mas na manhã seguinte, ela se recompôs e foi até o restaurante dos funcionários para o café-da-manhã. Lá, começou a conversar com Manuel, e, como ambos se sentiam um pouco abandonados, se tornaram amigos.

— Mas é sério: se você não consegue tocá-la, eu a pego. Eu não me importo.

— E o que eu digo para ela?

— Nada. Da próxima vez eu simplesmente apareço. Pronto.

— E se ela exigir que seja eu?
— Ela não vai.
— Como você tem tanta certeza?
— Porque eu posso tocá-la.

O celular indicou uma nova mensagem.

o que você está fazendo?
comida reto-asiática
sozinha?
com colegas e você?
hanspeter
ainda?
de novo
boa sorte

No bufê havia uma pequena porta de correr incrustada no painel de pinho através da qual os funcionários da cozinha passavam os pratos. Dali era possível se ver parte do restaurante.

Peder Bezzola tirou o chapéu de cozinheiro, abriu a porta de correr e se curvou para entregar o prato. Ele tinha que ver os clientes que tinham pedido um veado ao *curry* vermelho, um espetinho de camurça e galinha com gengibre e *chili* amarelo. Eram duas mulheres e um homem. Hóspedes ou funcionários do Gamander. Provavelmente funcionários, pois uma das mulheres já estivera lá uma vez quando o hotel ainda não estava aberto. Nina, que a servira, tinha contado.

Ele ficou olhando como a mais bonita das duas saboreava o vinho. Podia-se ver que não era a primeira vez que fazia isso. Ela o girou rapidamente na taça, cheirou-o, manteve um pequeno gole na boca e então fez sinal positivo com a cabeça. Tudo de forma incidental e sem cerimônia.

Ele fechou a porta de correr e se pôs a cozinhar.

Eles tinham um único tema: o enigma Barbara Peters. Michelle Kaiser, a recepcionista, já estivera duas semanas lá para preparar a temporada e portanto sabia mais do que Sonia e Manuel. Ela se aproveitou um pouco dessa sua vantagem e demorou até o trio de carnes à moda de Bündner com *chutney* de arando para que eles empatassem com ela.

Barbara Peters morava sozinha no apartamento Rapunzel. Era assim que Michelle chamava o apartamento que a chefe tinha decorado para si mesma em uma das duas torres. Decorado com muita classe, como sugeriu Michelle. O único ser do sexo masculino que tinha permissão para entrar lá era Bango, o seu *cocker spaniel* educado antiautoritariamente.

A dona do hotel não era da área. Seus conhecimentos em hotelaria eram modestos. Mas tinha contratado bons funcionários no escritório, na cozinha e na administração. E ela, Michelle, explicou a própria modestamente, possuía os documentos que faltavam para a direção de um hotel.

O hotel tinha capacidade para receber aproximadamente cinqüenta hóspedes. No momento, a porcentagem de ocupação estava em quarenta e quatro por cento, crianças inclusive.

— E quantos são? — perguntou Manuel.

— Vinte e dois — informou Michelle.

— E quantos funcionários?

— Trinta e seis.

Manuel deu um assovio.

— É melhor a gente já começar a procurar outra coisa, Sonia.

Michelle não soube responder onde Barbara Peters tinha arranjado os milhões que a compra, a reforma e a administração do Gamander haviam engolido.

— De um banco, pelo menos, o dinheiro não pode ser — concluiu Sonia. — Um banco teria exigido um planejamento administrativo.

— A-ha, tem alguém aqui que entende de bancos, — comentou Manuel.

— De banqueiros — suspirou Sonia.

Nessa noite, Sonia viu o sr. Casutt pela primeira vez. Eram quase onze e meia, tarde para Val Grisch, quando eles voltaram para o hotel. O sr. Casutt estava sentado atrás do balcão da recepção e aparentemente tirava uma soneca. Ele era o porteiro da noite. Não fora sempre assim. Antigamente, trabalhava de dia. E em estabelecimentos maiores que o Gamander. O fato de ser sido banido para a noite tinha a ver com álcool. Não que ele tivesse bebido em serviço. Mas antes e depois. E, com os anos, isso acabou manchando o seu nome, ferramenta indispensável dos porteiros de grandes estabelecimentos.

O sr. Casutt era um homem magro, com cabelos bastante pretos e volumosos para os seus 64 anos. Ele usava um uniforme azul-escuro cujo colete ficava um pouco largo devido à sua postura encurvada. Além de inglês, ele dominava todas as quatro línguas nacionais. Casutt era da região.

Ele se encaminhou sorrindo até Sonia e se apresentou. Michelle e Manuel aproveitaram para se recolher em seus quartos.

O sr. Casutt sofria da solidão dos porteiros noturnos e envolveu Sonia imediatamente em uma conversa. Ele queria saber como era a comida no Steinbock e se ela achava que poderia indicar o local, se necessário. Quis saber se ela já havia trabalhado em um hotel alguma vez e se estava gostando.

A cada uma de suas respostas, ela lhe fornecia um gancho para uma história. O toque asiático do Steinbock, para um restaurante chinês em Paris em cujas latas de lixo haviam sido encontradas, nos anos 1970, dúzias de latas vazias de comida de cachorro. O seu primeiro emprego em um hotel, para os duros tempos de seu aprendizado como garçom, iniciado aos quinze anos em um Grandhotel.

Casutt não era mau contador. Podia-se perceber que já contara muitas vezes suas histórias, sempre enfeitando-as de alguma forma. Ele sabia quando inserir uma pausa e como chegar ao clímax. Apenas o sorriso que mantinha o tempo todo inalterado incomodava Sonia um pouco.

Eles estavam sentados no conjunto de sofás e poltronas que ficava ao lado do fícus, no saguão da recepção. A casa estava em silêncio, todos os hóspedes estavam em seus quartos. Ela tinha se deixado convencer a tomar um drinque. Uma cerveja para ela, uma água para o porteiro.

Ouviu suas lembranças e anedotas durante mais de uma hora até conseguir finalmente lhe desejar boa noite. Quando deu uma última olhada para o saguão, do alto da escada, ele estava de novo em pé, atrás do balcão da recepção. Parecia já tê-la esquecido. Mas continuava sorrindo.

Então ela percebeu que aquilo não era um sorriso. Era a expressão de um caminhante exausto de longos percursos.

Assim que entrou em seu quarto, ela soube que não tinha ficado até agora lá apenas por educação. Quisera adiar o mais possível o momento de estar de novo sozinha nesse lugar.

Ela ligou a televisão. A reprise de um *talk-show*, a reprise de um *western* italiano, a reprise de uma revista política, a reprise do noticiário. No noroeste havia alguém cortando as tetas de vacas prenhes.

Quando ela abriu os olhos, estava claro no quarto. Sonia pulou da cama. Tinha que começar às oito horas.

Mas o relógio mostrava que ainda era pouco depois das seis. Ela podia se deitar de novo.

Na sua cabeça reinava a sensação surda que costumava ter depois de noites selvagens. Mas o dia anterior não fora uma noite selvagem. Algumas taças de vinho e duas cervejinhas com o sr. Casutt. Talvez isso fosse um bom sinal. Talvez ela já estivesse tão desintoxicada que uma noite como a de ontem já a derrubasse.

Cruzou os braços atrás da cabeça e fixou os olhos no nó da madeira do revestimento do teto inclinado. Também um velho truque com o qual conseguia trazer um pouco de clareza para a cabeça numa manhã como aquela.

De repente, o nó da madeira se moveu. Flutuou pelo revestimento como um pedaço de madeira boiando. Sonia fechou os olhos e os abriu de novo. O nó da madeira continuava se movendo.

Um segundo nó da madeira também se moveu. Ele se deslocou na mesma velocidade, vindo de outra direção, indo para o mesmo lugar: para um grande nó no terço mais alto do teto inclinado.

Esse era o único que não se movia. Todos os outros eram atraídos para aquele ponto. Em uma massa viscosa invisível, eles se dirigiam para lá.

O primeiro nó desapareceu dentro do grande. Primeiro o rodeou em forma de espiral, como uma espuma que rodeia o ralo da banheira — e sumiu.

Então o próximo. E o próximo. E o próximo. Os nós da madeira de todo o revestimento foram sugados pelo maior. Até restar somente o grande nó da madeira.

Então os vãos entre as tábuas começaram a se deslocar. Sonia viu que devia haver uma força violenta no interior do nó da madeira restante. Os dois vãos que ficavam mais perto dele foram envolvidos por ela e sugados como dois espaguetes moles.

Um vão após o outro foi caindo nessa violenta sucção e desapareceu chicoteando na abertura redonda.

O que restou foi uma superfície de tamanha limpeza como Sonia nunca vira antes. Mas a cor ela conhecia: era aquela que vira na borda do arco-íris.

Acima dela brilhava, com a mesma transparência peculiar daquela tarde, a cor que não existia.

Quando ela desceu até o saguão, o fícus não tinha mais folhas.

Os galhos filigranados dos troncos cinza-claros estavam

pelados, e os estofados nos quais Sonia havia se sentado com o sr. Casutt estavam cobertos com a folhagem brilhante sempre verde. Ao lado estava ajoelhado o porteiro da noite com seu sorriso grotesco; juntava as folhas com uma escova e as colocava em um grande saco de lixo.

— Ontem à noite elas ainda estavam todas nos galhos — balbuciou ele quando viu Sonia.

Ela se lembrou de que tinha percebido algumas folhas sobre o tapete, mas não considerara isso um problema.

— Quando a senhora subiu, eu me deitei um pouquinho e, quando voltei... — Ele apontou para as folhas desamparado.

A visão da planta morta tinha algo de ameaçador. Um esqueleto que se erguia do vaso.

O saguão da recepção parecia o local de um crime: atrás do balcão, Barbara Peters e Michelle falavam ao telefone com expressões graves, o sr. Casutt parecia estar protegendo as evidências e agora ainda apareceu Igor com um carrinho de mão para transportar a vítima.

Sonia queria dizer alguma coisa para consolar o sr. Casutt, mas sentiu que não conseguiria dizer nenhuma palavra e se refugiou na área de bem-estar.

Ela foi recebida pelo barulho das quedas-d'água e pelo cheiro de cloro e óleos etéreos. Correu escada abaixo até a sala dos funcionários e desabou no choro. Não sabia se por causa da planta, por solidão ou pelas alucinações depois de acordar.

Mais alguém estava chorando. Parecia uma criança.

Sonia assoou o nariz, enxugou as lágrimas, abriu a porta e escutou atenta.

O choro tinha ficado um pouco mais baixo. Ela caminhou pelo corredor. Vinha de uma das salas de tratamento. Então se tornou de novo alto e desesperado. O choro vinha de uma criança a quem eram infligidas dores. Ela abriu a porta em silêncio.

A sra. Felix mantinha um menino pequeno pressionado sobre a maca de massagem. Ela o obrigava a uma torcedura estranha da qual ele tentava se libertar em vão. Ao lado, uma moça rechonchuda olhava de pé. Ela tinha um sorriso estranho. Animador? Maldoso? Desamparado?

As duas mulheres olharam assustadas para Sonia. Ninguém disse nada, só a criança chorou um pouco mais desesperada.

— Perdão. — Sonia fechou a porta.

A estrada para Val Grisch brilhava molhada, da serra podia-se ver apenas o sopé. Hans Wepf dirigia a sua kômbi com a inscrição "Wepf — plantas e horticultura" pelas curvas estreitas.

Naquela manhã, a dona do Gamander ligara para ele no celular e praticamente lhe ordenara que parasse tudo o que estava fazendo. O fícus-benjamim que ele lhe entregara há seis semanas tinha perdido todas as folhas durante a madrugada. Ela o esperava ainda naquela manhã com outro exemplar idêntico.

Ele tinha feito todo o jardim do Gamander e todas as plantas de interior. E tinha um contrato de um ano de fornecimento de flores cortadas com opção de prolongamento. Barbara Peters era uma boa cliente. Talvez não a melhor, mas certamente a mais bonita.

Portanto, ele repassou a supervisão do trabalho no jardim de um outro cliente para o seu gerente e foi procurar no depósito de plantas uma figueira semelhante. A que ele finalmente encontrou era um pouco menor. Caso ela se incomodasse, ele diria: mas em compensação, ela tem folhas.

Não, ele naturalmente não diria isso. Proporia deixar aquela ali até que encontrasse uma maior.

Todas as folhas perdidas numa madrugada. Ele nunca ouvira falar de algo assim. Em uma semana, talvez. Mas em uma noite?

Entre Storta e Val Grisch havia três curvas fechadas. Ele estava diante da segunda. Durante os trabalhos no Gamander, uma vez ele se deparou com o carro do correio vindo em sua direção do lado errado da pista. Trocou a marcha para uma mais baixa e se manteve o mais à direita possível.

Justamente quando ia voltar a acelerar, viu o Pajero chegando. Ela fez a curva e estava vindo diretamente para cima dele. Agora o motorista também viu a kômbi, freou e puxou a direção para a direita. O jipe puxava uma carreta-tanque que começou a serpentear em câmera lenta. Hans Wepf ficou olhando impotente a carreta sendo lançada em sua direção. Pouco antes de bater, ela derrapou para o outro lado e não atingiu a kômbi por centímetros. Pelo retrovisor, Wepf viu o carro com sua carreta cambaleante desaparecer na curva.

O motor tinha morrido. Então ele deu partida e saiu da curva. Um pouco mais acima, parou num declive e olhou para a estrada abaixo que se torneava em outras curvas na direção do vale. Estava certo de que veria o Pajero com sua carreta caída ao lado da estrada, mas ainda conseguiu vê-la desaparecendo atrás de um cume.

— Imbecil — disse ele e continuou.

— É normal crianças chorarem durante uma terapia *vojta*! — A sra. Felix tinha entrado de supetão na sala dos funcionários e olhava desafiadora para Sonia.

— Eu sei. Justamente isso me incomoda. — Sonia tivera contato com a terapia *vojta* durante sua formação. Ela era utilizada especialmente em crianças com problemas motores e se baseava no reconhecimento de que seqüências de movimentos reflexos podem ser desencadeadas por meio de determinados estímulos. E que essas reações podiam ser reforçadas se fossem desencadeadas com uma mão e reprimidas com a outra. Quando Sonia teve que ver pela primeira vez como um terapeuta pressionava o polegar entre as costelas de uma criança aos prantos e a impedia concomitantemente de se virar, não teve mais dúvidas do que pensava a esse respeito.

— Faço tratamento *vojta* há mais de vinte anos e poderia lhe mostrar centenas de cartas de pais agradecidos. Centenas!

— Eu simplesmente não simpatizo com o método.

A sra. Felix procurou uma resposta por um instante. Então soltou a frase:

— Eu também não simpatizo muito com você. — E saiu.

tudo bem?
tudo ainda muito novo
mas era isso que você queria
e você?
tudo ainda muito velho

Sonia caminhava ao lado da piscina, para um lado e para o outro, e se sentia uma boba. Faltava apenas o apito para que se transformasse no Gerbo, o sr. Gerber, o temido zelador da piscina do balneário onde ela costumava passar grande parte das férias de verão quando criança. Nunca lhe passara pela cabeça, nem em sonho, que um dia faria patrulha à borda de uma piscina proibindo as crianças de pular na água ou de gritar.

E agora estava fazendo exatamente isso. Pascal, Dario e Melanie, os três filhos mais novos da família Häusermann, espantavam a monotonia do dia chuvoso na piscina. Eles gastavam sua energia enquanto Lea, de quinze anos, folheava uma revista em uma espreguiçadeira, distante de seus irmãos. Na piscina térmica a velha professora universitária, a sra. professora Kummer, fazia uma hidromassagem e, sempre que o barulho ficava muito alto, lançava um olhar indignado para Sonia.

— Crianças! — exclamava Sonia, então brava, e o nível de ruído baixava por alguns instantes.

Se fosse por Frédéric, ela hoje teria pelo menos um filho da idade de Pascal. No segundo ano de seu casamento, muito antes de ela ter se entregado aos tratamentos de fertilidade, Frédéric a surpreendia às vezes com noites eróticas. Luz de velas, caviar e *rock* romântico. Ela via essas ocasiões como esforços um pouco sem graça, além de, na sua opinião, desnecessários, para enriquecer sua vida amorosa, mas entrava na brincadeira de bom grado. Até que, certa vez, calculou por acaso a sua ovulação e percebeu que tinha caído exatamente na mesma data de uma das noites românticas de Frédéric. Calculou as ovulações anteriores e não se espantou por elas também coincidirem com as outras noites.

Ela ainda achou tudo aquilo um pouco bobo, mas bonitinho, e tirou um pouco de sarro dele na noite seguinte à luz de velas. E então ficou sabendo que não fora ele quem fizera as contas, mas a Maman. Ele lhe repassava as informações necessárias e ela mantinha um calendário de fertilidade de Sonia! E dizia então ao filho em que noite estaria fértil de novo. Provavelmente ela ficava em sua casa na Rua Beeren e brindava, de dedos cruzados, com o marido e uma taça de seu horrível rosê.

Sonia ficara horrorizada e enojada.

Ela não sabia o que era pior: o fato de sua sogra controlar sua vida sexual à distância ou o fato de Frédéric não saber que não poderia ter contado aquilo a Sonia nunca, nunca, em hipótese alguma.

Sonia foi arrancada de seus pensamentos por um barulho alto de água. Dario tinha dado uma bomba de novo. Ele tomava distância, corria, pulava, encolhia as pernas, abraçava-as com os dois braços e caía na água como uma bala de canhão humana. Sonia se levantou de sua cadeira, foi para bem perto da borda da piscina, colocou as mãos nos quadris e disse brava:

— Dario, agora chega.

Dario saiu da piscina e disse mal-humorado:

— Eu já ia sair mesmo.

Ele se secou, jogou a toalha sobre os ombros e saiu. Pascal e Melanie o seguiram, Lea ficou em sua cadeira.

Sonia voltou a sentar-se em sua cadeira e ficou de olho na sra. professora Kummer. Logo teria que lhe sugerir que saísse da piscina térmica e fosse para a sala de repouso. Para poupar a sua circulação sanguínea.

Da última vez que ousara lhe dizer isso, a velha senhora retrucara:

— E o que você tem a ver com a minha circulação?

A sra. professora Kummer fazia parte do antigo banco de dados, como dizia Barbara Peters. Ela tinha procurado os sobreviventes entre os endereços do fichário do Gamander, atualizara-os e lhes escrevera. O retorno não tinha sido estrondoso, mas a ação tinha gerado algumas reservas. Os Lüttger, de Hamburgo, que nunca mais haviam estado lá desde os anos 1960; os Lanvin, ela passara as férias de verão lá em cima com seus pais; e os Häusermann, dos quais era o marido que conhecia o hotel de sua infância.

E então a professora Kummer. Ela devia ter aproximadamente noventa anos, sua idade exata não constava dos documentos dos hóspedes. Muito menos a origem de seu título de professora universitária. Em compensação, lá estava escrito que já naquela época ela estava acompanhada de uma srta. Seifert, pouco mais jovem que a professora. Agora ela também estava lá e suportava as variações de humor, maldades e sacanagens da velha com a humildade de uma parente pobre, o que provavelmente era.

Lea se levantou de sua espreguiçadeira, juntou suas coisas e saiu. A sra. professora Kummer, porém, não dava sinal de que sairia do banho. Estava de pé ao lado de um dos jatos de água e não parava de olhar para lá com o rabo dos olhos. Provavelmente, na esperança de que Sonia se metesse de novo com sua circulação.

Manuel subiu as escadas.

— Mas que calmo aqui, você afogou as crianças?

— Não faltou muito.

Ele se sentou na cadeira ao lado de Sonia e ficou um tempinho em silêncio. Então, sem rodeios:

— Você nunca quis ter?

— Filhos? — Sonia ficou surpresa. — Não. Sim. Houve uma época em que eu quis.

— E? Por que você não tem nenhum?

— Distúrbios de passagem.

— O que é isso?

— Você quer saber exatamente?

— Ah.

Eles ficaram observando em silêncio a professora, que acabara de sair do último jato de água, voltando para o primeiro. Manuel retomou o fio da conversa.

— Não dá para fazer nada?

— Depende do quanto você quer.

— Você não queria muito?

Sonia balançou a cabeça.

— Quanto mais o tempo passava, tanto menos.

— Entendo. — Ele indicou com o queixo a velha senhora no jato massageador. — Há quanto tempo ela já está lá?

— Tempo demais. Mas eu não vou tirá-la de lá. Ela só quer brigar.

— Chame a sra. Felix. Ela tem medo dela.

— Eu também.

— Ah, que bobagem. No fundo, ela é muito simpática.

— Você sabia que ela faz terapia *vojta* com uma criança aqui?

— Ela me contou. Ela negociou com a chefe para poder continuar atendendo seus pacientes privados aqui.

— Será que ela também lhe disse que as crianças choram como se estivessem apanhando?

— Merda! — Manuel correu até a piscina térmica e pulou nela. Sonia o seguiu. Da sra. professora Kummer só se via o capuz vermelho. Manuel levantou a afogada até sua cabeça ficar fora d'água.

— Professora! — ele exclamou. — A senhora está me ouvindo? (...) Merda, nós vamos ter que fazer respiração boca a boca.

A velha senhora abriu os olhos e mostrou os dentes falsos triunfante.

— Você bem que ia gostar.

A porta de vidro se abriu e Barbara Peters entrou acompanhada de um homem ruivo em um macacão cinza. A mão dele estava enrolada em um guardanapo.

— O sr. Wepf se queimou, alguém entende disso?

Manuel deixou a sra. professora Kummer na piscina e foi buscar uma pomada para queimadura.

— Alguém envenenou o fícus com ácido — explicou Barbara Peters.

— Ácido sulfúrico — completou Wepf. — Cheira como uma bateria de carro descarregada.

beatrice aplicou botox
como ela ficou?
mais repugnante ainda e você?
o fícus foi assassinado
quem?
a planta no saguão do hotel
assassinado?
ataque de ácido
de quem?
não tenho idéia
bem doente essa gente das montanhas
bastante

Yves Montand dirigia um caminhão cheio de nitroglicerina por um perigoso desfiladeiro. O resplendor no raio X da misteriosa Supernova 1979C simplesmente não enfraquecera nos últimos vinte e cinco anos. Foi encontrada mais uma vítima mutilada do torturador de animais.

Sonia desligou a televisão e apagou a luz. Ainda era cedo, ela não estava cansada, mas não queria mais ver os nós da madeira. Eles podiam voltar a ter vida.

Ficou escutando os barulhos da noite. O tilintar de metal quando Pavarotti mudava de posição em sua gaiola. O raspar do chão quando alguém caminhava por ali. O soprar do vento quando ele chegava à sua janela passando pelas folhas da bétula. O sino da igreja que tocava abafado a cada quarto de hora.

O sons se tornaram visíveis de novo. Na tela de

projeção diante de seus olhos, o tilintar de Pavarotti se mostrou na forma de tranças amarelo-claras. O raspar dos passos eram cubos marrom-acinzentados de contorno indistinto. O barulho das folhas traçava linhas diagonais prateadas pintadas por um pincel tremente. E os badalos do sino da igreja distorciam todas essas imagens, como uma superfície de água em movimento distorcia o fundo de um lago raso.

Sonia se levantou, vestiu seu roupão de banho e foi até a janela. Adivinhou o manto de névoa baixo e as íngremes escarpas ao fundo. O vento trazia o cheiro do esterco que aqui e ali ainda fumegava diante dos estábulos.

Nenhuma sensação de tranqüilidade, nenhuma sensação de paz. Tudo era frio e ameaçador.

preciso procuração para correio
para quê?
uma carta
não receba
a polícia vai obrigar o correio a enviar
você não sabe onde estou
mentir para polícia
eles também são só homens

Com uma grande concha, Sonia tirava a mistura quente de *fango* com parafina da batedeira e a despejava sobre a chapa de metal. Ela se espalhava lentamente como lava enquanto Sonia mergulhava a concha de novo no aparelho.

O cheiro lhe lembrava o tempo em Bad Waldbach. Ela fizera um curso de especialização no centro terapêutico de lá no qual usava *fango* todos os dias. A maioria de seus pacientes estava hospedada em um dos três hotéis de luxo do local. Mulheres que tinham ouvido falar que *fango* era bom contra celulite. Homens que tinham tido uma distensão jogando no campo de golfe próximo dali.

Em Bad Waldbach ela também tinha conhecido Frédéric. Ele a tinha abordado em um bar da cidadezinha ao qual ela tinha ido por solidão e tédio. Ela não se dava especialmente bem com seus colegas e estava se sentido pouco desafiada. Queria ajudar pessoas que realmente precisassem de ajuda.

Deixou Frédéric lhe pagar dois drinques e, num dado momento, soltou a frase:

— Eu não consigo mais ver esses moleques do golfe, quero finalmente um paciente que tenha um problema de verdade.

Dois dias mais tarde, Frédéric estava deitado em sua maca de massagem. Ele queria um pacote de *fango*. Tinha sofrido um estiramento. Durante o golfe. Ela achou engraçado e aceitou o convite para jantar. Somente meses mais tarde ficou sabendo que Frédéric era mesmo jogador de golfe. Então eles já estavam noivos.

Sonia espalhou o mingau vulcânico preto uniformemente pela chapa e a colocou na estufa. Depois começou a encher uma nova. Ela não tinha nenhuma massagem marcada o dia inteiro. E, desde que estava lá, ninguém nunca havia pedido um tratamento com *fango*.

Anna Bruhin estava sentada atrás do balcão da loja: diante dela, um livrinho de palavras cruzadas. Colocara um papel transparente sobre uma das palavras-cruzadas e escrevia as letras nos quadrados com um lápis macio. Assim, o livro ainda podia ser vendido depois. Ela não podia se dar ao luxo de sacrificar um livro toda vez.

Uma limusine grande e empoeirada parou diante da vitrine. O motorista saiu do carro e entrou na loja. Ele usava um terno cinza abotoado até em cima que lhe lembrava um uniforme. Falava italiano e comprou um maço de Marlboro. Assim que pagou, já rasgou o celofane, abriu o maço e tirou todos os cigarros. Deixou dois. Os restantes ele depositou sobre o balcão e saiu.

Anna Bruhin foi até a porta e olhou para fora. No banco de trás do carro preto estava sentado um senhor idoso a quem o motorista entregou o maço de cigarros. Um chofer, pensou Anna, um chofer uniformizado. Ela abriu a porta e ficou olhando o carro sair. Uma placa da Europa com número italiano.

Anna Bruhin voltou para o balcão, abriu uma gaveta e colocou os 18 cigarros na caixa de venda avulsa.

Gian Sprecher estava descendo em seu trator crepitante até o vilarejo. Na bifurcação para Quatter, deu de cara com duas pessoas caminhando no meio da rua. Uma moça e um velho. Quando o ouviram se aproximar, levantaram a cabeça. Era aquela do Gamander.

Sprecher não desacelerou, os dois tinham tempo suficiente para irem para o seu lado da rua. Foi o que fizeram.

Quando passou por eles, a mulher lhe deu um sorriso. Sem querer, ele cumprimentou de volta. É verdade que apenas com um pequeno aceno de cabeça, mas ele tinha cumprimentado de volta.

Quis verificar pelo retrovisor se os dois se viravam para olhar para ele e só conseguiu se desviar por pouco de um carro preto que surgiu lentamente na curva. Carroça cara, placa da Itália.

Sonia era a única pessoa na área de estar. Tinha suado no ciclo romano irlandês e nadado dois quilômetros. Tudo sob o olhar de desprezo da sra. Felix, que hoje fiscalizava o local.

Então foi encontrar Michelle na recepção. Elas tinham combinado de ir até o vilarejo.

Na entrada do hotel, o sr. Casutt, de uniforme e boné, veio ao seu encontro.

— Os porteiros noturnos não costumam estar na cama a esta hora? — perguntou Sonia espantada.

— Não quando precisam deles — respondeu Casutt. Ele se dirigiu a Michelle: — Aqui estou eu.

Michelle olhou para ela, divertida.

— Eu estou vendo. E por quê?

— Justamente. Para substituir a senhora.

— E de onde o senhor tirou que eu preciso ser substituída?

— Recebi um telefonema do escritório. — Casutt tinha elevado um pouco a voz.

— Do escritório? O senhor tem de me substituir?

— Pergunte então.

Michelle saiu pela porta que ficava atrás do balcão da recepção.

— Eu não estou maluco — disse Casutt para Sonia.

Michelle voltou, balançando a cabeça em negativa.

— Nenhum de nós aqui telefonou.

— Sim. Um homem.

— Ele disse o nome?

— Não. Só "Hotel Gamander".

— Então foi uma piada. O senhor pode voltar a dormir, sr. Casutt.

— Bela piada. — Casutt parecia decepcionado. Sonia ficou com pena dele.

— Já que ele está aqui mesmo, talvez pudesse ficar no seu lugar até a gente comer — sugeriu Sonia.

— Não é necessário. Se alguém chegar, pode tocar a campainha. Nós sempre fazemos assim.

Elas deixaram o confuso sr. Casutt para trás e saíram do hotel. O céu estava cinza, farrapos de névoa estavam presos às escarpas acima de Val Grisch. Em frente à porta de entrada estava estacionado um Mercedes preto classe S. Alguém tinha escrito na poeira da porta direita traseira: "O Diabo de Milão".

Quatro

Podiam-se adivinhar as pontas dos pinheiros que começavam a se eriçar em direção ao pálido céu abaixo do Alp Petsch. Em um dia claro, naquele momento já seria possível reconhecer os contornos da serra no lado direito do vale. Em alguns estábulos a luz estava acesa, podia-se ouvir o arrastar dos caldeirões de leite e o zunir das ordenhadeiras. Um galo fez soar seu triste canto e, à distância, um outro lhe respondeu.

No hotel estava tudo escuro. Só atrás do balcão da recepção havia um pequeno abajur de leitura aceso. O sr. Casutt tinha vigiado a noite inteira. Ninguém poderia acusá-lo de não realizar seu trabalho com responsabilidade. Ele podia ver no rosto de sua chefe e de seus colegas que eles tinham dúvidas quanto à sua seriedade desde o ocorrido com a planta e a misteriosa ordem para que viesse trabalhar de dia. Tinha vivido algumas demissões nos últimos anos e já conhecia bem os seus indícios. Ele não lhes daria motivos.

Sonia estava deitada na cama de olhos abertos. Ela tinha passado uma noite sem alucinações, tinha acordado duas vezes e dormido logo em seguida. Agora, obrigava-se a permanecer acordada.

Não entendia Barbara Peters. Miss Gamander, como Manuel a batizara. Ela acordava cedo, nadava toda manhã o seu percurso, passeava com Bango não importava como estivesse o tempo, comia os seus menus vegetarianos especiais e, fora isso, levava uma vida como se estivesse em uma *beauty farm*.

O fato de a ocupação do hotel estar irremediavelmente abaixo de sua capacidade mínima parecia não incomodá-la. Ela agia como se o Gamander e suas instalações de spa estivessem ali apenas para o seu conforto pessoal, do qual ela generosamente permitia que um punhado de hóspedes participasse. Para estes, ela era uma anfitriã sempre sorridente, mas distante.

Também com os funcionários ela mantinha essa distância amigável. Apenas Michelle, a recepcionista, ela deixava se aproximar um pouco. Pelo menos Michelle era a única que a tratava por você.

Estranhamente, ela parecia não se importar muito nem mesmo com o atentado contra a planta. Quando alguém lhe sugeriu que notificasse a polícia do ocorrido, ela riu e perguntou:

— O assassinato de uma figueira?

Aparentemente não havia nenhum homem em sua vida. Com exceção do elegante italiano idoso que passara duas noites no hotel dando ensejo para todo tipo de especulação. Ele comia na mesa com Barbara Peters e ela o apresentou como Il Senatore. Eles pareciam bem íntimos, mas não um casal. Ele ficou em uma das três suítes e seu chofer foi instalado em uma das suítes juniores. Eles conversavam em italiano, língua que Barbara Peters, segundo o garçom italiano, apenas arranhava.

Entre os funcionários, supunha-se que Il Senatore tivesse alguma coisa a ver com a base financeira da chefe.

Sonia se levantou e puxou as cortinas. Algo da luz cansada do amanhecer penetrou no quarto. Muito pouco para fazer com que os móveis e objetos voltassem a parecer reais. Ela acendeu a luz, foi para o banheiro, acendeu lá também a luz e tirou o pano da gaiola de Pavarotti.

O passarinho piscou para ela. Então começou a andar de lado em seu poleiro para lá e para cá.

— Tempo bom para voar? — perguntou Sonia abrindo a porta da gaiola. Pavarotti não se moveu. Ele esperaria até que Sonia tivesse se distanciado e sairia da gaiola no momento em que decidisse. Ou não. Os especialistas em periquitos sugeriam um vôo livre por dia. Mas Pavarotti parecia se contentar com um ou dois por semana. Ela sempre ficava feliz quando ele não aproveitava a chance da porta aberta. Assim se poupava do trabalho de pegá-lo. Se depois de dez minutos ele ainda continuasse enrolando dentro da gaiola, ela voltava a fechar a porta.

Pavarotti tinha ficado com ela na partilha. Ela já o possuía quando conheceu Frédéric. O passarinho já tinha mais de dez anos de idade e havia pertencido antes a uma amiga. Ela se chamava Caroline e tinha feito com ela o curso de fisioterapia. Sonia havia abrigado Pavarotti por três semanas quando Caroline fora velejar com amigos no Mediterrâneo. Caroline teria feito o mesmo por ela, só que Sonia não possuía animais de estimação, nem mesmo um periquito.

Sendo assim, Caroline fez um cruzeiro com seus amigos entre as ilhas gregas e, no penúltimo dia de férias, Sonia recebeu um telefonema dizendo que a amiga desaparecera. Eles estavam navegando com vento bom em mar um pouco tempestuoso e de repente ela não estava mais lá. No deque, eles pensaram que ela estivesse na cabine, e lá embaixo eles a imaginavam no convés. Ninguém soube dizer exatamente quando a vira pela última vez. As buscas um pouco superficiais da marina grega não tiveram sucesso. Caroline foi registrada como uma das vítimas de afogamento daquele verão.

Sonia ficou com Pavarotti porque no começo contava que Caroline reaparecesse a qualquer momento. Não queria acreditar que uma moça tão feliz e ruidosa como ela pudesse desaparecer do mundo tão calma e silenciosamente.

dormi com kurt
você é louca?
sou
então
bem
e agora?
ele fica de boca fechada
ninguém fica de boca fechada

Nesse dia aconteceu de novo. Sonia acompanhou a sra. Lütgers depois da sauna até a sala de repouso. Assim que entrou, já percebeu que alguma coisa estava diferente. Tirou uma toalha do armário aquecido e a estendeu sobre uma espreguiçadeira. A sra. Lütgers se deitou sobre ela, e Sonia a cobriu com uma segunda toalha. Nesse momento, lhe ocorreu que a sensação da toalha em suas mãos estava errada. Não apenas quente, macia e felpuda, mas também fria, dura e lisa. Como um enfeite de aço cromado de um trenó americano.

Ela soltou a toalha e esfregou as mãos abertas nas coxas. A sensação não ia embora. Simplesmente se misturou ao fino tecido de seu uniforme branco com o logo do Gamander no lado esquerdo do peito.

De repente, ela percebeu o que estava diferente. Alguém tinha enchido o aromatizador. Um perfume intenso de tangerina enchia o ambiente. E era esse perfume que ela sentia nas mãos.

Deve ter feito uma cara assustada, pois a sra. Lütgers perguntou:

— Alguma coisa errada?

— Não, não. Eu só não estou me sentindo muito bem. Se a senhora me der licença.

Ela pediu a Manuel, que fumava um cigarro na sala dos funcionários embaixo do exaustor ligado no canto da cozinha, que a substituísse, pois não se sentia muito bem.

— O que você tem? — ele se informou, preocupado.

— Nada sério.

— Ah, bom, isso.

Sandro Burger estava ajoelhado ao lado de um banco da igreja e parafusava o genuflexório. Um dia ele ia pegar o moleque que, durante a missa, matava o tempo soltando os parafusos com um canivete. Não era difícil que algo acontecesse. E ele então seria mais uma vez o culpado.

A porta se abriu e uma jovem entrou. Uma daquelas que trabalhava no Gamander.

— Eu não faria apenas uma massagem com ela — ele sorriu quando Chasper Sarott, do Steinbock, lhe contou que ela era massagista.

Ela não o vira, e ele se agachou atrás da fileira de bancos.

A mulher fez o sinal-da-cruz e foi na direção do altar-mor. Quando chegou ao pequeno altar de Maria, ela hesitou e parou. Olhou à sua volta. Então foi até lá e fez de novo o sinal-da-cruz. Abriu a bolsa, pegou a carteira e procurou uma moeda. Ele a ouviu caindo no ofertório. A mulher pegou uma vela nova, acendeu-a na única que ardia e a enfiou no castiçal.

Ela ficou com certeza cinco minutos imóvel em frente ao altar. Sandro Burger não se atrevia a mudar de posição. O barulho de seu joelho o entregaria, tão silenciosa estava a igreja.

Quando ela finalmente se foi, ele quase não conseguia mais se levantar.

Desde o batizado do filho mais novo da cunhada parideira de Frédéric, Sonia nunca mais entrara numa igreja. E nem nos anos anteriores, apenas em ocasiões familiares. Mas quando passou, nesse momento, tão sensível, pela alta fachada despojada da San Jon e viu quanta paz e tranqüilidade emanava dela, parou e entrou.

Foi recepcionada por uma tranqüilidade fria. No altar estavam acesas a luz eterna e uma vela. Mais ou menos no meio da nave, uma outra vela flamejava em um altar lateral diante de uma estátua de Maria. Ela foi até lá.

Na adolescência, mais ou menos entre os trezes e os dezesseis anos, prestava culto a Maria. Tinha montado em seu quarto um pequeno altar de Maria onde queimava incenso e acendia velas para o círculo sempre mutante daqueles que lhe eram próximos. Pedia conselhos à Mãe de Deus para todos os seus problemas com os pais, as amigas, os namorados, a escola e a vida de maneira geral. A não ser que se tratasse de temas que ela considerava íntimos demais para os ouvidos de uma Virgem Santa.

Seus pais, que não eram religiosos, toleravam essa fase devota da filha com um silêncio sarcástico e partiram do princípio de que isso passaria. No que tinham razão. Depois do décimo sexto aniversário de Sonia, Maria desapareceu e foi substituída por um pequeno Buda, que, no entanto, logo teve que dividir seu lugar com todo tipo de bibelôs e lembranças de sua primeira viagem de férias sem os pais.

Agora, depois de quase vinte anos, lá estava ela de novo diante da Mãe de Deus lhe pedindo conselho, consolo e ajuda. A realidade lhe escapava. Ela precisava de alguma coisa em que pudesse se apoiar.

Santa Maria, Mãe de Deus, faça com que eu volte a

apenas ouvir os sons, apenas cheirar cheiros, apenas sentir gostos, apenas ver imagens e apenas sentir com o tato aquilo que tocar. Faça com que eu possa voltar a diferenciar entre aquilo que é e aquilo que não pode ser.

Como quando era adolescente, acendeu uma vela. Mas dessa vez para si mesma.

O céu estava de um cinza leitoso, quase transparente. Parecia que o sol poderia atravessá-lo a qualquer momento. Sonia tinha amarrado o casaco na cintura e descia a trilha em declive a passos rápidos e curtos. Estava chegando de um longo passeio. Isso e talvez sua visita ao altar de Maria tinham acabado com sua ansiedade e dado lugar a uma certa leveza, quase alegria. Ela tinha encontrado consolo no fato de os incidentes terem se tornado mais raros. Talvez mais intensos, mas mais raros. Um dia eles acabariam de vez. E se não, ela os encararia como enriquecimento. Quem por acaso tinha o privilégio de tocar o perfume de tangerina e enxergar o bater dos sinos?

Ali onde o caminho desembocava na rua do vilarejo, estava parado um jipe com um tanque acoplado com dois adesivos. Uma folha de maconha nas cores rastafari com a inscrição "Positive Vibrations". E uma vaca branca e preta com o *slogan*: "Leite fortalece os ossos". Atrás da direção estava um homem de óculos escuros vermelhos espelhados que fingia que não a observava.

Na lousa da loja de suvenires estava escrito: "Hoje: geléia de morango caseira!". Ela entrou. A porta acionou um jogo de sinos acima dela. Atrás do balcão estava sentada uma senhora magra que se levantou à entrada de Sonia.

— Boa tarde! — ela desejou, com voz alta e forçadamente simpática. — Tudo indica que este ano ainda podemos ter um pouco de verão. Em que posso servi-la?

— Um maço de cigarros, por favor.

— Com prazer. Qual?

— Tanto faz, eu não vou fumá-los.

— E a senhora não sabe que marca a pessoa fuma?

— Não, eles são para mim.

— Mas a senhora não vai fumá-los?

— Exatamente.

— E por que a senhora quer comprá-los então? — quis saber a consternada dona da loja.

— Porque eu não quero não fumar só porque não tenho cigarros.

A mulher deu um sorriso forçado.

— Também pode ser um método.

No correio, o sr. Casutt veio ao seu encontro. Os olhos sobre o seu sorriso estavam tão tristes que ela interrompeu seus passos. E quando ele interpretou o seu "como vai?" como uma pergunta verdadeira respondendo "mal", ela o convidou para uma bebida no Steinbock.

O restaurante estava vazio. Nina estava sentada a uma das mesas com uma revista. Ela os cumprimentou, foi para trás do balcão e abaixou um pouco o volume da música da rádio local.

Sonia teria pedido alguma coisa alcoólica se o sr. Casutt não tivesse se decidido por um café. "A bebida dos porteiros noturnos", como ele costumava dizer. Sonia pediu "alguma coisa da sua maravilhosa carta de chás". E acrescentou animada:

— Só não traga nada com tangerina.

— Eu recebi uma última chance — revelou Casutt assim que as bebidas chegaram. — Uma última chance! Dessa garota! A senhora sabe quantos anos de experiência em hotéis eu tenho nas costas?

Sonia não sabia.

— Quarenta e oito anos! Quarenta e oito temporadas de verão e quarenta e oito temporadas de inverno e duas vezes quarenta e oito baixas temporadas dão no total cento e noventa e duas temporadas. — Ele fez uma pausa para reforçar o efeito do número.

— Quase duzentas temporadas. E agora vem uma diretorinha de hotel mimada em sua primeira temporada me dar uma última chance. Tenho que aceitar isso?

— O senhor aceitou? — perguntou Sonia.

Casutt baixou os ombros.

— Que outra alternativa eu tenho?

— As pessoas não precisam de porteiros em todo lugar?

— Não de porteiros que vão se aposentar em dois anos.

Sonia soprou sua xícara.

— Alguém também pode ter jogado o ácido durante o dia na planta. Além disso, é verdade que eu recebi um telefonema dizendo que devia substituir a sra. Kaiser ao meio-dia. — Ele tomou um gole cuidadoso de café. — Uma última chance!

— Ela realmente falou assim? Eu vou lhe dar uma última chance?

— "Nós vamos continuar tentando trabalhar juntos", ela disse. Dá na mesma.

— Eu não acho. Isso me soa significativamente mais positivo. E mais simpático.

— A senhora acha?

— Claro. "Nós vamos continuar tentando trabalhar juntos" é uma promessa. Isso me soa mais como Barbara Peters. Pois ela é simpática.

— Simpática? Ela é bonita demais para isso.

— Pessoas bonitas não são simpáticas?

— Maravilhosas, não. Normalmente bonitas, sim. Como a senhora.

— Obrigada.

— Pessoas tão bonitas como a chefe não precisam ser simpáticas para que os outros sejam simpáticos com elas. Por isso, elas nunca aprendem a ser simpáticas. Pode acreditar. Eu encontrei muitas pessoas bonitas em minha profissão.

— Comigo ela é simpática.

— Ela finge que é simpática. Quando a senhora ficar tão velha quanto eu, vai perceber a diferença.

Se era verdade que Barbara Peters só fingia ser simpática, conseguiu fingir muito bem nessa noite. Sonia a procurou em seu escritório para se desculpar pela sua ausência à tarde.

— Não tem problema — riu a chefe —, no momento, não estamos com falta de pessoal na sua área.

O escritório dela era o único ambiente da ala velha decorado com móveis de *designers*. O forro de madeira fora pintado de um turquesa-pastel opaco, os tacos velhos do soalho tinham sido lixados e encerados. Nas paredes havia fotos de Diane Arbus, Lee Friedlander, Richard Avedon e de outros fotógrafos americanos famosos.

Sobre o tampo preto de uma pequena escrivaninha Breuer de aço tubular estava um monitor de tela plana com *mouse* e teclado sem fio. Sonia queria ter dado uma espiada no monitor para ver se era verdadeiro o boato de que Barbara Peters jogava The Sims quando se recolhia em seu escritório.

— Como você está se sentindo?

— Com pouco trabalho.

Barbara Peters riu.

— Melhor do que o contrário, não?

— Eu preferia alguma coisa intermediária. A senhora acha que isso pode acontecer no futuro?

A chefe encolheu os ombros.

— A ocupação podia estar melhor. Ao que tudo indica, teremos um verão tranqüilo à frente. E se o tempo não melhorar, até tranqüilo demais. A vantagem é que nós todos podemos ir nos entrosando com o trabalho bem devagar.

— Para a temporada de inverno?

— Para o próximo verão. No inverno nós não abrimos. Val Grisch não é um spa de inverno. Além disso, eu odeio o frio. Você queria se candidatar para a temporada de inverno?

— Não. Só queria saber quais são as chances de eu sobreviver à temporada de verão.

— E por que você não sobreviveria? — Barbara Peters parecia realmente surpresa.

— Rentabilidade.

— Ah, bom. Não, não. Não precisamos sair do vermelho no primeiro ano.

Essa foi a deixa para a pergunta que interessava a todos:

— Quem determinou isso?

— Eu determinei. (...) Quer tomar um coquetel, digamos, às seis e meia no bar? Teremos uma surpresa.

— Eu gosto das duas coisas — respondeu Sonia. — Coquetéis e surpresas.

A surpresa era um pianista para o bar. Não um como aqueles que Sonia conhecia dos bares e *lounges* de sua vida passada. Eles eram em sua maioria homens mais velhos, com olhos cansados e dedos amarelos de nicotina. Esse tinha uma barba de uns cinco dias, e os curtos cabelos de sua cabeça também não deviam ter muito mais tempo. O terno escuro e a camisa pareciam novos, e o nó da gravata era grande e largo demais.

Ele tocou "Here We Go Again", arrastado e com um toque suave. Não buscava contato visual com os hóspedes, como outros pianistas de bar. Era como se estivesse tocando para si mesmo. Como se estivesse testando alguma coisa, alegre e espantado por ter conseguido.

O bar estava vazio, com exceção de Vanni, o *barman*, e um hóspede que Sonia nunca vira antes. Parecia um estadista indiano: cabelo cheio, branco, com brilhantina e repartido, traços relaxados, pele cinza-oliva, lábios e olheiras de tonalidade um pouco mais escura, olhos negros, sobrancelhas grisalhas e grossas sobre óculos sem armação.

O homem estava sentado no balcão diante de sua bebida. Com o queixo apoiado na mão esquerda, prestava atenção à música. Quando Sonia entrou no salão, ele a examinou com um olhar, cumprimentou-a com um aceno de cabeça e deslizou seus olhos de novo na direção do som do piano.

Sonia ficou parada um momento, sem se decidir se deveria se sentar no balcão ou esperar por Barbara Peters em uma das mesinhas. Antes que pudesse se decidir, sua chefe chegou. Segurou Sonia pelo cotovelo e lhe apresentou o hóspede.

— Doutor, eu quero lhe apresentar Sonia Frey, a mulher de mãos mágicas sobre a qual eu lhe falei.

O indiano que Barbara Peters chamara de doutor se chamava Ralph Stahel e falava um excelente dialeto de Zurique com erres guturais.

— Mãos mágicas — disse ele —, é exatamente do que eu preciso. Você ainda tem horário livre amanhã?

— Eu acho que posso encaixá-lo em algum horário — respondeu ela sorrindo. — Quando seria bom para o senhor?

— Em algum horário entre a natação da manhã e o almoço.

Eles marcaram às onze horas do dia seguinte. Barbara Peters levou Sonia até uma mesinha.

— O que você vai beber?

Sonia pensou.

— Com essa música? Martíni.

— Você não gosta da música?

— Gosto. E também gosto de martínis.

— Eu não. Isso não é um coquetel, isso é aguardente. Quero um copo de champanhe.

— Também não é exatamente um coquetel.

— Mas deixa a gente alegre.

— Eu pensei que a senhora fosse alegre por natureza.

Como se tivesse ouvido a conversa, o pianista começou a tocar "Sometimes I'm Happy, Sometimes I'm Blue". Barbara Peters riu e pediu as bebidas.

— O sr. Casutt me disse que a senhora lhe deu uma última chance. Eu disse a ele que provavelmente tinha entendido errado.

— E eu já estava preocupada, achando que talvez não tivesse me expressado com clareza suficiente.

— Ah.

Barbara Peters a olhou divertida.

— Não me olhe como se eu fosse um monstro. É preciso poder confiar num porteiro noturno.

— Mas eu acho que se pode confiar nele.

— Ele tem problemas com álcool.

— Aparentemente, isso está sob controle.

Barbara Peters não se convenceu.

— Espero. E, para que continue assim, talvez ele precise ser pressionado um pouco.

— Álcool e pressão, os inseparáveis.

— Qual a sua opinião? — perguntou a sra. Peters.

— Que alguém que fica alegre com uma taça de champanhe não entende nada de alcoolismo.

— Você sempre diz o que pensa?

— Não. Isso é novo.

ele não fechou
quem? o quê?
kurt, a boca
viu
agora hanspeter também sabe
o que ele disse?
com meu melhor amigo sua vaca
e kurt?
continua seu melhor amigo
por que ele?
porque ele confessou

Ela viu o fim de um documentário sobre as cegonhas brancas em Alfaro. A depressão atmosférica Max estava sobre o mar Adriático influenciando o clima da região dos Alpes. No caso do torturador de animais, supunha-se haver um imitador.

Nenhuma vez a sensação de que caía para fora do quarto, nenhuma alteração estranha no forro do teto inclinado. Ela não viu nenhum som, não ouviu nenhum cheiro, não saboreou nenhuma forma. Deitou-se na cama e dormiu profundamente e sem sonhos até o celular tocar sua musiquinha boba de despertar.

Depois da toalete matinal, ela abriu a porta da gaiola de Pavarotti para os seus dez minutos de reflexão sobre se iria ou não aceitar a sua oferta de vôo livre.

Ele também parecia ter tido uma boa noite. Não demorou um minuto para que saísse da gaiola e batesse asas para cima do armário. Ela fechou a porta do quarto por fora e desceu para tomar café.

Quando voltou, Pavarotti tinha desaparecido. Dessa vez aconteceu, ela pensou, aquilo que os especialistas em periquitos não se cansavam de avisar: o bichinho caiu no espaço entre um móvel e a parede e, ao tentar se libertar, quebrou as asas. Tudo porque ela ficara com preguiça de preencher todas aquelas armadilhas de periquitos com jornal.

Mas justamente quando iluminou embaixo da banheira com sua lanterna — Sonia era daquelas mulheres que, em vez de um *spray* de gás lacrimogêneo, carregavam consigo uma lanterna —, ouviu sobre a cabeça o barulho baixinho do bico de Pavarotti. Ela dominou seus nervos e tentou localizar o barulho. Ele vinha da gaiola. O prisioneiro solitário tinha voltado voluntariamente para sua solitária. Ah, se a mulher amarela do trem soubesse disso.

Quando Sonia entrou no mundo de vapores, perfumes e águas que agora era seu local de trabalho, sentiu-se pela primeira vez há muitos meses quase feliz. Não era a sensação de felicidade que depois de uma exata quantidade de álcool se instalava às vezes por um curto instante antes que a mandasse embora com um novo copo. Também não era a euforia selvagem logo decadente que a envolvia quando voltava do banheiro para a pista de dança depois de uma fileira de coca. E nem a satisfação ronronante que a preenchia vez por outra quando acordava nos braços de um homem de quem ainda gostava um pouco mesmo à luz do dia.

Era aquela felicidade normal que ela conhecia dos tempos em que ainda iniciava seus dias despreocupada e sua profissão lhe dava prazer.

O dr. Stahel tinha enrolado uma toalha branca na cintura, o que fazia com que parecesse ainda mais indiano. Ele entrou na sala de tratamento e lhe estendeu a mão. Abriu a toalha e a pendurou no gancho. Cuecas brancas tipo canção, o que fez com que simpatizasse imediatamente com ele. Não era um daqueles homens que chegavam nus e ficavam observando a sua reação.

— Barriga ou costas?

— Barriga.

Ele se deitou de bruços sobre a maca de massagem. Sonia cobriu as nádegas e as pernas com uma toalha quente.

— Algum problema especial? — ela se informou.

— Sim. Fiz sessenta anos semana passada.

Sonia riu.

— E onde dói?

— Em todo lugar um pouco.

Sonia pingou um pouco de óleo de massagem na palma da mão e esfregou as mãos rapidamente para esquentá-las e estimular seu *ki*. Manteve as mãos unidas por um instante, fechou os olhos e respirou fundo. Então depositou ambas as mãos à direita e à esquerda da espinha, na altura dos quadris de seu paciente. A pele dele estava fria.

Ela deslizou as duas mãos para cima pressionando-as até as omoplatas e continuou para fora com os dedos esticados passando pelos ombros. De lá, deslocou as mãos de volta para o ponto de partida quase sem tocá-lo para então deslizá-las novamente com força para cima.

Depois pousou a mão esquerda do lado esquerdo e a mão direita na borda direita de seu tórax, concentrou-se em sua respiração e, quando ele expirou, transferiu o próprio peso para as mãos. Ela sentiu como os músculos se distendiam, permaneceu assim por um instante e foi transferindo o peso lentamente de volta para as suas pernas. Então trocou a posição das mãos e repetiu o procedimento.

— *Shiatsu*? — perguntou o dr. Stahel através do orifício redondo que havia na maca de massagem.

— Também.

Ela colocou os polegares sobre as covinhas acima do músculo das nádegas e começou a deslocá-los para cima com movimentos giratórios pequenos e profundos, à esquerda e à direita da coluna espinhal, em direção à nuca e, de lá, bem de leve, deslizou as mãos de volta para o ponto de partida.

No final de seu ano de formação, ela sentira pela primeira vez a massagem como uma atividade criativa. Na época, ela, como muitos de seus colegas de estudos, tinha dúvidas se aquela era a profissão certa.

— Eu não sei se fui feita para trabalhos de manutenção — dissera certa vez para seu professor de massagem —, eu me identifico mais com trabalhos criativos.

E ele respondera:

— Qual é a sua matéria-prima? Um músculo torácico extensor tenso, curto, endurecido, ressecado. E qual é o seu produto final? Um músculo dorsal mais flexível, mais macio, bem irrigado, elástico. Veja dessa forma. Você cria algo novo a partir de matéria-prima de baixa qualidade.

Sonia teve algumas dúvidas quanto a essa visão, mas, alguns dias depois, pegou-se realmente com um sentimento de satisfação criativa durante a massagem de um paciente que sofria de lombalgia.

Ela sentiu o tecido subcutâneo na região lombar do dr. Stahel duro e inflexível. Sonia colocou os polegares sobre os processos espinhosos, pinçou uma prega de pele com oito dedos, enrolou-a nos polegares e deixou-a deslizar para baixo. Foi fazendo isso até que as camadas superiores estivessem tão relaxadas que ela conseguisse sentir a musculatura com as mãos. Então apertou os gordos músculos com as duas mãos e os torceu e massageou com suave rigidez.

Dos invisíveis alto-falantes soava música de meditação baixinha. Flautas e taças tibetanas e o barulho de animais da floresta tropical se misturavam à respiração profunda do paciente e à rítmica da massagista.

Sonia trabalhava como se estivesse em transe. Ela empurrou uma omoplata para trás com a mão direita, deslizou os dedos da mão esquerda até o ângulo inferior da omoplata e massageou o músculo abaixo dele, realizando pequenos círculos com as pontas dos dedos.

O perfume do óleo de massagem — lavanda, limão, amêndoa — enchia o ambiente e se mesclava com o da pasta de cabelo do dr. Stahel e o do creme corporal de seu próprio corpo aquecido.

Ela segurou o músculo trapézio acima do ombro direito. O dr. Stahel gemeu baixinho. Cuidadosamente, começou a massagear. Sentia os locais endurecidos e tensos e ia trabalhando lentamente, passando pela nuca, até o começo do occipício. E de volta até a omoplata.

Aos poucos, a prega de pele entre seus dedos foi se modificando. Foi se tornando mais branda e flexível. Mudou de forma. Tornou-se angulosa sem perder sua flexibilidade. Ela sentiu a prega de pele como se fosse uma régua feita de massa. E essa forma tinha um gosto: amarga como angostura.

— Por que você parou? — perguntou o dr. Sathel.

Sonia estava parada com os dedos esticados, e esfregava as palmas das mãos em suas próprias coxas.

Ele se virou de lado e a encarou.

— Você não está bem?

Sonia balançou a cabeça.

— Já passou.

— Tem certeza?

Ela anuiu com a cabeça.

O dr. Stahel voltou a se deitar de bruços. Sonia dominou seus sentimentos e puxou de novo os músculos da nuca. Eles estavam normais. E o gosto amargo em sua boca também havia desaparecido. Ela continuou a massagem.

— Você pode me dizer sem problemas se quiser parar a massagem. Eu compreendo indisposições, eu sou médico.

— Não é nada físico.

— O corpo também não é muito minha área.

Sonia trocou de lado e começou a trabalhar o ombro esquerdo. De repente, ouviu-se dizendo:

— Eu senti o seu músculo como se fosse uma régua. Com quatro cantos.

— Eu também o sinto assim às vezes.

— E, na minha boca, amargo como angostura.

— Na boca?

— Eu sinto o gosto de formas, vejo sons, sinto cheiro de cores. E assim por diante.

— Você é sinestésica?

— Sinesquê?

— Sinestesia vem do grego e quer dizer algo como empatia. As percepções se entrelaçam. Ruídos passam a ter cores ou formas. Sensações táteis têm cheiro ou sabor.

— Outras pessoas também têm isso?

— Não muitas. Ninguém nunca lhe disse isso?

— Não faz muito tempo que tenho isso.

— Quanto tempo?

— Algumas semanas.

— Antes disso, nunca?

— Nunca.

— Quando criança?

— Nunca.

O doutor Stahel refletiu.

— Eu devo me preocupar?

Em vez de responder, ele perguntou:

— Você é canhota?

— Sou.

— A maioria dos sinestésicos são mulheres canhotas. — Ele se calou de novo.

Sonia puxou a toalha até a altura dos ombros dele. Então as pernas ficaram descobertas. Ela pingou mais óleo de massagem sobre as palmas das mãos, friccionou-as e espalhou óleo pela perna direita dele. Depositou as duas mãos, uma após a outra, acima da canela e massageou a panturrilha com força até a parte posterior do joelho, voltando para o lugar de partida com mãos leves como pluma.

— Quando você aprendeu a escrever, as letras tinham cores determinadas?

Sonia parou de massagear.

— Tinham. E têm ainda hoje.

— Hum. E como é a sua memória?

— Boa.

— Boa como?

— Fotográfica. Eu não esqueço nada.

— Bom.

— Eu não acho isso muito bom. Tenho a cabeça cheia de imagens que queria esquecer.

— Eu quis dizer bom para o meu diagnóstico. Você tem todas as bases para ser sinestésica.

— O senhor quer dizer que as pessoas já têm isso crianças?

— Quando se vêem as letras com cores, isso já é uma forma de sinestesia.

Sonia continuou seu trabalho. Massageou toda a perna até o começo da coxa, só na sensível parte posterior dos joelhos diminuiu um pouco a pressão.

— E você sempre tem isso?

— Não. Só às vezes. Como agora há pouco.

A música mudou de flauta com taça tibetana para harpa com taça tibetana. O silêncio do dr. Stahel estava deixando Sonia tensa.

— Isso pode ser desencadeado por alguma coisa?

Ele pensou um pouco.

— Por drogas. Você tem experiências com algo do tipo?

Alguma coisa no jeito como ela disse "não" fez com que ele perguntasse após um tempinho:

— Você quer considerar essa conversa como uma sessão terapêutica que estaria submetida ao sigilo profissional médico?

Sonia riu.

— Mas nesse tipo de conversa normalmente acontece o contrário: o paciente fica deitado.

Ele também riu um pouco antes de fazer sua pergunta.

— Você sabe dizer exatamente quando começou?

— Exatamente.

— Está ligado a alguma experiência específica?

— Está.

Ele hesitou.

— Uma experiência com drogas?

— Ácido. LSD.

— Eu sei o que é ácido. Tinha vinte e um anos quando foi proibido. Você usa com freqüência?

— Aquela foi a primeira vez, até onde sei. E eu não sabia o que era.

— E foi então que você teve sua primeira experiência sinestésica?

— Eu vi vozes e senti o cheiro de cores, se é isso que o senhor quer dizer. E um papel de parede se desmanchou em *pixels* que se moviam.

— E, desde então, isso sempre volta a acontecer?

— Isso. E coisas semelhantes. E coisas diferentes.

— Eu acho que você fez uma viagem sinestésica e agora está sofrendo de *flashbacks* sinestésicos. E como você sempre foi uma sinestésica secreta desde a infância, eles acabam sendo especialmente plásticos.

— E isso passa?

— Eu não conheço nenhum caso. Vou pesquisar se há algum caso descrito na literatura médica. Mas, por via das dúvidas, é melhor você se preparar para viver com isso. Muitas pessoas a invejariam por isso. Eu, por exemplo.

estou morando na sua casa
bem-vinda
é um pouco deprimente
eu sei
e você
tenho flashbacks sinestésicos
o que é isso?
sentir cores, ver sons etc. por causa do LSD aquela vez
uau

As sombras de nuvens rápidas deslizavam acima da elevada paisagem como uma cauda pesada sobre uma larga escadaria. O vento fazia com que Sonia lacrimejasse, apesar dos óculos de sol. Ela estava voltando de uma de suas marchas forçadas purificadoras.

No caminho, decidira encarar o diagnóstico do dr. Stahel como uma boa notícia. Ela não estava doente nem louca. O que tinha não era normal, mas era algo com que também outras pessoas viviam.

O vento tinha secado a umidade dos dias anteriores e a vista finalmente lhe permitia ver alguma coisa à sua volta. Os penedos escarpados do outro lado do vale, cobertos de sérios abetos, o verde suave dos lariços recém brotados, a encosta sul, que se perdia lá embaixo, no verde-azulado do fundo do vale. E Val Grisch: algumas fazendas marrom-esbranquiçadas espalhadas despreocupadamente pelos campos e casas de temporada que se amontoavam em volta da igreja, formando um vilarejo de casas quadradas ao estilo Engadina e algumas dúzias de construções irrelevantes. E, um pouco afastado, a uma distância de bom gosto, o hotel Gamander, um castelo que não dera certo, com a ponta de uma lança reluzente ao sol na lateral.

Sonia chegou ao fim da pequena trilha e virou na estreita ruazinha de breu que levava a algumas das fazendas. Em quinze minutos ela alcançaria o vilarejo. Ouviu o barulho de um carro se aproximando atrás de si. Encostou-se na escarpa sem se virar.

Ouviu como o motorista desacelerou e passou para uma marcha mais baixa. Ele não a ultrapassou. Ela parou. Era o jipe com o tanque de leite no qual ela já reparara há pouco. Pela janela aberta soava um *reggae* em volume alto. À direção estava sentado o homem de óculos escuros vermelhos espelhados. Ele parou, debruçou-se por cima do banco do passageiro e exclamou:

— Quer que eu a leve um pedaço?

— Não, obrigada, eu caminho porque me faz bem.

Ele a examinou pelas lentes espelhadas de seus óculos.

— Para manter a forma, você não precisa.

Sonia balançou a cabeça.

— Não, eu durmo melhor assim.

O homem sorriu malicioso.

— Para isso existem também outros métodos.

Sonia lançou-lhe um olhar aborrecido e continuou caminhando. Depois de alguns metros, o carro voltou a alcançá-la. Ele diminuiu a velocidade e passou a acompanhá-la, lado a lado. Ela olhava para a frente sem se mover. Do carro vinha a música "No Woman No Cry".

O medo despertou como um animal feroz de um sono leve. Ela se obrigou a manter a velocidade de seus passos. O carro continuou ao seu lado.

Ela parou abruptamente. Pegou o motorista de surpresa, pois ele continuou por alguns metros antes de parar. Ela abriu a bolsa, tirou o celular, apertou alguns botões e o levou até o ouvido.

O homem engatou a marcha e partiu. O veículo desapareceu na curva seguinte. Sonia ficou parada até vê-lo surgir de novo lá embaixo, na entrada do vilarejo. Colocou o celular de volta na bolsa e se perguntou para quem teria ligado se ele não tivesse desistido.

O vento que tinha trazido as nuvens para o vale durante toda a tarde transformou-se em tempestade à noite. Numa ventania furiosa, ele correu pelo vilarejo, arrancou os gerânios de seus caules, varrendo-os até formarem montes coloridos nas esquinas e nas projeções dos muros da rua do vilarejo. Empurrou os jatos de água da fonte do vilarejo e provocou badalos fantasmagóricos nos sinos da igreja.

Até de manhã, ele uivou sobre os telhados, bramiu dentro das florestas, assobiou em torno das torres de pedras. Fria e indiferente, a lua quase cheia pairava sobre o turbilhão.

Sonia sempre teve medo de raios e trovões. Mas antigamente esse era um medo agradável. Quando pequena, ela podia ir para a cama dos pais durante as tempestades. Quando cresceu um pouco, podia ir com seu travesseiro e seu acolchoado para a sala onde os pais ouviam sua ópera italiana acompanhada de uma garrafa de vinho. Quando adolescente, toleravam que ela saísse de seu odiado quarto no sótão e dormisse no sofá. E até mesmo no começo de seu casamento ela gostava de se aconchegar em seu marido quando o mundo explodia lá fora.

Mas ali em cima, na solidão do quarto estranho e na hostilidade dessa nova vizinhança, o medo não tinha nada de agradável. Ela não podia fechar as venezianas que batiam, pois não suportava janelas fechadas. Os fortes raios iluminavam, fantasmagóricos, a bizarra estampa de flores das cortinas, e os passos do gigante-trovão troavam impiedosos contra o telhado.

Ela dormiu inquieta e em curtas etapas, e ficou feliz quando um pálido braço de dia se mostrou por cima das cortinas.

Eram apenas cinco e pouco da manhã, mas ela hoje trabalhava cedo. Tinha que colocar as quedas-d'água para funcionar, ligar os armários aquecidos, preaquecer os banhos a vapor e acender as luzes. A área de bem-estar tinha de estar pronta às sete horas para os madrugadores. Mesmo que, até hoje, com exceção de Barbara Peters, ninguém nunca tivesse aparecido antes das nove.

A tempestade tinha passado. A casa estava quieta como se seus hóspedes estivessem se recuperando do tumulto da madrugada. No corredor e nas escadas ainda estava acesa a iluminação da noite, fracas luzes amarelas próximas do chão. Os degraus de madeira rangiam sob seus passos.

A recepção estava escura, a não ser pela luz de um abajur de leitura que brilhava atrás do balcão. Ela viu o vulto do sr. Casutt encolhido sobre um jornal. Ao lado dele, sobre a mesa, estava uma xícara de café vazia. Suas costas se moviam em uma respiração profunda e regular.

Ela foi na direção da porta da área de bem-estar sem fazer barulho; a porta de vidro se abriu silenciosa.

E lá ela já viu a luz. Ardia como uma fogueira distante na direção da piscina. Um dano causado pela tempestade? Um curto-circuito? Mas a luz vinha, ela viu ao se aproximar, da piscina térmica. Foi até a borda.

No fundo da piscina, bem no meio, estavam bastões um sobre o outro, em forma de cruz, irradiando uma luz vermelha.

Um fogo subaquático em brasa.

Sonia deu um passo para trás. O medo, que havia se dissipado com a diminuição do vento em sua toca, voltou.

Cinco

Na floresta que eles chamavam de Corv, no alto, acima do vilarejo, Gian Sprecher examinava suas árvores derrubadas pela tempestade. Em certos locais abertos, o vento tinha arrancado pela raiz alguns pinheiros que haviam nascido em áreas de gnaisse superficial. Só havia árvores arrancadas, ele não viu nenhum galho ou tronco quebrado. Mais tarde faria um inventário e solicitaria ao cantão a compra obrigatória da madeira. Podia descolar alguns francos assim.

Voltou para a margem da floresta onde tinha parado seu pequeno trator sobre o caminho coberto de mato. Um manto branco de névoa alta apagava os contrastes das primeiras horas da manhã. Seu olhar vagou por cima do vale e ficou um bom tempo parado no Gamander. Lá estava o caixote, como se estivesse vazio.

Sprecher sentou-se sobre o assento de metal polido e ligou o motor.

Quando estão caídos na rua, os gerânios são como cascas de banana. Anna Bruhin os juntou com uma vassoura. Diante de sua loja ninguém quebraria o pescoço. A tempestade tinha acabado com a imagem da cidade. Ainda ontem não se podiam ver as jardineiras sobre os parapeitos de tantas flores. Agora elas pareciam ter acabado de ser trazidas do porão. Ela cogitou uma "oferta especial de gerânios".

Deixou o monte de flores na valeta, os funcionários do vilarejo também precisavam trabalhar.

O Pajero de Reto Bazzell estava parado no estacionamento do Gamander. Ele deixara o tanque em casa, a coleta só começaria em uma hora. Reto estava sentado atrás da direção fumando um baseado. Produto natural maravilhoso da Baixa Engadina proveniente da colheita do ano passado, plantado por ele mesmo.

Ele tinha fechado as janelas e aumentado o volume ao máximo. Ziggy Marley & The Melody Makers. "Look Who's Dancin'". Não tão bom quanto o pai, mas OK.

Desse lugar do estacionamento dos hóspedes ele podia ver a janela do sótão quase totalmente escondida por uma bétula. E também enxergava dentro do prédio novo do spa. A massagista estava lá, na borda da piscina, e a proprietária e Casutt, o porteiro da noite. Em roupas de baixo.

Sonia correra até a recepção e acordara Casutt. Ele só tinha cochilado um pouco, murmurou o tempo todo a caminho da piscina, dois, três minutos no máximo. Somente quando eles pararam na borda da piscina, ele emudeceu.

Como aquele jogo micado, ou pega-varetas, vermelhos em brasa, os bastões se amontoavam uns sobre os outros no fundo da piscina de ladrilhos turquesa.

— Dimuni! — murmurou Casutt.

— O que é isso? — perguntou Sonia.

Casutt acordou de seu transe. Tirou a jaqueta e a jogou no chão.

— O que o senhor vai fazer?

Ele tirou o colete.

— A senhora não pode entrar. Isso pode explodir.

Abriu o nó da gravata.

— Ou pode ser venenoso.

— Isso precisa sair daí antes que ela chegue. — Casutt desabotoou a camisa.

— Mas o senhor não pode esconder isso.

Jogou a camisa no chão e a olhou assustado.

— A senhora não vai contar para ninguém, vai?

— Não. O senhor. O senhor vai contar.

Casutt balançou a cabeça, curvou-se e desamarrou os sapatos.

Sonia colocou a mão sobre o seu ombro.

— Bem, agora seja razoável. Nós vamos sair daqui, trancamos a porta e acordamos a chefe.

Casutt empurrou a mão dela e tirou o sapato esquerdo.

Nesse momento, Barbara Peters entrou. Ela estava de roupão, não o modelo que ficava nos quartos, e parecia fresca e descansada. Quando viu Casutt de calça e camiseta de baixo, sua expressão se modificou. Ela lançou um olhar inquiridor para Sonia.

Casutt esperou resignado até que ela estivesse tão próxima a ponto de poder ver o fundo da piscina.

— O que é isso?

— Eu ia tirar isso daí agora — respondeu Casutt.

— E como isso entrou aí?

Casutt levantou as mãos e as deixou cair de novo.

Então Sonia viu um outro lado de Barbara Peters. Seu rosto belo, sempre alegre, tornou-se duro, e sua voz amigável, quase meiga, penetrante.

— Nós ainda vamos conversar. Chame o Igor. E cuide para que nenhum hóspede entre aqui antes que eu dê permissão!

Casutt pôs-se a caminho.

— Mas vista suas roupas primeiro, meu Deus!

Ela ficou olhando sarcástica enquanto ele pegava suas coisas e se vestia. Sonia curvou-se para pegar um sapato que tinha ido parar um pouco mais adiante e o levou até ele. Casutt lhe acenou com a cabeça agradecido.

Quando ele saiu, Barbara Peters perguntou:

— Ele estava dormindo quando você desceu?

Sonia abanou a cabeça.

Demorou um pouco até Igor chegar. Ao que tudo indica, Casutt o tirara da cama.

— Cheque se a porta do porão de esquis está trancada e volte com alguns sacos de lixo.

O tom de ordem inabitual também funcionou com Igor. Ele deixou a área de bem-estar quase correndo.

Barbara Peters vestiu o capuz de natação e tirou o roupão.

— E se esse negócio contaminou a água? — Sonia levantou a dúvida.

— Ao que parece, você não é uma velejadora. Isso são bastões luminosos. São feitos para serem usados embaixo d'água. São usados em emergências no mar.

— Não seria melhor chamar a polícia? Eu acho que isso tudo está ficando um pouco assustador.

— Ah, que bobagem, eu não vou fazer esse favor a eles.

— A quem?

— Às pessoas que estão por trás disso.

— A senhora sabe quem são?

— Algum caipira do vilarejo.

— E por quê?

— Não tenho idéia. E sabe de uma coisa? Eu também não quero ficar quebrando minha cabeça com isso.

Igor voltou.

— Não. Não estava trancada, a porta.

Barbara Peters balançou a cabeça irritada e deslizou para dentro da piscina. Como uma foca, ela mergulhou e trouxe dois bastões para fora. Eles tinham sido amarrados a pesos de chumbo, como aqueles que os pescadores usam. Igor os pegou e enfiou no saco de lixo.

No final, foram trinta e cinco bastões luminosos.

— O que eu faço com isso? — perguntou Igor.

— Para o lixo, óbvio.

Barbara Peters começou a nadar sua rodada matutina.

Sonia desceu as escadas. O corredor escuro, iluminado apenas com as luzes de emergência, lhe parecia ameaçador. E se a pessoa que tinha cometido aquele estranho ato tivesse se escondido lá embaixo?

A entrada da sala técnica ficava no fim do corredor, atrás de uma parede espelhada. Ela empurrou o espelho para o lado e abriu a porta com cuidado. O calor do aquecedor da piscina e o cheiro de cloro vieram ao seu encontro. Ela entrou na sala e ficou parada. Na parede à sua frente brilhavam as pequenas lâmpadas verdes, amarelas e vermelhas das armaduras. O único esconderijo possível seria o filtro oval da bomba de circulação de água. Exatamente ali ficava o quadro de luz para onde ela tinha que se encaminhar antes de todo o resto.

Ela tentou ouvir algum barulho de respiração ou qualquer outro barulho que denunciasse um invasor. Nada.

Lentamente, deu mais alguns passos até poder enxergar o ponto cego. Ninguém.

Encontrou o interruptor e finalmente a luz neon flamejou. Só então ela sentiu seu coração bater.

Na parede estavam penduradas as instruções sobre quais botões deviam ser girados e em que ordem, quais alavancas deviam ser empurradas e quais interruptores deviam ser ligados. Ela tinha todos na cabeça.

Na sala de repouso tocava música suave. Os peixes ornamentais tropicais nadavam em círculos em sua flora aquática, no seu ritmo tranqüilo. Sonia atrapalhou a harmonia com algumas pitadas de ração. Essa também era uma das obrigações do turno matutino. Depois pingou óleo de lavanda no aromatizador de ambiente.

Ela inspecionou os banheiros e as salas de tratamento. Em uma das portas, a pequena placa cromada estava virada do lado "ocupado". Ela ia desvirá-la quando ouviu o choro de uma criança vindo de dentro.

Ela não vira a sra. Felix chegar.

hoje cedo havia bastões luminosos
na piscina
para quê?
sei lá, eram 35
eu teria medo
eu também

O dia continuou tão surreal como havia começado.

Às dez horas, um grupo de turistas do sul da Alemanha, todos na metade dos cinqüenta, com experiência em spas, invadiu o Gamander com vales para um ciclo romano-irlandês. Eles estavam em um "*tour* rejuvenescedor", como dissera o organizador, pela Suíça, Áustria e Itália. Devido ao ocorrido na piscina térmica e a uma pane na comunicação com o escritório, Sonia, Manuel e a sra. Felix foram surpreendidos pela invasão. Nas saunas secas, a vapor e na hidromassagem, que normalmente eram tão quietas, reinava atividade intensa e uma fila havia se formado para a massagem com escovas.

Sonia e Manuel estavam de pé ao lado de suas macas de massagem como trabalhadores industriais na esteira de produção, cada um com duas escovas nas mãos massageando seus pacientes com as suas cerdas em círculos. Sempre começando pela direita, das extremidades para o coração. A cada vez que acabavam de transformar um daqueles corpos brancos em rosa-avermelhados e o besuntavam com óleo, o próximo já se deitava à sua frente.

Durante três horas, eles massagearam numa empreitada trinta e seis adultos animados que se moviam nesse calabouço de mármore de forma tão natural como se nunca tivessem usado roupas desde o nascimento.

Então tudo acabou da mesma forma que começara. Sonia conseguiu ouvir de novo o barulho das quatro quedas-d'água lá em cima e os sons devaneadores da música de meditação.

Eles caminharam pelas salas, recolheram as toalhas úmidas e enxugaram as pegadas molhadas.

— Conte sobre esses bastões luminosos — pediu Manuel mais tarde, quando eles se recuperavam do ataque na sala dos funcionários. Sonia tomava um chá, ele fumava, a sra. Felix vigiava as piscinas lá em cima.

— Eles simplesmente estavam amontoados no fundo da piscina e brilhavam.

— Deve ter sido bem legal.

— Eu fiquei com medo.

— Medo?

— Isso não é uma piada de mau gosto. Isso é uma ameaça. Como aquilo com o fícus.

— Você acha que as duas coisas estão relacionadas?

— Com certeza. — Ela se levantou da mesa e roubou um trago do cigarro dele.

Manuel perguntou:

— O que você acha do pianista?

— Ele é bom.

— Eu acho que vou me apaixonar.

— Ele é gay?

Manuel balançou a cabeça em dúvida.

— Pensei que vocês percebessem isso logo de cara...

— Eu não. O que você acha? Ele é?

— Não percebi nada afeminado nele.

— Eu também não. Gosto da masculinidade dele.

Nessa noite, Sonia não queria ficar sozinha. Convidou Manuel para jantar no Steinbock, pediu uma segunda garrafa de vinho ainda antes que a primeira estivesse totalmente vazia, e ficou lá sentada quando Manuel se despediu. Ele era responsável pelo turno da manhã no dia seguinte.

O Steinbock estava relativamente cheio, em relação aos clientes de costume. Até uma hora atrás, os Lüttger estavam ocupando uma das mesas ao lado e os Häusermann tinham tirado uma noite de folga das crianças e pareciam estar comemorando alguma coisa. O aniversário de um deles, o aniversário de casamento, de noivado, uma reconciliação ou algum daqueles dias especiais que se acumulam no decorrer de um casamento.

No salão do outro lado, separado do lado com

toalhas de mesa brancas enfeitadas com orquídeas tailandesas por um espaldar decorado com utensílios antigos de fazenda e de cozinha, três mesas jogavam cartas. Um pouco distante, sozinho, estava o fazendeiro que Sonia via às vezes mancando pela rua perto do hotel. Ele tinha o olhar vidrado e seus lábios se moviam de forma quase imperceptível em um diálogo sem som, furioso, com seu copo de vinho pela metade.

De repente, o cozinheiro apareceu ao lado dela com uma bandeja.

— Sorvete de mirtilo com creme de coco. Por conta da casa.

Ele colocou um pratinho à frente dela e ficou parado ao lado da mesa.

Sonia experimentou.

— Maravilhoso — ela disse.

O cozinhou permaneceu ali. Ele parecia ter acabado de se pentear. O chapéu de cozinheiro tinha deixado uma marca em sua testa. As iniciais P.B. estavam bordadas em azul à direita, na altura do peito.

— Por que você não se senta?

Ele se sentou e ficou observando enquanto Sonia comia a sobremesa.

— Não está muito doce?

— Para ser sincera: está um pouco.

— O creme. Uma receita tailandesa. Eles precisam de algo doce depois do *curry* picante. Da próxima vez, vou usar menos açúcar de palmeira.

— Você já cozinha assim há muito tempo?

— Comecei só nessa temporada.

— Parabéns!

— Os clientes não pedem esses pratos.

— Os hóspedes do hotel pedem. Hoje foram três mesas.

Ele sorriu.

— Um recorde.

— A notícia vai se espalhar.

— Entre os vinte hóspedes do hotel? O Steinbock não consegue viver só disso.

— O Gamander também não.

— Mas ele também não precisa.

Atrás do balcão da recepção, agora, estava Igor. Ele usava um terno escuro e gravata.

— Carreira meteórica — disse Sonia.

Igor levantou as mãos.

— Eu devia ter dito "não"?

Sonia se encaminhou para as escadas.

— Agora pelo menos você pode dormir sossegada — ele lhe disse a meia voz.

— Vamos ver — ela murmurou.

Em Bagdá, um terrorista suicida explodira mais de quarenta candidatos a policiais. Max, a depressão atmosférica, continuava sobre o mar Adriático estragando o início do verão dos vizinhos ao norte. Entre as centenas de pistas sobre o torturador de animais, nenhuma fora útil até agora.

Às quatro horas, ela foi acordada por um som que parecia um bastão de vidro azul-gelo. Sobre a cômoda, o seu celular se acendeu. Sonia resmungou, acendeu a luz e se levantou.

lembranças do meccomaxx
estou dormindo
desculpe, durma bem
agora estou acordada, o que foi?
ele se chamava pablo?
quem?
o cara do ácido
sim, por quê?
você acha que eu devo?
o quê?
as duas coisas
não
não o quê?
as duas coisas, vai dormir

Sonia voltou para a cama e fechou os olhos. Casutt lhe veio à cabeça. Pelo menos ele agora podia dormir com a consciência tranqüila. Ela tentou imaginá-lo dormindo sem o seu sorriso congelado, mas não conseguiu.

Será que aqueles ataques estranhos eram para ele? No mínimo, eles lhe custariam o emprego.

Mas por que alguém teria tanto trabalho apenas para amargar os últimos anos antes da aposentadoria de um velho?

Talvez uma antiga contenda do vilarejo? Afinal, ele era de lá.

Ao longe, o sino da igreja bateu ameaçadoramente o

primeiro quarto das cinco horas. Sonia foi até o banheiro. Sob a fraca luminosidade da luz da fachada estava a gaiola coberta de Pavarotti. Ela foi até a pia e abriu a torneira até que a água corresse gelada como água de degelo.

Encheu o copo e bebeu. Tinha gosto de água gelada. Sem forma, sem cor, sem som.

Voltou a se deitar na cama.

E se tivesse sido ele próprio? Ele podia ter inventado o telefonema do escritório, e teria tido a noite inteira para jogar ácido no vaso da planta e para afundar os bastões luminosos na piscina.

Mas por que motivo?

Por nenhum. Talvez ele simplesmente não fosse muito bom da cabeça. E seu sorriso congelado talvez fosse o riso insano de um louco.

Há muitos anos, em um curso de ki-gong em Fürstenhof, em Bad Waldbach, ela aprendera a fazer os pensamentos passarem pela cabeça como nuvens. Mas Casutt, o louco sorridente, continuou parado acima dela, preto e pesado.

O sino bateu meia hora.

Uma manhã fresca. Diante do correio, o chofer descarregava um saco de correspondência do primeiro carro. Ao passar correndo, Sonia lhe fez um aceno de cabeça. Ela estava usando um conjunto esportivo e sapatos de corrida, uma nova tentativa de distrair sua cabeça com o corpo.

A sra. Bruhin estava diante da loja de braços cruzados, em um casaco de lã. Na lousa, estava escrito: "Oferta: gerânios!" Sonia passou por ela e lhe fez um aceno.

Após vinte metros, virou em uma pequena travessa. Era o início de um caminho que fazia um grande arco contornando o vilarejo. Começava numa ladeira íngreme, mas depois serpenteava bonzinho, passando por algumas fazendas e casas de veraneio, até voltar para a rua principal numa descida.

Durante a subida, Sonia ficou sem fôlego. Parou de correr e se arrastou os últimos vinte metros até o topo da ladeira. Ali, ela parou e tomou fôlego.

Um pouco mais adiante, na frente de uma casa de fazenda, estava o jipe com o tanque de leite. O motorista não estava à vista, mesmo assim, Sonia deu meia-volta. Logo que se sentiu fora do alcance de seu olhar, ela recomeçou a correr.

Na altura da igreja ela já voltara a caminhar em ritmo normal, as mãos na cintura, o olhar fixo na rua. Por isso só viu a mulher quando esta a abordou.

— Posso lhe perguntar uma coisa?

Era a mulher que levava o filho para ser tratado pela sra. Felix.

— Claro — ofegou Sonia.

— Você também é fisioterapeuta?

Sonia confirmou e tentou controlar sua respiração.

— Tenho um filho espástico. Christoph.

— Eu sei.

— Logo fará um ano que faço esse tratamento com ele. Três vezes por semana com a sra. Felix e duas vezes por dia em casa, sem ela. Mas não estou vendo nenhuma melhora. E o choro está ficando cada dia pior.

A mulher tinha lágrimas nos olhos.

— A sra. Felix diz que esse tratamento *votja* é a única coisa que pode ajudar. É verdade?

Sonia hesitou em responder. Mas então disse:

— Existe também um tratamento baseado no método Bobath.

— Como ele é?

— Mais suave.

— Você sabe fazer?

— Infelizmente, não.

A mulher parecia tão desesperada, que Sonia acrescentou:

— Mas com certeza deve haver alguém na Engadina.

A mulher apertou a mão de Sonia.

— Obrigada. Eu me chamo Ladina.

— Sonia.

Sonia a ficou olhando enquanto descia a rua do vilarejo. Ela não tinha muito mais de trinta anos, mas de longe parecia uma mulher mais velha.

Como num cenário de filme, o Gamander estava sob os holofotes do sol do alvorecer diante de um céu sinistramente preto. Quando Sonia entrou em seu quarto, a cortina estava estufada diante da janela semi-aberta e pôde se ouvir um preguiçoso rugido de trovão. Ela fechou a janela e foi para o chuveiro.

Quando saiu do banheiro, estava tão escuro no quarto que ela teve que acender a luz. Lá fora, a chuva caía em grossos pingos.

Na sala de banhos a luz também estava acesa. O vento jogava a chuva em rajadas contra a parede de vidro. Estava tão escuro lá fora, que Sonia pôde ver seu reflexo. Pequena e abandonada, ela estava de pé à borda da piscina térmica como à margem de um rio profundo.

Na piscina esportiva, Barbara Peters nadava imperturbável. Sonia desceu as escadas para as salas de tratamento.

Manuel estava na sala dos funcionários. Ele tinha apoiado os calcanhares de seus pés descalços na parede, fechara os olhos e estava de ponta-cabeça. Sonia fechou a porta sem fazer barulho e foi para a sala de repouso. Lá estava escuro, a não ser pela luz do aquário. Ela foi até o interruptor.

— Por favor, não acenda.

Sonia teve um sobressalto.

— Perdão, eu não queria assustá-la.

Era o dr. Stahel. Ele estava deitado em uma espreguiçadeira, sob o reflexo verde das algas, enrolado em uma toalha.

— Como você está? — ele perguntou.

— Eu não sei. Todas as coisas me parecem tão irreais. — Sonia sentou-se sobre uma espreguiçadeira. — O senhor acha que isso tem a ver com o ácido?

— O LSD altera a bioquímica do cérebro. Ele o sintoniza em outras ondas e sensibilidades. Isso não fui eu quem disse, foi Albert Hoffmann. Afinal, foi ele quem descobriu essa droga.

— Não entendi.

— Isso que nós percebemos como realidade é algo que surge na nossa cabeça. Nossos olhos assimilam uma fração das ondas eletromagnéticas que irradiam de todas as coisas, e o nosso cérebro as transforma em cores.

— Faz pouco tempo — contou Sonia —, eu vi um arco-íris. Na borda do espectro ele tinha uma cor que não existe.

— Você sabe em que consiste o espectro do arco-íris? Em oscilações eletromagnéticas entre 0,4 e 0,7 milimícron. O ácido talvez tenha ajustado o seu cérebro de forma que ele consegue ver alguns centésimos de milésimos mais.

— E essa modificação continua tendo efeito depois de tanto tempo?

— O cérebro é um órgão que aprende rápido.

Sonia olhou para o aquário, para a estranha luz sobre as espreguiçadeiras vazias e o vulto tranqüilo do médico.

— Quer dizer que a realidade que nós vemos não existe?

— Pelo contrário: existem infinitas realidades. E uma não elimina a outra. Elas se completam em uma realidade universal, atemporal e transcendental. Isso também vem de Hoffmann. E ele não era *hippie*, era um renomado cientista.

— Eu não tenho certeza se consigo lidar com mais de uma realidade neste momento — disse Sonia.

No corredor, estava tudo quieto, com exceção do barulho das quedas-d'água artificiais do andar superior. A porta da sala de tratamento dois se abriu abruptamente e a sra. Felix lhe fez um sinal para que entrasse. Fechou a porta atrás de si e se postou desafiadora diante de Sonia. Ela era quase uma cabeça mais baixa. Sonia viu as raízes grisalhas crescendo em seus cabelos pretos e sentiu o cheiro de desodorante misturado com suor. Através das grossas lentes de seus óculos hollywoodianos encurvados, os olhos aumentados a olhavam cheios de ódio. Sonia sentiu o medo acelerar seu pulso.

— Se você tentar mais uma vez — soltou a sra. Felix, — espantar meus pacientes, vai amaldiçoar o dia em que veio para cá.

— Do que a senhora está falando? — Sonia conseguiu perguntar.

— Do que a senhora está falando? Do que a senhora está falando? — A sra. Felix a imitou. — Você sabe muito bem do que estou falando. Bem demais.

Ela abriu a porta e ciciou:

— Fora daqui!

Sonia obedeceu como uma criança que recebera uma reprimenda.

Manuel estava de novo sobre os pés.

— O que aconteceu? — perguntou ele, preocupado, quando Sonia entrou na sala.

Nada, Sonia quis responder, mas só conseguir balançar a cabeça. Manuel a abraçou e ela começou a soluçar.

Ele foi legal. Não perguntou nada, não deu tapinhas consoladores em suas costas. Simplesmente a manteve em seus braços, esperou até que acabasse de chorar e exalava um perfume masculino um pouco azul-turquesa demais.

Quando ela o soltou, ele tinha um Kleenex na mão. Ela assou o nariz.

Ele olhou para ela e sorriu. Ela fez um esforço para sorrir de volta.

— Eu acho que não posso ficar aqui.

Ele continuou em silêncio, mas seu silêncio agora era triste.

— Mas também não posso voltar.

— Por que não?

— Talvez eu pudesse ter ficado lá. Mas voltar para lá... Não, eu não consigo.

De tarde, ela ouviu alguém tossindo na sauna úmida. Não tinha ouvido ninguém chegar e foi ver o que era.

O sr. Casutt estava sentado em um degrau de granito. Com a barba por fazer e nu. O local cheirava a álcool. Quando ela entrou, ele se levantou.

— Sr. Casutt?

Magro, lá estava ele diante dela, com as costas encurvadas e o peito encovado. Seus olhos vítreos brilhavam por cima dos dentes arreganhados. Ele respirava com dificuldade naquele ar ardente.

— Agora você viu como ela é simpática — ele disparou.

— O senhor não devia estar aqui.

— Qualquer um pode estar aqui, a entrada é paga.

— Não é bom para a sua circulação. O senhor bebeu.

— Não é bom para os negócios um porteiro morto nos banhos romano-irlandeses. O ex-porteiro noturno esticou as canelas! Não é bom para a reputação.

Casutt voltou a se sentar e a olhou desafiador.

Sonia foi até a sala dos funcionários e buscou Manuel. Mas ele também não conseguiu trazer o porteiro bêbado à razão. Pouco antes de Manuel se tornar violento, a porta se abriu. A sra. Felix entrou, entregou uma toalha para o sr. Casutt e disse com toda a calma:

— Agora acabou.

Casutt pegou a toalha, levantou-se, amarrou-a nos quadris e saiu.

No corredor estava a sra. professora Kummer em um maiô verde-paris, a pele enrugada como se estivesse plissada.

Um dos ambientes mais confortáveis do Gamander era a sala de leitura. Ela tinha uma janela em arco *art-nouveau* a partir da qual podiam se ver os pinheiros e larícios que cercavam o terreno. Duas das paredes consistiam em estantes de livros que haviam sido feitas no mesmo estilo do perfumado forro de pinho, sendo que os estofados também eram parte do conceito original da sala: dois sofás embutidos na parede forrada e o mesmo número de poltronas de leitura. Na parede da porta havia fotos da época da construção e dos primeiros anos do Gamander. Hóspedes chegando na carruagem, hóspedes vestidos para o *show* de variedades, hóspedes andando de patins de gelo e fotos grupais com cozinheiros, garçons, lavadeiras e camareiras. Acima da porta estava pendurado um grande crucifixo que também era parte da decoração original, pois cabia exatamente em um dos nichos do forro. A única concessão ao presente consistia em alguns abajures de lâmpadas halogênicas, os quais complementavam agradavelmente a iluminação original.

As prateleiras de livros continham uma mistura de leituras de férias de oito décadas deixadas por hóspedes, com uma pequena biblioteca montada com profissionalismo, com livros de capa dura e de bolso novos em folha, em várias línguas.

Sonia entrou no local porque Manuel lhe pedira que trocasse o seu Maigret já lido por um novo. Ele teria que trabalhar até as oito e estava se entediando no spa deserto.

O único hóspede da sala de leitura era um dos meninos dos Häusermann. Ele estava sentado em uma poltrona apertando os botões de um *gameboy* que soltava sons eletrônicos agitados. Nem percebeu a presença de Sonia.

Ela logo encontrou a fileira dos livros de Maigret, decidiu-se por *Um engano de Maigret* e colocou o livro trazido de volta em seu lugar.

Sobre uma mesinha de apoio ao lado de uma poltrona onde ela teve que se espremer estavam alguns livros, como se alguém tivesse sido interrompido ao folheá-los. Um deles estava aberto, os outros estavam empilhados ao lado. O título do livro de cima trouxe uma imagem à sua memória: quatro palavras na porta empoeirada de uma limusine preta.

Sonia tirou o livro da pilha. Ele estava velho e fora bastante manuseado. *O Diabo de Milão* estava gravado em letras douradas gastas na capa de linho verde pinheiro. E abaixo, um pouco menor: *e outras lendas dos Alpes*.

Sonia levou o livro consigo.

— Ele é.

— Não é.

— E por que ele está tocando Zara Leander então?

— Ele está tocando para você, Sonia.

Ela estava no bar com Manuel. Barbara Peters a estimulara a ir até lá. Bebidas a preços especiais para funcionários, ela dissera, pois nada era mais deprimente do que um bar vazio com um pianista.

O homem ao piano de cauda levantara os olhos por um instante quando eles entraram no bar e depois continuou tocando para seu próprio prazer. Ele se chamava Bob, Bob Legrand, do Canadá. Isso Manuel descobrira no escritório. Poderia ter lhe perguntado pessoalmente, mas não queria dar a impressão de estar lhe passando uma cantada.

— Por que não? — Sonia perguntou. — Você não quer mesmo dar uma cantada nele?

— Não — respondeu Manuel. Ele queria que Bob lhe passasse uma cantada.

Porém, Bob parecia estar bem longe disso. Estava sentado ao piano e ouvia a música que suas mãos tocavam mergulhado em pensamentos.

— Por que vocês se separaram, seu marido e você?

Sonia esvaziou sua taça de champanhe e a levantou. O *barman* balançou a cabeça.

— Tão comprida, a história? — perguntou Manuel.

— Tão chata.

— Conte.

— Foi como com a maioria das pessoas: nós nos tornamos estranhos. Não, não é verdade: nós sempre fomos estranhos um para o outro. Fomos percebendo aos poucos que éramos dois estranhos.

— Os dois?

— Sim. Mas só eu admiti. Para ele, isso não era importante. Eu acho até que ele preferia assim. Uma vida como ele imaginava só podia ser levada com uma estranha.

— Que tipo de vida?

Vanni trouxe uma nova taça de champanhe.

— Uma vida de aparências. Como todos os amigos dele. Como os pais dele. Como os irmãos dele. Como todos os que ele imitava.

Manuel se recostou na cadeira como uma criança durante uma história para dormir.

— E então?

— O de sempre: ele teve casos e não tinha importância. Eu tive casos e tinha importância.

— E então vocês se separaram.

— Eu. Ele queria "chegar a um acordo". Eu não gosto muito de acordos, então me mudei e entrei com o pedido de divórcio.

— E perdeu?

— Ganhei.

— Por que você precisa trabalhar, então? Eu pensei que ele tivesse dinheiro.

— Eu não preciso. Eu quero.

— E por quê, meu Deus do céu?

— Eu conto uma outra vez.

O pianista tinha parado de tocar. Sonia lhe fez um sinal para vir até a mesa.

— Você está maluca? — Manuel sussurrou.

O pianista apontou para si mesmo e a olhou em

dúvida. Sonia fez que sim. Ele se levantou e foi até a mesa. Sonia o convidou a se sentar. Ele pediu uma cerveja.

Bob Legrand era concertista em Quebec. Estivera em uma turnê na Europa com uma orquestra de câmara e, depois que a turnê acabou, ficou até seu dinheiro acabar. O trabalho no Gamander era o seu primeiro como pianista de bar.

Depois de exatos quinze minutos de intervalo, ele voltou para o piano.

— O que foi que eu disse? — suspirou Manuel. — Definitivamente, não.

Sonia não o contradisse.

tem uma mulher chorando lá embaixo
que andar
não sei o que eu faço
chame a polícia
eles vão perguntar o que estou fazendo aqui
uma visita
ok

A notícia tirara Sonia de um sono leve e alcoolizado.

Ela ficara muito tempo no bar. A cada intervalo, Bob foi até a sua mesa e bebeu uma cerveja. A cada vez, ela o acompanhou com uma taça de champanhe. Às onze, Manuel se desculpou. Ela ficou até o fim.

Agora eram pouco mais de duas e meia. Ela estava tentando dormir de novo, mas agora o seu corpo estava lá. Ela sentia seu próprio pulso. Tomou consciência de um som agudo no ouvido esquerdo. Na nuca, sentia uma pontada que queria se transformar em dor de cabeça até a chegada da manhã. E então sentiu mais uma coisa que tinha a ver com o pianista.

Acendeu a luz e pegou o celular.

ela parou
telefone mesmo assim
socorro, uma mulher parou de chorar

Sonia desligou o celular e levou o livro de lendas da cômoda para a cama.

Entre as páginas havia um cartão-postal em preto-e-branco. Ele mostrava um rebanho de cabras sendo levado através de uma aldeia e o título "Lembranças da Baixa Engadina". O cartão não estava escrito, mas alguém tinha circulado com uma caneta a cabeça do bode na frente do rebanho. Ele estava sendo usado como marcador de livros para a história do título.

O Diabo de Milão

No alto, bem ao fundo, em Val Solitaria, lá onde mesmo no alto verão o sol não aparece por mais de três horas e os pingentes de gelo brilham nos campos até a festa da Visitação de Maria, lá ficava o Alp Dscheta. O escasso pasto endurecido e a fonte que sempre voltava a congelar mal garantiam a sobrevivência de vinte cabras magras e um pequeno pastor. Naquelas alturas, não se encontrava nem mesmo um pedacinho de madeira para esquentar o despojado casebre. Já no início da noite, o pastorinho levava as cabras para o casebre e se deitava entre elas para não congelar na madrugada montesa.

Apenas os filhos dos mais pobres da aldeia tinham que pastorear lá no alto, sendo que alguns nem chegavam a conhecer o outono.

No verão mais frio desde a Guerra dos Trinta Anos, chegou a vez de Ursina, a filhinha mais nova de uma pobre viúva. Ursina tinha apenas nove anos, muito jovem para o Alp Dscheta, mas sua mãe declarou que tinha dez. Ela precisava dos trinta kreuzer *que os fazendeiros pagavam por uma criança pastora a cada verão.*

Aquele verão estava tão frio que, na festa de São Bartolomeu, as cabras tinham que procurar o pasto embaixo de dois pés de neve e o leite de suas tetas secou. Logo comeu-se o último pedacinho e bebeu-se o último golinho de leite. Ursina estava sentada, tremendo e faminta, entre as cabras que baliam e orava a todos os santos pedindo ajuda para sair de sua miséria.

Mas quanto mais fervorosa ela orava, mais mordaz soprava o vento através das fendas do casebre inclinado jogando cortantes flocos de neve sobre seu rosto.

— Ah — ela exclamou por fim desesperada —, se os anjos não me querem ajudar, que me ajudem os diabos!

No mesmo instante, o vento se acalmou e, no silêncio do casebre, uma voz profunda falou:

— O Diabo de Milão ajuda mais que o Salvador.

A voz viera de um velho bode que estava ao seu lado e a encarava com olhos amarelados.

Ursina ficou aterrorizada, pois sabia que do Diabo ninguém recebia nada de graça.

— Qual o seu preço? — ela perguntou com a voz trêmula. Mas o bode não respondeu. Durante todo o tempo em que ficaram nas montanhas, não se ouviu dele nada a não ser um ou outro balido ocasional.

Mas, na mesma noite, a neve derreteu. Na manhã seguinte, o sol brilhou quente sobre a montanha e a grama estava tenra e verde. E assim permaneceu durante todo o verão. No outono, quando os fazendeiros foram buscar Ursina e seu rebanho, as cabras estavam gordas e trinta queijos redondos tiveram que ser carregados até o vale. A própria Ursina estava forte e saudável, seus dentes brancos e seus cabelos loiros brilhavam ao sol.

Até completar dezesseis anos, Ursina pastoreou as cabras durante o verão no Alp Dscheta, a cada ano, algumas mais. Os fazendeiros estavam tão satisfeitos com o seu trabalho que no início pagavam à mãe um florim, depois dois e, por fim, três florins por verão. A menina crescia tornando-se de uma beleza como nem mesmo os mais velhos do vale haviam visto antes.

Mas dez dias antes de seu nono verão nas montanhas, uma carruagem empoeirada chegou à aldeia. Seu único passageiro era um distinto senhor idoso. Ele usava um traje de seda preto, uma espada de prata presa ao cinto e uma pena vermelha no chapéu. Falava italiano e ordenou que se buscasse Ursina, precisava falar com ela.

— Quem sois vós? — perguntou Ursina, assim que se encontraram a sós.

— O Diabo de Milão ajuda mais que o Salvador.

Ursina estremeceu ao ouvir as palavras que escutara naquela noite fria no Alp Dscheta vindas da boca do velho bode.

— Então, quereis coletar o vosso prêmio? — ela balbuciou.

— Oh, não — respondeu o Diabo —, o que recebeste até agora de mim não custa nada. Somente se quiseres mais, terás um preço.

— O que mais eu poderia querer?

— Beleza incomparável, juventude eterna, riqueza, felicidade e um castelo com cem janelas e trinta torres.

Ursina, que era jovem e se tornara um pouco atrevida devido ao prestígio de que gozava entre os fazendeiros pela sua beleza e pelo seu trabalho como pastora, perguntou:

— E qual é vosso preço, Diabo de Milão?

— O mesmo de sempre, Ursina: tua alma.

A menina riu:

— Muito alto, o preço. Alto demais.

O Diabo sorriu.

— Antes de recusares, ouve as condições.

Curvou-se em sua direção e sussurrou estas palavras em seus ouvidos:

Quando no verão se fizer outono,
Quando de dia se fizer noite,
Quando em água arder a brasa,
Quando amanhecer à décima segunda badalada.
Quando o pássaro se tornar peixe,
Quando o animal se tornar homem,
Quando a cruz apontar para o sul,
Só então pertencerás a mim.

Ursina fez o Diabo repetir três vezes as condições, até

ter absoluta certeza de que as compreendera corretamente. Então apertou sua mão.

Ela se despediu de sua mãe, de seus irmãos, da aldeia e das cabras e entrou na carruagem. Ainda antes que chegassem ao seu destino, a sua beleza já se multiplicara. Em todo lugar onde a carruagem parava para um descanso, ela era rodeada por pessoas que queriam contemplar tamanha beleza como a da jovem Ursina.

O castelo ficava no alto de um monte, acima de um fértil vale e realmente possuía cem janelas e trinta torres com telhados de puro ouro.

O Diabo de Milão não importunava Ursina. Apenas uma vez ao ano ele vinha visitá-la. Então ela mandava servir um banquete e promovia um baile. O Diabo comportava-se como um cavalheiro e nunca falou sobre o preço acordado.

Até que um dia, em um maravilhoso dia de julho...

O texto atingira o fim da página oitenta e dois e a continuação na página oposta não fazia sentido:

... e de longe podia-se ver o brilho das chamas no céu noturno sobre o vale.

Sonia checou os números das páginas. O texto pulara da página oitenta e dois para a oitenta e cinco. A folha do meio estava faltando.

... e de longe podia-se ver o brilho das chamas no céu noturno sobre o vale. Quando na manhã seguinte os

habitantes da aldeia revolveram as ruínas do castelo enfumaçadas, de Ursina não encontraram nada além das jóias que ela usara naquela noite para o seu amante.

Mas, quando às vezes no alto verão o tempo mudava fazendo nevar até nos campos do sopé das montanhas, então os habitantes das aldeias olhavam para o alto atemorizados e diziam:

— Vejam só, Ursina está arejando sua coberta de penas de ganso.

Seis

O céu se arqueou sobre Val Grisch como o interior de uma concha. Lentamente, começou a se delinear na crista das montanhas um contorno madrepérola. O vilarejo amanhecia adentrando o primeiro dia de verão desanuviado do mês.

Faltava pouco para as cinco. A silhueta da torre da Igreja de San Jon se destacava na pálida manhã. Com um leve zumbido, o mecanismo do relógio se pôs em movimento, fazendo com que o badalo se lançasse em curtos intervalos de tempo contra os sinos, afinados em sol e mi. Dingdong, dingdong, dingdong, dingdong, eles tocaram o quarto de hora.

E as badaladas das horas cheias se seguiram pesadas e festivas. Dong. Dong.

Com as primeiras badaladas do quarto de hora, Sonia acordara de um sono inquieto, carregado de sonhos. Quando viu que ainda nem havia luz entrando pela fresta entre as cortinas, voltou a fechar os olhos e contou as badaladas. Dong. Dong.

Na sexta, ela gemeu.

Na sétima, afastou o cobertor.

Na oitava, se levantou.

Na nona, estava de pé ao ar fresco que vinha da janela aberta observando a serra na névoa do amanhecer.

Dong. Dong.

Doze badaladas, ela contou. Então o primeiro raio de sol surgiu sobre a crista do Piz Vuop.

No estacionamento do Gamander Sonia viu o carro do coletor de leite.

Gian Sprecher também viu o carro coletor de leite. As doze badaladas dos sinos o atraíram para a frente do estábulo. Ele pegou o binóculo pendurado no prego e examinou o vilarejo. A rua estava deserta.

Mas alguma coisa se movia no Gamander. O Pajero de Retto Bazzell deu meia-volta e saiu do estacionamento. Sprecher o seguiu com o binóculo até que desaparecesse na curva.

Ele virou as lentes de novo na direção do vilarejo. Então viu Sandro Burger subindo a rua apressado. Ele enfiava a camisa na calça enquanto caminhava e sempre voltava a olhar para o alto da torre da igreja balançando a cabeça. Sprecher ainda viu como Sandro tirou o molho de chaves do bolso da calça, mas então seu olhar foi atraído para uma das casas.

Ele deu uma risada e voltou para dentro do estábulo.

Sandro Burger cruzara as mãos atrás da nuca e estudava o painel de controle do relógio. Em 1964, o relógio da torre de San Jon fora restaurado e eletrificado. Desde então, a não ser nas raras ocasiões de falta de energia, ele funcionara sem problemas. Já acontecera de o relógio não estar totalmente sincronizado com as badaladas. Mas a diferença era mínima, bastava que Sandro Burger sincronizasse os ponteiros a cada dois meses.

Mas agora o relógio dos sinos indicava 12:10h. Uma diferença de sete horas não podia ter surgido assim do nada. Alguém manipulara o relógio.

O portal principal estava trancado quando Burger chegou. Então ele foi até a entrada lateral. Também trancada. Da mesma forma que as doze janelas de vitrais.

Burger continuou sua ronda. Na sacristia, encontrou uma janela apenas encostada. Ela dava para o pequeno cemitério cujas cruzes de pedra mais antigas haviam sido esculpidas na parede da igreja. Uma delas ficava exatamente embaixo da baixa janela da sacristia. Uma escada de pedra.

Burger tinha certeza de que a janela estivera fechada no dia anterior. É verdade que não havia controlado, pois ela nunca era aberta.

Se o sr. Häusermann tivesse na cabeça apenas uma fração dos pêlos que cresciam em suas costas, não precisaria raspá-la. Sonia não gostava de massagear corpos com muitos pêlos, pois eles tendiam a formar pequenos nós, os quais só podiam ser vencidos com uma tesourinha de unha.

Sendo assim, ela apenas passou a mão de leve algumas vezes na região das costas e dos ombros e se concentrou na região da espinha dorsal, na altura dos quadris, onde os pêlos não eram tão densos.

Sua fantasmagórica leitura noturna, os fiapos de sonhos durante a noite e as doze badaladas no alvorecer tinham reforçado ainda mais a sensação de irrealidade que a acometera lá em cima. Alguma coisa estava para acontecer. Ela sentia a mesma inquietação de um gato antes de uma catástrofe natural. Além de sua incapacidade de se comunicar.

Mas alguma coisa estava prestes a acontecer.

Ou será que já tinha acontecido? Alguma coisa acontecera e ela não sabia dizer o quê.

Mas fazia alguma diferença? Aquilo que já acontecera em uma das realidades talvez ainda estivesse prestes a acontecer na outra.

Ela fechou os punhos sem apertá-los e batucou de leve sobre a vértebra lombar do sr. Häusermann.

O que o homem do carro coletor de leite queria já tão cedo sob a sua janela?

Por que Pavarotti estava tão estranho quando ela tirou o pano de sua gaiola hoje? Ele não estava sentado como sempre em seu poleiro, piscando incomodado com a luz do novo dia.

Ficou dando uns passinhos no chão da gaiola com as penas eriçadas como se tivesse perdido alguma coisa na areia.

Ela puxou a cueca de Häusermann um pouco mais para baixo e pousou suas mãos oleosas à esquerda e à dreita, sobre o início dos músculos das nádegas. Sentiu como a energia fluía dos pontos *laogung*, no meio das palmas de suas mãos, para dentro dele como um jato quente de luz clara.

E ficou assim parada, até não ver, nem cheirar nem ouvir nem sentir nem saborear mais nada além desse jato ininterrupto de puro *ki*.

Um gemido do sr. Häusermann a trouxe de volta para a realidade dele. Ela levantou a toalha e pediu que ele se virasse de costas.

Ele hesitou um pouco e, quando afinal se virou, ela viu a razão.

— Perdão — ele disse.

— Acontece — ela respondeu. Com um sorriso que não era para ele.

Mais tarde, na sala dos funcionários, disse a Manuel:

— Você também ouviu aquilo, hoje às cinco?

— Às cinco eu ainda estou dormindo.

— O sino da igreja bateu doze vezes.

Manuel a olhou incrédulo.

— Juro. Eu estava na janela e contei as badaladas. Estranho, não?

— Tão estranho quanto qualquer relógio desregulado.

— Se não fosse pelas outras coisas. O ácido no fícus. Os bastões luminosos na piscina.

— Só se você criar uma ligação entre elas é estranho.

— Mesmo isolado, cada um desses acontecimentos é anormal.

Manuel fez um movimento de desprezo com as mãos.

— E Bob?

— O que tem ele?

— Vocês...?

Sonia negou.

— Alguém joga ácido em um vaso de plantas, afunda bastões luminosos em uma piscina térmica, faz o sino da igreja badalar doze vezes às cinco horas, e alguém não vai com o pianista para a cama. Realmente acontecem coisas estranhas em Val Grisch.

baumann quer seu telefone
você não tem
ele descobre, ele falou
está blefando
ele também descobriu o meu
meia cidade sabe o seu
e mesmo assim ninguem liga
solitária?
velha e solitária e você?
às 5 horas o sino da igreja bateu 12
melhor você descer

O dr. Stahel estava deitado de lado. Sonia puxou seu ombro direito um pouco para trás com a mão esquerda trabalhando com a direita os seus *tsubos*, logo abaixo da base do crânio. Antes de iniciar o tratamento, ela lhe perguntara, como de costume, se hoje tinha algum problema especial. Ele respondeu com outra pergunta:

— Fora o fato de o meu crânio estar quase explodindo?

Sonia começou o tratamento com um *shiatsu* na região da cabeça. Colocou seus polegares esticados no sulco entre os músculos da nuca abaixo do crânio e pressionou suavemente. O dr. Stahel gemeu.

— Está doendo?

— Não, é bom.

— A lagoa do vento.

— Como?

— É o nome deste ponto. Fica sobre o meridiano da bexiga e da vesícula biliar. Um ponto importante para qualquer tipo de dor de cabeça.

— Lagoa do vento — repetiu o dr. Stahel mais para si mesmo.

Sonia lhe mostrou outros pontos do meridiano da bexiga e da vesícula biliar.

— Poço dos ombros, campo ao pé do monte, fonte ao lado do túmulo iluminado pelo sol, e aqui — ela apertou o osso atrás da orelha dele — o osso perfeito. O melhor ponto para dores de cabeça nas têmporas.

Ambos ficaram mudos durante um tempo sob o efeito da música de meditação. Então o dr. Stahel disse:

— Você me disse que tem dificuldade em lidar com mais de uma realidade.

— Sim, muita dificuldade.

— E os meridianos? Nenhum patologista nunca encontrou um meridiano. Mesmo assim, você parte de sua existência como se fosse a coisa mais comum do mundo. Ou o *ki*? A ciência ocidental nunca comprovou essa energia vital, não se conhece a sua formação nem sua estrutura. Mas durante o *shiatsu* você sente interrupções do fluxo do *ki* e as resolve de forma tão rotineira quanto um encanador resolve um vazamento num cano. Eu considero isso uma relação superior com diversas realidades.

— Eu nunca considerei isso uma outra realidade.

— O que, então?

— Uma crença.

— Eu não acredito em *ki* e em meridianos. Mas — ele bateu na própria cabeça — a dor de cabeça praticamente acabou.

Sonia riu.

— Com certeza deve existir também uma explicação neurológica para isso.

— Com certeza. Mas eu gosto mais da lagoa do vento.

A partir de então, eles ficaram calados até o fim da massagem. Somente quando o dr. Stahel se levantou da maca e ela lhe entregou uma toalha quente, ela perguntou:

— O senhor também ouviu o sino da igreja hoje cedo?

— Ouvi. No começo fiquei feliz, pois pensei que, pela primeira vez em décadas, eu tinha conseguido perder a hora. Mas então me perguntei: desde quando o dia começa às doze horas?

— Não me olhe assim, você também vai ficar desse jeito.

Sonia sentiu-se pega no pulo. Diante da visão da enrugada sra. professora Kummer, ela realmente se perguntou se algum dia ficaria assim. Elas estavam frente à frente, ambas mergulhadas até os quadris na água morna, e Sonia pensava em um primeiro exercício. Fazia um bom tempo desde que fizera isso a última vez. Mas a hidroginástica era parte das ofertas do spa e Sonia, a única que estava livre.

— Quer dizer, só se você tiver sorte vai ficar como eu. Nem todos vivem tanto quanto eu.

— Primeiro nós vamos flexionar levemente os joelhos e dar um pulo.

— Quando eu tinha a sua idade, também era como você. Quantos anos você tem? Está no meio dos trinta?

— Flexionar o joelho e... pular.

— Um pouco mais musculosa. E mais peito. — O corpo da sra. Kummer desapareceu lentamente na água até os ombros e emergiu rapidamente até os quadris de novo, sem que sua boca parasse de falar. — E naturalmente eu também não tinha uma tatuagem. Naquele tempo as mulheres não faziam tatuagens. Ou apenas um certo tipo de mulheres.

— E agora um pouco mais fundo. — Sonia caminhou para o meio da piscina, a velha senhora a seguiu até ficar com água até o pescoço.

— E de repente ela chega, a velhice. A gente se olha no espelho e se pergunta: diabos, quando foi que isso começou? Você vai viver isso. Talvez já amanhã depois do banho.

— Quando eu disser "já!", a senhora deve correr o mais rápido que puder até o outro lado.

— Ou talvez hoje ainda, logo depois da ginástica. Você vai ficar na frente do espelho do vestiário, vai ver essa pele flácida nos cantos da boca e nos braços e se perguntar...

— Já!

A sra. professora Kummer lutou, remando com os braços, até o outro lado da piscina, segurou-se na borda e olhou para Sonia. — Quando, você vai se perguntar — ela disse ofegante —, quando foi que isso começou?

— E já! — ordenou Sonia.

A sra. professora Kummer soltou a borda da piscina e correu na direção de Sonia. O fantasma da idade, encarquilhado e maldoso. Em câmera lenta, mas inevitável, ininterrupto.

Enquanto Sonia esperava paralisada a chegada da próxima maldade da velha, percebeu o que a estava incomodando desde a massagem do dr. Stahel. Foi algo que ele dissera: desde quando o dia começa às doze horas?

Dez minutos mais tarde, ela acabou a aula de hidroginástica da sra. professora Kummer. E nem mesmo procurou uma desculpa para se justificar. "Porque a senhora me dá terrivelmente nos nervos", provavelmente bastaria.

Sua memória tinha gravado as oito linhas como um quadro. Mas mesmo assim ela correu escada acima ainda de roupão e abriu o livro de lendas. As imagens eram idênticas.

Quando no verão se fizer outono,
Quando de dia se fizer noite,
Quando em água arder a brasa,

Quando amanhecer à décima segunda badalada.
Quando o pássaro se tornar peixe,
Quando o animal se tornar homem,
Quando a cruz apontar para o sul,
Só então pertencerás a mim.

— Quando amanhecer à décima segunda badalada, — ela repetiu baixinho.

Então o seu coração começou a bater como depois das duas escadas íngremes. Então ficou acelerado como depois de um grande susto.

O dia não tinha amanhecido na décima segunda badalada? E os bastões luminosos na piscina não ficaram parecendo um fogo aquático?

Quando em água arder a brasa!

Pavarotti fez um estardalhaço, como se sentisse que alguma coisa não estava bem. Sonia foi até a gaiola. Tirou o fundo da gaiola, jogou a areia na pequena lata de lixo, lavou-a com água quente, encheu-a de areia nova e o colocou de volta.

Trocou a água do bebedor, encheu o pote de ração e enfiou uma nova espiga de painço entre as grades. Depois não encontrou mais nenhuma outra distração.

Quando no verão se fizer outono?

Mas é claro: o fícus! Perdeu todas as folhas como no outono.

Sonia sentou-se à escrivaninha e se obrigou a respirar profunda e regularmente. Ela sabia que a quarta condição também tinha que ser cumprida. Só não sabia ainda como. Mas sentia que a reconheceria nos próximos segundos.

Quando de dia se fizer noite!

Foi como se alguém tivesse jogado uma pedra de gelo no seu decote das costas. Uma comichão gelada se espalhou a partir da nuca pelas costas inteiras e pela parte de trás dos antebraços.

Casutt! O porteiro noturno que chega para prestar serviço no meio do dia! Quando de dia se fizer noite.

Sonia se levantou, empurrou a cadeira até a frente do armário, subiu nela, pegou uma das malas vazias e jogou-a sobre a cama. Em um bolso lateral com zíper estava o maço de cigarros ainda fechado que ela tinha comprado para não-fumar conscientemente. Eram cigarros mentolados. Ela tirou o celofane, abriu o maço e tirou um cigarro. No banheiro, encontrou fósforos. Eles estavam sobre a base do castiçal, onde ela os havia colocado para um caso de falta de energia elétrica.

Ela precisou de três até o cigarro acender.

O telefone sobre a escrivaninha tocou. Sonia deu um pulo e atendeu. Era Michelle, da recepção.

— Você está bem?

— Estou, por quê?

— Eu vi como você subiu a escada correndo.

— Já estou melhor.

— A Barbara quer falar com você. No escritório. Agora.

A sra. professora Kummer estava sentada em uma *bergère* do saguão, de roupão, e ficou olhando triunfante enquanto Sonia batia na porta com a placa "direção".

Barbara Peters a esperava atrás de seu monitor. Em

homenagem ao primeiro dia de verão, ela usava um *top* com alças. Seus ombros suavemente arredondados tinham um brilho opaco de âmbar, as saboneteiras dos dois lados de seu pescoço pareciam as marcas que as jóias pesadas costumavam deixar nos porta-jóias forrados com tecido macio.

Ela indicou a cadeira à sua frente e esperou até que Sonia se sentasse.

— A sra. professora Kummer me disse que você a largou na piscina no meio da hidroginástica porque ela, eu vou citar: "lhe dá terrivelmente nos nervos". É verdade?

Sonia confirmou.

— Você disse isso mesmo? "A senhora me dá terrivelmente nos nervos"?

Sonia tentou interpretar a expressão no rosto de sua chefe. Será que era fúria aquilo que estava abrindo caminho no meio do sorriso formal? Ou espanto? Ou desprezo?

— Eu temo que tenha dito isso. Algo parecido.

— Parecido?

— Literalmente.

O conflito de emoções durou pouco tempo no belo rosto.

— Eu não posso aceitar isso de jeito nenhum — ela riu baixinho. — O que você está pensando, a sra. professora Kummer está entre nossos clientes preferenciais há mais de duzentos anos, ela tem o prêmio diamante da hidroginástica.

Sonia lhe fez sinal para fazer silêncio, pois a professora estava sentada diante da porta. Mas Barbara Peters não conseguiu lutar contra seu ataque de riso.

Quando se recuperou, ela perguntou:

— Você provavelmente não vai querer se desculpar, não?

— Não.

— Mas eu posso dizer que você levou uma forte reprimenda?

— Por mim.

— E que você prometeu que isso não vai mais acontecer?

— Não, isso não.

Barbara Peters sorriu.

— Mas você não vai se tornar violenta.

— Só para me defender.

— OK. Legítima defesa é permitida. Mesmo no setor de prestação de serviços.

Pela maneira como Barbara Peters olhou para ela, Sonia concluiu que a conversa tinha acabado. Mas para Sonia, ainda não.

— Hoje às cinco horas, o sino da igreja bateu doze vezes.

— Eu ouvi falar.

— Isso me preocupa.

— Que o relógio da torre da igreja esteja desregulado? Você devia ver o estado do reservatório de água.

— E os outros acontecimentos? O fícus? O aparecimento de Casutt como porteiro diurno? Os bastões luminosos?

Barbara Peters a olhou espantada.

— Ah, você acha que também foi o Casutt que bateu os sinos? Talvez você tenha razão. Ainda bem que nos livramos dele.

Não fora bem isso que Sonia quisera dizer. Mas,

quando dito assim tão casualmente por sua chefe despreocupada, parecia bastante esclarecedor.

Ela se levantou e se despediu. Sem ter feito a pergunta que estava na ponta de sua língua: a senhora conhece a lenda do Diabo de Milão?

— Eu não consigo ler quando alguém está me olhando. Fico nervoso.

Sonia trouxera o livro para Manuel na sala dos funcionários e estava sentada à sua frente.

— Está bem — disse ela —, vou dar uma volta e já venho.

O corredor estava vazio. Ela abriu a porta da primeira sala de tratamento. A maca de massagem tinha sido feita, em cima dela estavam colocados com exatidão um rolo de posicionamento limpo, duas toalhas dobradas e um travesseiro branco como neve. A luz tinha sido reduzida, a música também.

A próxima sala de tratamento era idêntica, só que ali a luz era amarela. Cada uma das salas possuía um painel de luzes escondido atrás de uma chapa que, dependendo da programação, inundava o teto com luz branca ou colorida, ou fazia com que pulsasse em cores alternantes.

Na terceira sala de tratamento estava a sra. Felix de costas para a porta. Ela estava de braços abertos, a cabeça apoiada na nuca, e murmurava frases conjuratórias em uma língua que Sonia não conhecia. O painel de luzes estava ligado. Os óculos excêntricos da sra. Felix estavam sobre a maca de massagem. As grossas lentes transformavam a luz em feixes de raios que dançavam em todas as cores do arco-íris sobre o lençol.

Sonia fechou a porta sem fazer barulho.

As saunas seca e a vapor exalavam seu calor para ninguém, e na sala de repouso as taças tibetanas tocavam para os peixes. Sonia subiu as escadas.

Na piscina térmica um dos jatos de água estava ligado. Um homem estava em pé diante dele. Sonia reconheceu a cabeça de cabelos curtos de Bob e registrou que seu coração dera um minúsculo pulo. Foi até ele e se sentou na espreguiçadeira que ficava ao lado.

Bob cruzou os braços sobre a borda da piscina e olhou na direção dela.

— Hoje às cinco, o sino bateu doze horas — ele disse.

— Eu também ouvi.

— Mas às quatro, não bateu onze. E às três, não bateu dez, nem às duas, nove.

— Você dorme tão mal assim?

— Na noite passada, sim. E você?

Sonia sorriu.

— Eu também já dormi melhor.

— Você vai ao bar de novo hoje à noite?

— Se eu encontrar um lugar.

Bob sorriu e escorregou para dentro da água.

— Então até hoje à noite.

Sonia ficou olhando enquanto ele nadava na outra direção. Ele não tinha o físico de um pianista. Apesar de que seria o seu primeiro pianista.

Manuel estava lendo o seu Maigret. O livro de lendas estava fechado sobre a mesa.

— Então? O que você diz? — perguntou Sonia.

— Que estão faltando duas páginas.

— E o que mais?

— É uma lenda como todas as outras.

Sonia abriu o livro, levantou-o na altura do rosto dele e leu em voz alta as sete condições.

— E então, nada chama a sua atenção?

Manuel estudava as unhas de suas mãos.

— Me fala.

— O fícus perde suas folhas no verão, o porteiro noturno se torna porteiro diurno, bastões luminosos brilham como brasa na água e o sino da igreja dá doze badaladas ao nascer do sol. Alguém está reproduzindo esta lenda.

Manuel tirou o livro da mão dela e releu. Então o devolveu.

— Bem forçado.

— Você acha? — ela perguntou interessada. Não estava insuscetível a esse ponto de vista.

— Uma figueira envenenada para "quando no verão se fizer outono"? Um porteiro noturno senil no horário de almoço para "quando de dia se fizer noite"? Uma mancheia de artigos de festa para "quando em água arder a brasa"? E um sino de igreja desregulado para "quando amanhecer à décima segunda badalada"? — Ele colocou o livro de lado. — Menina, não fique minhocando coisas!

Nessa noite, Sonia viu seu primeiro pôr-do-sol em Val Grisch. As portas de vidro do bar estavam abertas e os hóspedes, sentados às mesas do terraço tomando seus aperitivos. Sonia estava com Manuel ao lado das grades e olhava como o sol transformava os fiapos de nuvens em algodão-doce cor-de-rosa. Do bar sopravam passagens musicais das mãos leves de Bob.

Sonia estava usando um vestido de coquetel preto Donna Karan um pouco decotado que uma fisioterapeuta de hotel não poderia comprar, e tinha na mão um copo de *curaçao blue*. Não era o melhor aperitivo que ela conhecia, mas certamente o que mais combinava com preto.

Até aquele dia, ela não tinha conseguido gostar daquela paisagem. A serra alcantilada do outro lado do vale, com a sua penugem de pinheiros, as escarpas íngremes, espreitantes acima do vilarejo, as casas *kitsches* ao estilo engadino em sua penetrante complacência.

Mas a luz avermelhada daquela noite tirou a dureza das rochas, a agudeza das cristas das montanhas e a ameaça das encostas íngremes. Até o vilarejo parecia irradiar algo como calor.

A noite também fez com que os estranhos acontecimentos dos últimos dias surgissem sob uma luz bem mais amigável. Certamente Manuel tinha razão, sua fantasia tinha mesmo tomado asas. Seus sentidos embaralhados tinham-na sensibilizado demais para qualquer tipo de percepção. Era possível que houvesse diversas realidades. Mas talvez fosse melhor se ater àquela em que os outros viviam.

Barbara Peters apareceu no terraço. Ela estava usando um vestido de noite de um tecido prateado fluido, na frente, fechado até o pescoço, nas costas, decotado até abaixo da cintura. Um pouco exagerado, achou Sonia, mas de tirar o fôlego. Ela fez as honras da casa entre os hóspedes, que a tratavam com a timidez que acomete muitos diante de pessoas extremamente bonitas.

Ficou um tempo um pouco mais longo com a sra. professora Kummer e a srta. Seifert. A velha falava com ela olhando o tempo todo na direção de Sonia.

Depois, Barbara Peters foi diretamente falar com Sonia e Manuel.

— Façam-me um favor e comam no restaurante hoje à noite. Ela vai morrer sufocada de ódio.

O suave final de um dia quente. Durante todo o jantar, as janelas puderam ficar abertas. A porta que dava para o bar também permaneceu aberta. De lá, entravam os noturnos que Bob tocava nos fins de semana, durante o jantar, a pedido de Barbara Peters. Haviam chegado novos hóspedes, dois jovens casais que passavam um fim de semana prolongado no Gamander. Eles pareciam ser conhecidos da chefe. Manuel supôs que tivessem recebido uma tarifa especial. Como medida estimulante de vendas.

Um dos três menus da carta de jantar daquele dia era bem exótico: sopa de cevada agridoce picante com manjericão tailandês. Coelho ao *curry* com arroz glutinoso. Torta de pêssego com creme de coco.

— Reto-asiático — comentou Manuel —, o cozinheiro do Steinbock é que vai ficar feliz. Não é muito simpático da parte de nossa chefe.

Sonia teve que pensar nas palavras do sr. Casutt: pessoas que são tão bonitas como a chefe não precisam ser simpáticas para que os outros sejam simpáticos com elas. Por isso, elas nunca aprendem.

Manuel se retirou com uma piscada de olho sugestiva. Sonia pediu ao garçom que enchesse seu copo com o resto da garrafa de Barolo que eles tinham levado para o bar. Barbara Peters estava sentada com os quatro novos hóspedes a uma mesinha. Eles estavam numa conversa a meia-voz da qual às vezes o seu riso claro se destacava.

Os Lanvins também ainda estavam acordados. Estavam sentados em silêncio a uma das mesinhas diante de seus *night caps* e ouviam o piano onírico de Bob. Os Lütgers tinham acabado de sair e haviam se despedido de longe de todos os clientes do bar com gestos.

O dr. Stahel estava sentado sozinho no bar e trocava vez por outra algumas palavras com Vanni.

Sonia pegou seu copo e foi para o terraço.

A noite continuava agradável e o céu estava tão claro que as montanhas se destacavam diante dele. O vilarejo colava em sua encosta como uma foto de cartão-postal. Sobre o flanco da montanha acima dele, espalhadas ao acaso, as luzes de casas remotas das quais algumas haviam se soltado e agora piscavam na forma de estrelas no céu noturno de verão.

Sonia iria esperar ali até que o piano silenciasse. E ainda um pouco mais, até que Bob se apoiasse na grade ao seu lado e fizesse algum comentário sobre a bela noite.

As vozes de Barbara e de seus conhecidos voltaram a se elevar para então desaparecerem à distância. Sobre um dos pinheiros em frente ao hotel se projetou de repente um quadrado luminoso. Sonia olhou para cima. Lá no alto, no apartamento Rapunzel de Barbara Peters, a luz se acendera.

Ela ouviu os *"bonne nuits"* dos Lanvin vindos do bar. Depois, o acorde final do piano. E, logo em seguida, uma voz ao seu lado.

— Até então nós não tínhamos sido agraciados com noites agradáveis.

Era o dr. Stahel. Ele tinha uma cigarrilha recém-acendida na mão e um copo com pedras de gelo ainda não derretidas.

Sonia tinha outros planos que não incluíam uma conversa noturna com um velho neuropsicólogo, por mais simpático que ele fosse. Por isso, respondeu com um simples "hum".

No céu noturno passou um morcego voando em silêncio em seu curso imprevisível.

— Ele também consegue ver os sons — comentou o dr. Stahel.

— Eu pensei que ele os ouvia.

— De qualquer forma, o cérebro dele os transforma em imagens. Como o seu.

— De onde o senhor sabe tão bem como funciona a cabeça de um morcego?

— Sons também são ondas, como as cores. Talvez não importe qual órgão os registra. Só importa aquilo em que o cérebro os transforma.

Ele tomou um gole de seu copo e perguntou sem rodeios:

— Você já viu a aura de alguém?

Sonia olhou-o de lado. Podia ser que ele estivesse um pouco bêbado. Mas a pergunta era séria.

— Existem sinestésicos que conseguem. (...) Errado!

Sim, ele estava já bem altinho.

— Errado! Pessoas que conseguem ver a aura muitas vezes acabam descobrindo que são sinestésicas. Assim é verdadeiro. Elas associam determinadas pessoas a determinadas cores.

— E ela se parece com o quê, a aura?

— Com um véu colorido ou algo assim. Olhe para mim.

Ela se virou para ele.

— E então?

— Então nada.

— Onde eu termino?

— Nas bordas.

— Tem certeza? — Ele descreveu um contorno acima e em torno de si mesmo. — Não existe mais nada aqui? Nada?

Sonia farejou.

— Sim, talvez exista um pequeno campo perfumado.

O dr. Stahel estava boquiaberto.

— Você sente o cheiro? O que foi que eu disse: o órgão que registra não tem nenhuma importância. Tem cheiro de quê?

Sonia fechou os olhos e se concentrou.

— Puro mal te? *Glenfiddich*?

Passaram-se alguns segundos até que ele compreendesse. Mas então caiu na gargalhada e usou seu ataque de riso como desculpa para abraçar Sonia sem conseguir se recuperar até que uma janela foi fechada audivelmente no primeiro andar.

Sonia colocou o dedo diante dos lábios. Depois não teve mais dificuldade em mandar o dr. Stahel para a cama.

No bar, Vanni estava arrumando tudo. A tampa do piano estava fechada, nem sinal de Bob.

Vanni apontou para cima com o dedo indicador. Sonia foi até o bar, sentou-se no banco e pediu "alguma coisa para me fazer dormir".

Vanni lhe trouxe um chá de erva-cidreira.

— Ele estava indo para o terraço — ele disse. — Mas então viu como você estava se divertindo com Stahel.

— Você tem alguma coisa mais forte que chá de erva-cidreira?

O quarto estava quente e abafado. O sol batera a tarde toda no telhado. Sonia abriu bem a janela e foi para o banheiro. Lá também estava abafado e com cheiro de periquito. Ela cobriu a gaiola e abriu completamente o flanco da janela que já estava meio aberto.

Tirou seu vestido, pendurou-o em um cabide, postou-se diante do espelho do banheiro, borrifou um pouco de removedor de maquiagem sobre um pedaço de algodão e começou a tirar a maquiagem dos olhos.

"Você vai ver essa pele flácida nos cantos da boca e nos braços e se perguntar: quando foi que isso começou?", dissera a sra. professora Kummer. Sonia não se perguntou. Ela sabia exatamente quando isso começara. Há pouco mais de três anos. Estava sentada à frente de sua penteadeira e se arrumava para a estréia de um dos espetáculos de balé financiados pelo banco de Frédéric. Desde adolescente ela já odiava balé. Aquelas moças esquálidas e afetadas que se achavam melhores que os outros e ao lado das quais ela se sentia um cavalo. E então tinha que freqüentar todo ano várias estréias de balé. A única vantagem era que se sentava na primeira fileira. De lá, podia ouvir as pateadas sobre o palco. Isso a divertia. Aqueles seres leves como pena que flutuavam sobre o palco acompanhados das pateadas assíncronas como uma manada de búfalos em fuga. Esse prazer secreto a ajudava um pouco a suportar essas apresentações.

E, naquela noite, ela viu o surgimento daquilo que a sra. professora Kummer chamara de flacidez. Ao passar o batom, ela borrou um pouco o canto da boca direito. Puxou um Kleenex da caixa e corrigiu o erro. Para tanto, puxou a pele do canto da boca para baixo. Quando a soltou, ela não subiu mais.

Durante toda a apresentação do balé ela apoiara o queixo sobre a mão, interessada, mantendo o canto da boca disfarçadamente elevado. Mas durante o intervalo, no banheiro feminino, ele continuava caído. Visível apenas para uma íntima conhecedora de cada detalhe de sua fisionomia, mas indiscutivelmente caído.

Malu, a única pessoa a quem contara o ocorrido, nunca acreditara nela. Mas Sonia estava convencida de que presenciara naquela noite ao vivo um minúsculo processo de envelhecimento. Na época, ela soube pela primeira vez que não envelheceria ao lado de Frédéric. Não porque temesse a velhice. Mas porque temia uma vida na qual passava tanto tempo diante do espelho a ponto de poder ver a velhice chegar.

Sonia tirou a roupa, apagou a luz e deitou-se na cama. Com as janelas abertas, entrava tanta luz no quarto vinda do *spot* da fachada que ela não precisava deixar a luz do banheiro acesa.

As folhas da bétula projetavam um desenho sobre o teto inclinado. Dentro dele às vezes brilhava uma luz, quando o ar do verão movia as folhas. Sua borda era irregularmente dentada e arredondada e desenhava contornos sobre o forro de madeira. Sonia escolheu um detalhe, decidiu que uma curva era um nariz e ficou observando como todo o resto se amoldava em um rosto. Um rosto doce, um bonito, um engraçado.

O quarto escureceu. A iluminação da fachada se apagara. Sonia esperou até que seus olhos tivessem se acostumado ao escuro. Lentamente, os objetos do quarto reapareceram como escuros segredos.

Sonia ouviu um motor sendo ligado. Em seguida, um jato de luz entrou no quarto por alguns instantes fazendo com que a sombra da bétula surgisse e logo desaparecesse. Ela se levantou e foi até a janela.

No estacionamento do hotel, um carro manobrava. Ela viu as luzes brancas da ré e então só as luzes vermelhas da traseira do carro. O automóvel virou na estrada. Quando passou por baixo do poste de iluminação, Sonia reconheceu o Pajero do coletor de leite.

Fechou as cortinas, acendeu a luz do banheiro, deixou a porta um pouco aberta e voltou para a cama.

Como ainda conseguia ver a silhueta das folhas da bétula apesar de não entrar mais luz pela janela? Ela a via até mais nitidamente do que antes. E os contornos mais definidos. Eles se modificaram, se moveram, se desfocaram, voltaram a se tornar claros, tornaram-se coloridos, tornaram-se pretos, uniram-se pouco a pouco em um perfil. E se distorceram em uma careta.

Ela acendeu a luz e pegou seu celular no criado-mudo.

malu, você esta acordada?

não

sozinha?

não

sorry

O sino da igreja bateu os quartos de hora. Dingdong, dingdong, quatro vezes. E depois, pesado e circunspecto, as horas cheias.

Elas tinham gosto de amora-preta passada. Sonia contou doze.

Ela sonhou que estava debaixo do chuveiro e a água estava fria. Então o som do despertador de seu celular a acordou. Tinha chutado o cobertor para longe e estava deitada nua e gelada no ar frio que entrava pela janela aberta. O barulho de água do chuveiro era a chuva que apagava impiedosa as últimas lembranças da noite de verão passada.

Sonia estava um pouco zonza devido às curtas etapas de um sono agitado. Tomou um banho quente, vestiu um abrigo esportivo e uma capa de chuva e abriu a porta da gaiola de Pavarotti.

— Clima de vôo.

A chuva cedera, mas na rua do vilarejo corria um estreito riacho de lama. As nuvens que haviam trazido a chuva estavam coladas imóveis nos rochedos.

Sonia marchava na rua do vilarejo abaixo. Naquele momento ela já sentia que logo não agüentaria mais. Até o correio e de volta, hoje não conseguiria mais que isso.

De longe ela viu o sacristão diante da igreja. Ele olhou na sua direção, virou-se para o outro lado, apoiou a cabeça na nuca e ficou olhando sério para o alto da torre da igreja. Ficou assim parado, como se não a tivesse visto.

Quando Sonia chegou à sua altura, parou:

— Hoje ele tocou certo, não é?

Sandro Burger não teve outra alternativa a não ser responder. Mas continuou olhando imóvel para a torre do relógio.

— É, hoje sim.

— Isso acontece com freqüência?

Burger virou-se e olhou para Sonia.

— Não. Nunca.

— E como isso pôde acontecer?

— Alguém deve tê-lo desregulado.

— E como essa pessoa entrou?

— Por uma das portas.

— Elas não ficam trancadas nesse horário?

— Ficam, mas as fechaduras são velhas.

— E a pessoa não pode ter subido por uma janela?

— Pode, mas então teria que quebrar o vidro.

O sacristão deu um passo na direção da porta indicando que tinha outras coisas a fazer.

— O senhor tem alguma suspeita de quem poderia ter feito isso?

— Moleques.

— Que quebraram uma fechadura?

— Hoje em dia, os moleques conseguem quebrar até senhas de computadores.

— O senhor tem alguém em mente?

— Aqueles que soltam os genuflexórios durante a missa para que os idosos quebrem o pescoço. Eu ainda vou pegá-los, a senhora pode apostar. Bom dia.

O homem se encaminhou para a porta da igreja.

— O senhor conhece a lenda do Diabo de Milão?

Ele parou e olhou para trás.

— Quando amanhecer à décima segunda badalada — Sonia ajudou.

Ele contorceu o rosto em um sorriso de quem não entendeu e desapareceu dentro da igreja.

Sonia continuou marchando. Suas pernas estavam menos pesadas e sua respiração, mais fácil. A conversa a trouxera de volta para a banalidade da vida real em Val Grisch. Uma brincadeira de moleques. Claro.

Diante da loja de suvenires, ela viu Ladina vindo em sua direção. Sonia queria passar correndo por ela apenas com um aceno amigável, mas a mulher parou e ficou esperando por ela.

— Eu gostaria de lhe agradecer — disse ela.

— Pelo quê?

— Por você ter conversado com o seu colega. Ele me deu um endereço. Nós temos um horário hoje à noite em Storta.

— Você já contou para a sra. Felix?

Ladina ficou sem graça.

— Eu pensei em esperar para ver se gostamos.

Sonia sentiu-se aliviada.

— Eu acho uma boa idéia.

O carro coletor de leite surgiu na curva. O motorista desacelerou e passou por elas em baixa velocidade. Sonia fingiu que não o via.

— Você o conhece? — perguntou Sonia quando ele já tinha passado.

— Reto Bazzell. Ele coleta o leite e o leva até a leiteria.

E depois de hesitar um pouco, ela acrescentou em voz um pouco mais baixa:

— É melhor você ficar longe dele.

— Não é muito fácil.

— Eu sei. Fale comigo se ele não parar.

— E o que você vai fazer?

— Então eu conto para o pai dele.

O Colonials Bruhin já abria às seis e quinze. Às vezes os moradores do vilarejo que precisavam pegar o primeiro carro do correio compravam alguma coisa da sra. Bruhin. Eram seis e meia e a loja estava vazia.

Sonia entrou e pediu cigarros.

— Não importa qual, não é mesmo? — disse a sra. Bruhin, e lhe deu um maço de cigarros mentolados. — A senhora não vai fumá-los mesmo.

Sonia pensou um pouco.

— É verdade. Mas caso eu acabe fumando, preferia que não fossem mentolados.

— O que então?

— Qualquer um. Ou melhor: me dê um maço de Marlboro. Mas Light.

A sra. Bruhin lhe deu as costas e procurou na prateleira onde estavam os cigarros.

— Não há muito movimento no Gamander, não é? — ela concluiu enquanto procurava.

A mulher tinha um hemangioma na nuca de um vermelho tão intenso que parecia estar sangrando. Se usasse os cabelos um pouco mais longos, eles tampariam a marca. Mas a nuca estava raspada como a de um homem. Como se ela não quisesse poupar ninguém de propósito da visão dessa marca de nascença.

Ela tornou a virar-se e colocou os cigarros sobre o balcão.

— E o tempo também não está ajudando muito.

A vendedora apoiou as duas mãos sobre o balcão, como se quisesse indicar que não teria nada contra um pequeno bate-papo.

Uma outra coisa era estranha nessa mulher: os cílios de sua pálpebra esquerda eram brancos e mais grossos e cheios do que os pretos de baixo. Isso dava ao seu olhar um aspecto assimétrico, como se ela fosse ligeiramente vesga.

Sonia disse com a lealdade de uma boa empregada:

— Para uma primeira temporada é normal que o

hotel não esteja lotado. Eu tenho certeza de que isso logo vai melhorar.

A sra. Bruhin não respondeu, só balançou a cabeça, como alguém que registra uma opinião da qual não compartilha.

— A senhora também ouviu o sino da igreja ontem cedo?

— Ouvi. Doze badaladas às cinco horas. Uma brincadeira de moleque, é o que diz o sacristão.

A sra. Bruhin dirigiu seu olhar incomodado para Sonia.

— Sei, sei, brincadeira de moleque.

— A senhora não acredita?

— Acredito. Existe todo tipo de moleques. Pequenos e grandes. Amorosos e maldosos. — Ela fez uma pausa significativa. — Parece que houve também algumas ocorrências no hotel.

— A senhora acha que essas coisas têm relação?

— Quem sabe? O Gamander não tem apenas amigos aqui no vilarejo.

— Nenhum amigo, ao que me parece.

Mais uma vez, a sra. Bruhin ficou devendo uma resposta.

Sonia colocou o dinheiro sobre o balcão e guardou os cigarros no bolso.

— Um vilarejo e um hotel dependem um do outro. Eles deviam ter um bom relacionamento, teoricamente.

— Teoricamente — a sra. Bruhin confirmou, foi até a porta da loja e a abriu para Sonia. — E ontem nós chegamos a pensar que o verão finalmente tinha começado.

Já eram sete e meia e ela tinha que começar cedo. Sonia apertou um pouco o passo despreocupada.

O riacho marrom da rua principal tinha secado, mas o céu não parecia ter acabado seus negócios com Val Grisch.

Demorou um pouco até Igor aparecer atrás do balcão da recepção. Recém-penteado e com a roupa bem passada. Mas quando reconheceu Sonia, deixou a pose de lado, espreguiçou-se e bocejou sem vergonha enquanto apertava o botão que abria a porta.

Sonia subiu de dois em dois degraus para compensar a curta caminhada da manhã, destrancou a porta e a abriu com cuidado para não assustar Pavarotti, que talvez tivesse aceitado a sua oferta de vôo livre.

Ele tinha recusado. Não estava em nenhum de seus lugarzinhos favoritos, nem sobre o pau da cortina, nem sobre o armário, nem sobre a cúpula do abajur do criado-mudo.

— Preguiçoso — ela disse e foi até o banheiro. Mas ele também não estava na gaiola. E em nenhum dos seus lugares no banheiro.

— Pavarotti?

Será que agora acontecera? Será que ele caíra entre a parede e um móvel porque ela ainda não tinha achado necessário preencher os espaços com jornal?

Ela pegou sua lanterna e iluminou atrás da cômoda, do armário, do criado-mudo, da cama.

— Pavarotti? — ela chamou — Pavarotti?

E de repente ela soube o que acontecera. Deixou a lanterna cair e correu para fora do quarto.

Sete

— O que aconteceu? — Igor exclamou quando viu Sonia correndo escada abaixo e passando pelo saguão em direção à entrada da área de estar.

Sonia não respondeu. Entrou na silenciosa área de banhos e correu para a escada que levava para o andar de baixo. A luz de emergência lançava manchas luminosas azuladas sobre as paredes de granito polido, as solas de borracha dos tênis de caminhada que ela ainda calçava, acompanhavam cada passo com um guincho malicioso.

Ela chegou à porta da sala de repouso e hesitou um instante. Então a abriu silenciosa e cuidadosamente.

A sala estava escura, apenas o aquário jogava sua luz verde sobre as espreguiçadeiras mais próximas.

Os cordões de pérolas de oxigênio subiam tranqüilos para a superfície da água, as plantas aquáticas pairavam imóveis sobre a areia cinza. Mas entre os peixes reinava uma estranha agitação. Eles mudavam de direção abruptamente, passavam como flechas uns pelos outros, paravam e logo saiam em disparada de novo.

Sonia aproximou-se do aquário. E lá estava ele flutuando, perto da bomba de oxigênio, quase na superfície. Bolhas de ar minúsculas haviam se formado ao longo de suas asas, e as penas azuis de seu peito se agitavam na água como algas tropicais raras.

A luz da sala se acendeu e o rosto de Sonia se refletiu no vidro do aquário. Um braço envolveu os seus ombros. Era Igor, que a seguira. Ela deitou a cabeça em seu peito e começou a chorar.

— Está melhor? — perguntou Manuel.

Sonia estava deitada na maca de massagem de uma das salas de tratamento e se sentia realmente melhor. Não estava mais em estado de choque e o medo desaparecera. Mas ela sabia que isso era passageiro. Manuel lhe dera um lorazepam.

Naquele dia, naquela época, os policiais que prenderam Frédéric tinham chamado uma ambulância. Já durante o trajeto, o médico lhe dera um lorazepam. Quando chegaram ao pronto-socorro, logo depois, ela estava totalmente calma e indiferente. Levara pontos nos lábios e seus outros ferimentos — escoriações, hematomas, contusões — tinham sido fotografados, protocolados e tratados.

Ela tivera que passar a noite no hospital sob suspeita de uma leve concussão cerebral. Acordou nas primeiras horas da manhã e o medo estava lá de novo. Em pânico, apertou a campainha chamando a enfermeira da noite e, como ela demorou para chegar, levantou-se e saiu para o corredor na penumbra. Lá no fundo, em um escritório com paredes de vidro, havia uma luz acesa. Ela correu para lá e viu uma enfermeira comendo um *croissant* de nozes e folheando uma revista. A mulher a acompanhou mal-humorada até o quarto, deu-lhe um lorazepam e voltou para o seu *croissant* de nozes.

Sonia tinha precisado de muito tempo até conseguir se livrar do lorazepam. Mas, naquele momento, o remédio tinha a vantagem de fazer com que conseguisse conversar sobre o acontecimento totalmente distanciada.

— O que vocês fizeram com ele?

— Igor o tirou do aquário.

— E?

— O levou embora.

— Pobre Pavarotti. Afogado, como Caroline.

— Que Caroline?

— Sua primeira dona, uma amiga minha. Afogou-se em algum lugar nas ilhas gregas.

Manuel balançou a cabeça pensativo.

— Você acredita agora?

— Em quê?

— Quando o pássaro se tornar peixe. Alguém está reproduzindo a lenda. O Diabo de Milão.

— Pode até ser — Manuel concordou. — Mas quem?

— Alguém do vilarejo.

— E por quê?

— Tem a ver com Barbara Peters.

— E por que então o seu periquito?

— Ela não tem nenhum. — Sonia se levantou e escorregou da maca de massagem.

— Aonde você vai?

— Falar com ela.

Barbara Peters ainda estava em seu apartamento. Sonia lhe telefonou da recepção dizendo que precisava conversar com ela com urgência.

— Trata-se do pássaro? — perguntou a chefe.

— Não, da senhora.

Ela pegou o elevador no terceiro andar e tocou a campainha ao lado da porta do apartamento da torre.

— No último andar — disse a voz de Barbara Peters por um pequeno alto-falante abaixo do botão da campainha. A porta automática se abriu.

Sonia entrou e se encontrou em um pequeno patamar. Uma escada em caracol levava até em cima.

O primeiro andar cheirava a banheiro. Xampus, sabonetes, loções, *sprays*, desodorantes, perfumes. Ali havia três portas. Através de uma delas, Sonia viu uma cama desfeita e a metade de uma janela.

Atrás de uma outra porta aberta, viu outra escada em caracol.

— Aqui em cima! — exclamou Barbara Peters.

Sonia continuou subindo a escada e chegou à sala de estar através de um alçapão. Ela era grande e redonda e a intervalos regulares encontravam-se nove janelas, estreitas como seteiras. Ao sul, havia uma porta que dava para uma estreita ameia que contornava a torre. A sala não tinha forro, podia-se ver o vigamento até a cumeeira, no alto.

Sonia imaginara que a decoração do apartamento de Barbara Peters tivesse o mesmo estilo de seu escritório — funcional e descolado, com móveis dos anos 1920. Mas se deparou com o oposto disso: as paredes do quarto da torre estavam pintadas de um vermelho quente e profundo que era absorvido pelo forro do telhado e progredia na direção da cumeeira, tornando-se cada vez mais escuro até acabar quase preto. As vigas do telhado estavam pintadas de dourado.

O taco de madeira tropical quase preta estava coberto por tapetes orientais, o mobiliário era um misto de otomanas egípcias e móveis franceses ao estilo Luís XIV até Luís Felipe. Em todo lugar luminárias de murano, luminárias marroquinas de latão pintado, castiçais dourados transformados em abajures com cúpulas de seda. As paredes estavam cheias de espelhos com molduras douradas, daguerreótipos de paisagens inglesas e francesas, pequenos retratos de crianças a óleo ou aquarelas. Nenhum espaço onde não houvesse bibelôs. Estatuetas de porcelana, conchas, caixinhas, cofres, vidrinhos, imagens de madeira, bonecas, brinquedos. O pouco de luz que penetrava pelas pequenas janelas era obscurecido e filtrado por biombos, toldos, cortinas de tule e cortineiros de extravagantes tecidos de seda.

Bango, o *cocker spaniel* da sra. Peters, cumprimentou Sonia excitado no patamar da escada. Como o seu rabo cotó era muito curto para ser abanado, ele balançava todo o traseiro, como uma dançarina de hula-hula.

A dona da casa a aguardava de pé. Estava vestindo o roupão que sempre usava quando ia nadar de manhã.

— Igor me contou. Eu sinto muito. Naturalmente vou lhe providenciar outro passarinho.

Talvez o cumprimento tivesse soado menos grosseiro se não tivesse sido dito nesse cenário de sensibilidade transbordante. Mas deixou Sonia sem fala por um instante.

Barbara Peters percebeu que não tinha encontrado o tom adequado. Caminhou até Sonia e a abraçou em silêncio. Então lhe ofereceu uma poltrona e sentou-se à sua frente.

— Trata-se da senhora — disse Sonia.

— Você vai ter que me explicar.

E Sonia explicou. Contou o fragmento da lenda do Diabo de Milão e recitou os versos com os sete sinais. Barbara Peters ouviu com atenção, mais educada do que interessada, pareceu a Sonia. Ela tinha cruzado as pernas e estava sentada ereta em uma pequena poltrona Luís XV, sem tocar em seu espaldar.

Quando Sonia terminou, Barbara Peters disse:

— Eu não ficaria surpresa se você tivesse razão.

Sonia desejara lá no fundo que Barbara Peters rejeitasse a teoria como produto de sua fantasia exacerbada.

— Se você soubesse o que já me aprontaram desde que comprei o hotel. Oito recursos contra a reforma. Durante semanas nós tivemos que trabalhar com geradores porque inventaram que havia uma pane elétrica. As betoneiras sempre eram impedidas por árvores caídas, tratores largados no caminho e outros obstáculos estranhos. Realmente é possível que essa historinha infantil seja obra das mesmas pessoas.

— E o que a senhora vai fazer?

— O mesmo que fiz até agora: nada. Nós não podemos lhes fazer o favor de nos deixarmos intimidar. Eles são machões. Nós temos de ignorá-los, assim os atingimos com mais força.

Sonia era de outra opinião.

— Se nós os ignorarmos, eles não vão desistir até receberem atenção. Temos que levá-los a sério. Temos que encará-los.

Barbara Peters balançou a cabeça decidida.

— Eu não vou tomar nenhuma medida. Vou deixá-los ir até o fim. Mas se você quiser dar queixa, eu não posso impedi-la. Afinal, foi o seu pássaro.

— Eu vou pensar.

— Faça isso. Tire o dia livre. Recupere-se do choque.

Barbara Peters finalizou a conversa ao se levantar. Na escada, ela disse:

— Mas se você for à polícia, lembre-se de uma coisa: o vilarejo inteiro está mancomunado.

O quarto estava quieto. O tilintar, matraquear e tinir baixinhos da gaiola do irrequieto Pavarotti faziam falta. Além do chilrear, gorjeio e gorgulhos de seus monólogos.

Sonia tirou a gaiola vazia do gancho, enfiou as caixas de ração, de areia e de painço em uma sacola plástica e levou tudo até o elevador.

Foi até o subsolo, caminhou pelo antigo porão de esqui até a saída dos fundos e continuou até os contêineres de lixo estacionados atrás de um anteparo. Abriu e jogou tudo dentro de um deles.

No caminho de volta para a porta, sentiu-se observada. Parou e virou-se. Na rua estava um vulto imóvel que olhava em sua direção. Somente quando ele percebeu que fora visto e continuou seu caminho Sonia reconheceu o fazendeiro manco.

Ela voltou para o quarto, tomou banho e se deitou na cama. O lorazepam não a tinha deixado apenas indiferente, mas também um pouco cansada.

Ela sentiu que estava prestes a acordar. E sabia que havia alguma coisa que a levava a querer continuar dormindo. Ao longe, uma chuva constante caía sobre as folhas da bétula. Sonia apertou os olhos e tentou mergulhar de volta no sono.

Mas então tudo voltou. O silêncio no banheiro. Pavarotti no aquário. A gaiola no contêiner. A inquietação. A angústia. O pânico.

Sonia sentou-se na beira da cama e olhou o quarto ao seu redor. O lorazepam tinha perdido seu efeito, a indiferença tinha acabado. Alguém estivera naquele quarto enquanto ela estivera fora por meia hora. Alguém providenciara uma chave mestra, entrara ali, pegara o periquito, trancara a porta de novo, passara por Igor dormindo, descera até a sala de repouso e jogara o Pavarotti já morto dentro do aquário ou o afogara nele.

Essa fria brutalidade estava de repente tão presente no seu pequeno quarto que ela podia ouvi-la, vê-la, senti-la, saboreá-la e cheirá-la.

Pegou seu celular e escreveu uma mensagem.

Pavarotti está morto

Malu sempre respondia em seguida. Mas dessa vez, não veio nenhuma resposta.

oi, malu

Sem resposta.

Ela ligou para o número de Malu. Uma voz feminina disse: "Por favor, ligue mais tarde. Este celular está momentaneamente fora de serviço".

Sonia ouviu passos no corredor. Eles foram ficando mais altos e silenciaram diante da porta. Ela prendeu a respiração.

As tábuas do chão rangeram.

Bateram na porta.

Sonia não respondeu. Seu coração batia acelerado.

Bateram de novo.

— Quem está aí? — ela perguntou.

— Sou eu, Manuel. Você está *okay*?

Sonia respirou aliviada, foi até a porta e o deixou entrar.

Ele examinou o seu rosto.

— Foi o que eu pensei. Seis horas. Eles não duram mais que isso. — Ele lhe estendeu um invólucro com quatro lorazepans. — Eu tenho mais.

Ela foi até o banheiro, encheu um copo com água, tirou um comprimido da embalagem, enfiou-o na boca e o engoliu com a água. Manuel a seguira até o banheiro.

— Onde está a gaiola?

— Joguei fora. Eu achei que seria melhor do que ter que ficar olhando o tempo todo para uma gaiola vazia. Mas agora eu vejo o tempo todo a ausência da gaiola.

— Um periquito novo você não quer?

Sonia balançou a cabeça.

— Eu não gosto de periquitos. Eu gostava do Pavarotti, apesar de ele ser um. Ah, merda.

Ela recomeçou a chorar.

Manuel a abraçou.

— Você já comeu alguma coisa hoje?

— Por quê? Eu estou com mau hálito? — ela perguntou meio rindo, meio chorando.

— Estou perguntando porque não é saudável chorar de barriga vazia.

— Eu não estou com fome.

— E o que a comida tem a ver com a fome? Ponha uma roupa, espero você lá embaixo e então nós vamos até o Steinbock comer um prato de frios. Mas rápido, às duas eu preciso voltar para o trabalho.

— Eu não estou a fim de ir até esse vilarejo. Ele me dá medo.

— Em dez minutos o negócio começa a fazer efeito. Aí você não vai mais ter medo.

— Mas ainda vou ter um motivo.

— Você não pode passar o resto da temporada trancada nesse cubículo.

— Não. Mas eu posso ir embora. — Sonia tinha tomado a decisão no mesmo instante em que a declarara. Sim, essa era a única solução. Ela tinha que sair de lá. Afinal, ela fora para Val Grisch porque não queria mais sentir medo.

— Ah, vai — disse Manuel —, não faz isso comigo. — Ele a abraçou mais uma vez. — Eu vou descer agora e esperar no saguão. Se em quinze minutos você não estiver lá embaixo, eu vou sozinho para o Steinbock.

Assim que Manuel saiu do quarto, Sonia trancou a porta e começou a arrumar as malas.

— Você está sendo aguardada aqui embaixo, tem uma hora marcada — ralhou a voz da sra. Felix ao telefone.

— A senhora não pode assumir para mim? Eu ganhei o dia livre hoje.

— Ele faz questão que seja você. É o dr. Stahel.

Sonia pensou um minuto.

— Diga a ele que estou indo. — desligou o telefone.

As malas estavam prontas. As roupas que pretendia usar na viagem estavam prontas no armário, aquilo de que ainda precisasse hoje de noite e amanhã de manhã, ela colocaria na mala de rodinhas.

Seu plano original de ir embora ainda no mesmo dia já lhe parecera um pouco precipitado enquanto arrumava as malas. Ela sabia que isso estava relacionado ao efeito do comprimido. Mas se o remédio a ajudava a organizar sua partida de forma menos dramática, por que não? Além disso, o dr. Stahel era um paciente interessante.

Antes de sair do quarto, enviou mais uma vez a mensagem para Malu:

pavarotti está morto

O dr. Stahel estava deitado de costas e seus olhos estavam fechados. O painel de luzes lançava suas cores sobre seu rosto relaxado. Dos alto-falantes soava o canto de pássaros tropicais. Ela não soube julgar se ele estava dormindo. Esperou.

— É você, Sonia?

— Sou. Desculpe por tê-lo feito esperar.

— Hoje era o seu dia livre, foi o que disse a carcereira. Mas você com certeza teria me dito.

— Não foi planejado.

— Mas você está bem?

— Estou. E o senhor?

— De ressaca. Eu espero não ter me comportado mal ontem.

— O senhor não tem nada do que se envergonhar.

O dr. Stahel fez menção de se virar de barriga para baixo.

— Não, fique assim. O senhor vai ganhar uma massagem anti-ressaca.

Ela foi até a pia, deixou a água correr até ficar gelada, molhou dois pedaços de algodão e os colocou sobre os olhos dele.

Posicionou-se atrás dele, pousou as mãos uma sobre a outra em sua testa e pressionou gentilmente. Aliviou a pressão. Pressionou de novo. Colocou as mãos nas laterais de sua cabeça. Pressionou, soltou, pressionou, deslizou as mãos até a nuca, puxou-a com cuidado, manteve-a estendida, soltou-a.

— Eu vou me embebedar hoje de novo e voltar aqui amanhã para a sua massagem.

— Amanhã eu não vou estar mais aqui.

— Diga que isso não é verdade.

— É verdade.

— O que aconteceu?

Sonia passava os dedos das duas mãos das sobrancelhas

até a raiz dos cabelos. Contava sempre sete vezes e então deslizava a ponta de seus dedos ao longo das sobrancelhas, mantendo-os, com uma leve pressão, por um momento sobre as têmporas.

Ela lhe contou a triste história de Pavarotti.

Fez garras com os dedos e massageou o couro cabeludo do dr. Stahel. Colocou as pontas dos dedos no meio de sua testa e os deslocou suavemente para baixo até que os dedos indicador e médio chegassem às suas pálpebras. Pressionou levemente, manteve a pressão por alguns segundos e os deslizou até as têmporas. Ali eles fizeram movimentos circulares pressionando suavemente durante um tempo.

— E agora estou com medo — ela confessou.

— Por isso a partida às pressas?

— Eu não quero mais sentir medo.

— Você viveu muitas experiências de medo?

— O suficiente. — Ela pousou o indicador no canto de seus olhos e fez uma leve pressão.

— E é isso que você quer fazer? Fugir?

— Eu já tentei com lorazepam.

— Então?

— Ajuda por um período. Agora, por exemplo. Mas eu já fui usuária de lorazepam. Agora chega.

— Lorazepam ajuda contra sensações difusas de medo. Mas você sabe bem do que tem medo.

— Sei.

— É a velha questão: eliminar os sintomas ou a causa?

— Ou o causador.

Sonia colocou a mão esquerda sob a sua nuca e massageou suavemente. A direita ela pousou sobre a testa pressionando um pouco, enquanto elevava a cabeça levemente com a esquerda. Aliviou a pressão, esperou alguns segundos e repetiu o procedimento.

Dos alto-falantes soavam os gritos estranhos de pássaros raros. A sala cheirava à citronela do óleo de massagem. Ela passou os dedos de leve pela testa do dr. Stahel, primeiro com a mão esquerda, depois com a direita. Primeiro rápida e depois cada vez mais lentamente.

— O senhor acha que em uma das muitas realidades existe o Diabo?

O dr. Stahel não respondeu. Ele dormira.

veja o número do meu celular novo
o que aconteceu com o velho?
perdi
como?
ou foi roubado, tudo bem
pavarotti esta morto
o que ele tinha?
afogado
hã
no aquário
vem para cá
vou
quando
amanhã

Ela tinha planejado passar a noite no quarto e sobreviver à madrugada com um dos lorazepans de Manuel. Mas meia hora depois de ter tomado o comprimido, o medo foi embora e a solidão voltou. Tirou da mala o vestido que Malu chamava de "o pretinho minúsculo" porque era um pouco curto e colado ao corpo, e telefonou para Manuel em seu quarto.

— Eu mudei de idéia.

— Você vai ficar?

— Não, eu vou até o bar tomar um drinque de despedida.

— Despedida de quem?

— De você.

— Bobagem.

Mas quinze minutos depois ele bateu à sua porta para buscá-la. Usava uma camisa de gola careca e colônia em exagero. Quando ela abriu a porta e ele viu o seu vestido, comentou:

— Pelo menos um de nós dois está abotoado até em cima.

Já passavam das dez quando eles entraram no bar. O dr. Stahel estava como sempre sentado ao balcão e trocava vez pos outra algumas palavras com Vanni. Os quatro conhecidos de Barbara Peters estavam sentados a uma mesinha. Ela própria estava faltando. Tivera que ir a Milão de surpresa e só voltaria amanhã, explicaram a Sonia no escritório quando quis falar com ela com urgência.

Bob, que normalmente parecia esquecer o que estava à sua volta enquanto tocava, olhou na direção da porta e lhe fez um aceno com a cabeça.

— Você já está sendo esperada — comentou Manuel um pouco maldoso.

Eles se sentaram a uma mesinha e pediram duas taças de champanhe.

— Benzodiazepin e álcool não é a combinação ideal.

— Ao Pavarotti.

— Então você está mesmo decidida — constatou Manuel.

Sonia assentiu com a cabeça. Apesar de não ser verdade. Sob a influência do benzodiazepin não existia algo como uma decisão sem retorno. Nessas horas, nada lhe importava. Ela podia ficar ali sentada, brindar ao Pavarotti e achar terrível o que lhe tinha acontecido, mas não se abalava. Estava tudo muito distante.

Ela sabia que havia decidido viajar porque estava com medo. Mas, naquele momento, não sabia mais como era ter medo. Não, a decisão tinha sido tomada, mas ela não estava definitivamente decidida.

Uma hora mais tarde, apenas Vanni, Bob e ela estavam no bar. O dr. Stahel foi o primeiro a ir embora. Ele fora até a mesa para se despedir. Sonia lhe apresentou Manuel como o seu sucessor e ele perguntou:

— Você também faz uma massagem anti-ressaca tão maravilhosa?

— Ainda melhor — Sonia lhe assegurou. Quando o dr. Stahel saiu, ela explicou a Manuel o que era uma massagem anti-ressaca.

Pouco depois, os dois casais saíram. E, após uma pequena pausa por educação, Manuel perguntou:

— Nós vamos sair os dois agora e você volta, ou você simplesmente vai ficar aqui?

Ela simplesmente ficou. Bob começou a tocar uma

música cuja melodia lhe era conhecida, mas a cujo texto ela atentava pela primeira vez.

I'm in the mood for love
Simply because you're near me
Funny, but when you're near me
I'm in the mood for love

Mergulhada na visão de seu copo quase vazio, ela prestava atenção à melodia rouca e ao texto com sotaque francês mais insinuado do que cantado.

If there's a cloud above
If it should rain, we'll let it
But for tonight forget it
I'm in the mood for love

Seguiram-se alguns acordes finais fluidos e hesitantes, e ela sabia que só precisava levantar a cabeça e sorrir na direção dele.

Foi o que fez.

Nessa noite, ela acordou uma vez e teve consciência de que o efeito do lorazepam acabara. As coisas não lhe eram mais indiferentes.

Deslizou a mão para baixo, passando pelo peito liso e a barriga macia dele. Com cuidado, mas não como uma fisioterapeuta.

quando você chega?
ainda não sei
mas você vem?

ainda não sei
o que aconteceu?
ainda não sei
ah bom

A previsão do tempo era ruim, mas sempre estivera ruim nos últimos dias. Gian Sprecher percorreu o céu com o binóculo. Se tivesse pelo menos a vaga impressão de que haveria três dias secos, ele cortaria a grama hoje.

A camada de névoa parecia estar se dispersando em alguns pontos e, em Piz Badaint, se abrira uma brecha azul através da qual o Alp Verd ensolarado brilhava como um jardim encantado. Mas a leste ainda se acumulavam nuvens pretas de chuva.

Sprecher decidiu não aparar a grama. Parte do tempo ganho, ele usou para observar o que estava acontecendo tão cedo no Gamander.

Quase todas as casas da estreita travessa, adornadas por esgrafitos, tinham uma sacada. E em cada uma Sonia imaginava que alguém a observava enquanto examinava as fachadas, em busca do nome de uma casa. Ele morava na Chasa Cunigl, foi o que lhe disseram no escritório. Ela ficava em algum lugar lá em cima. Mais eles não sabiam.

Sonia aparecera pontualmente no trabalho naquela manhã. Manuel a cumprimentou sem surpresa, como se não esperasse nada diferente. Ele não comentou a sua mudança de humor e apenas disse de forma prática:

— Os novos hóspedes marcaram para as nove. Ciclo irlandês-romano, massagem com escovas, programação cheia.

Enquanto ela massageava os corpos urbanos modelados pelas academias com escovas de cerdas naturais, imagens da noite passada foram surgindo. Quer dizer: primeiro elas surgiram, depois ela as recuperou, uma a uma. E então foi ficando cada vez mais claro para ela que ainda queria ficar mais um pouco.

As casas vermelho-rosadas dessa parte do vilarejo pareciam fatias de *Leberkäse*, aquele salsichão típico da Baviera. Cada uma das janelas chanfradas era diferente, e as molduras de esgrafitos feitos à mão livre que as contornavam reforçavam essa impressão. Das jardineiras sobre os parapeitos escorriam fios de água pela parede. Algumas já estavam tingidas de verde-musgo.

Sobre a fachada gasta de uma casa cor de pele de três andares havia um coelho esgrafiado em um oval disforme. Abaixo estava escrito “Chasa Cunigl”. Sonia foi até uma porta com moldura de pedra calcária e procurou uma campainha em vão. Ela bateu na porta. A madeira polida pelos séculos engoliu o barulho. Sonia deu alguns passos para trás e olhou para as janelas no alto.

— A senhora quer ir à casa de quem?

Ela deu um pulo. Não tinha ouvido a pequena senhora chegar atrás dela. Vestida de preto, como todas as eternas viúvas de antigamente no interior. Só falta o papo, pensou Sonia.

— Do sr. Casutt. Mas parece que não há ninguém em casa.

— Sim, sim, há alguém em casa, sim. Venha. — A mulher pressionou a maçaneta de ferro e abriu a porta.

Elas entraram no grande saguão frio e escuro que lá

eles chamavam de *pierten*. Algumas portas levavam a apartamentos, depósitos e estábulos, e uma escada levava para o andar de cima.

— O apartamento mais alto. Simplesmente bata até ele abrir. Às vezes demora um pouco.

Ao lado da porta no terceiro andar havia uma fôrma de cozinha. Sobre ela, sapatos de caminhada. A camurça parecia úmida e eles estavam cheios de jornal. Através da porta vinha o tique-taque de um velho relógio de pêndulo. Ela bateu e esperou por uma voz, ou passos, ou qualquer outra reação. Mas, fora o tranqüilo tique-taque, tique-taque, tudo permaneceu quieto.

Sonia bateu mais uma vez.

Tique-taque.

Depois de bater pela quarta vez, decidiu não seguir o conselho da velha senhora. Aí ouviu o ranger de uma tábua no chão. Então, passos.

— Quem está aí? — perguntou a voz de Casutt.

— Sonia Frey, do Gamander.

— Um momento.

Após alguns minutos, a porta se abriu e o sorriso petrificado de Casutt surgiu diante dela.

— Desculpe — disse Sonia —, o senhor estava dormindo.

— Velho costume de um porteiro noturno. — Ele se certificou de que ela estava sozinha. Então deixou-a entrar.

Ela entrou em uma pequena cozinha. Uma pia de cerâmica lotada de louça suja diante de um aquecedor a gás, um fogão elétrico tipo *cooktop* de duas bocas, um armário pintado desmazeladamente com tinta esmalte amarela, uma pequena geladeira de embutir não embutida com uma prancha de madeira por cima. Em cima dela estavam amontoados frigideiras usadas e talheres e louças sujos.

Ele murmurou uma desculpa pela bagunça e dirigiu-se ao quarto contíguo. O ambiente servia de quarto e sala. Uma cama desfeita, uma poltrona com uma manta gasta de tricô, uma mesa com duas cadeiras, uma cômoda, um guarda-roupa, uma televisão. O teto de madeira era tão baixo que se poderia pensar que era culpado pela postura encurvada de Casutt. Através de uma pequena janela na grossa parede via-se a parte de trás sem janelas de um edifício de idade indefinida e um pátio no qual estavam depositados lenha, caixas de cerveja vazias, estrados, pneus e duas carretas coloridas para transporte de gado.

Na sala pairava um cheiro acre de descuido. Casutt ofereceu a Sonia uma das duas cadeiras e sentou-se à sua frente. Sobre a mesa estavam revistas sobre famosos já marcadas de tão folheadas. Ao lado estavam uma garrafa aberta de vinho Veltliner, um *bitter* quase vazio e um copo sujo.

— A senhora quer um café?

— Não, obrigada — ela respondeu apressada.

Na parede sobre a mesa estavam penduradas fotografias emolduradas. O sr. Casutt com Jean-Paul Belmondo, sr. Casutt com Curd Jürgens, sr. Casutt com Romy Schneider, sr. Casutt com Doris Day, sr. Casutt com Cary Grant. Sempre de uniforme com as chaves cruzadas na lapela.

— Isso é só uma parte das fotos. E apenas uma parte ínfima dos famosos que conheci.

Antes que ele pudesse começar a enumerá-los, Sonia perguntou:

— O senhor está se virando bem?

— Por enquanto, sim. Eu não preciso de muito. E o meu salário será pago até o final da temporada. Porque, você sabe, dinheiro não tem importância para ela. E como estão as coisas lá embaixo?

Sonia não tirou os olhos dele quando disse:

— Algum maldito afogou meu periquito.

Ele só concordou com a cabeça, como se confirmasse um fato conhecido.

— Se eu ainda trabalhasse lá, teria sido eu de novo.

Sonia olhou-o nos olhos.

— Foi o senhor?

Pela primeira vez, o seu sorriso congelado expressou uma certa graça.

— A senhora não está falando sério?

Sonia repetiu a pergunta. Nem ameaçadora, nem provocativa, mas compreensiva. Como se ele pudesse lhe contar a verdade e eles então procurassem juntos uma solução.

— Eu não tenho nada contra a senhora. Gosto da senhora. Por que eu iria afogar o seu periquito?

— Não é contra mim. É apenas uma entre uma série de outras ações que têm como alvo a sra. Peters.

Casutt serviu-se de um pouco de vinho e bebeu um gole.

— Que ações?

— O ataque ao fícus. O seu aparecimento no meio do dia. Os bastões luminosos na água. As doze badaladas do sino à alvorada.

— Ah, sei. É claro. Todas essas coisas naturalmente estão relacionadas — concluiu ele sarcástico.

Lentamente e com longas pausas após cada verso, para que ele tivesse tempo de compreender o seu significado em relação aos cinco acontecimentos, ela recitou os sinais.

A cada vez que uma ficha caía, Casutt balançava a cabeça confirmando. No final, ele perguntou:

— De onde a senhora tirou isso?

— Isso é o que o Diabo de Milão diz à bela pastora Ursina para que ela lhe venda sua alma. O senhor não conhece? Uma lenda da região.

Casutt balançou a cabeça em negativa.

— Quando eu era pequeno, aqui em cima só se ia à escola no inverno. E, mesmo assim, apenas por alguns anos. Eu não tive o privilégio de poder estudar lendas.

— As lendas são contadas pelos pais e pelos avós.

— Eu só tive uma avó, e ela era surda-muda. E meus pais estavam cansados demais à noite para contar histórias na hora de dormir.

Ele acrescentou um dedo de vinho ao dedo de vinho que ainda estava no copo e o bebeu imediatamente. Quando pousou o copo sobre a mesa, tinha-se a impressão de que não tinha bebido nada.

— Foi por isso que a senhora veio? Para me perguntar se eu sou o Diabo de Milão? — O sorriso distorcido parecia de novo uma careta de dor suportada com coragem.

— Não. Eu também queria saber como o senhor estava.

— Agora a senhora sabe. — Ele mostrou teatralmente a sala onde estavam sentados. — Eu estou assim.

Uma pessoa que trabalhou a vida inteira em casas de luxo. Um quarto com cozinha na casa de uma velha e banheiro no vestíbulo da escada.

— Por que o senhor continua aqui? Por que o senhor não procura um novo emprego?

Casutt apontou para o copo.

— Por isso. — Mais uma vez ele o encheu com a exata quantidade que bebeu em seguida. — E a senhora? Por que a senhora continua aqui?

— Eu não fui demitida.

— Mas a senhora não precisa do dinheiro.

— De onde o senhor tirou isso?

— Na minha profissão, nós desenvolvemos um sexto sentido. A senhora está aqui porque estava fugindo de alguma coisa. E agora quer saber se deve fugir de novo.

Sonia permaneceu calada.

— Fuja! Fuja! — Ele gritou de repente.

Ela se levantou, mas Casutt segurou o seu braço.

— No vilarejo há pessoas que tinham outros planos para o Gamander.

— E elas estão por trás disso?

Ele levantou as mãos.

— Eu não quero afirmar nada. Mas há alguns que seriam bem capazes.

— Quem?

Casutt balançou a cabeça.

— Reto Bazzell, aquele com o tanque de leite, ele tinha planos para o Gamander? — perguntou Sonia num impulso.

— Ele não. — Após uma pausa, ele acrescentou:

— Mas o pai dele, sim.

— Que planos?

— Apartamentos de luxo.

— E por que não deu certo?

— Dinheiro. Ela superou a oferta dele.

— E isso seria um motivo para ele?

Casutt repetiu seu cerimonial do vinho. Só depois respondeu.

— Eu só estou lhe dizendo isso porque a senhora foi respeitosa comigo. Mas eu não disse nada: para o pai, isso não seria um motivo. Mas para o filho... Tome cuidado com o filho. Ele não bate muito bem. — E fez um movimento circular com o dedo ao lado da cabeça.

O clima, que passara a manhã inteira em cima do muro, decidiu-se então por ficar ruim. As nuvens indecisas se desgrudaram dos rochedos e regaram o vale com uma tempestade gelada. Sonia fechou o zíper de sua jaqueta impermeável até o queixo e tirou o capuz de dentro da gola antes de sair de baixo do portão em arco.

Após alguns metros, ela ouviu o barulho rude de um motor a diesel atrás de si. Virou-se e viu um velho Landrover verde com uma carreta de transporte de animais descendo a estreita rua. Espremeu-se contra a parede de uma casa e deixou o automóvel passar. À direção estava sentado um homem velho que ela conhecia do Steinbock. Um dos jogadores de cartas que sempre estavam lá. Ele passou por ela sem notá-la.

Por cima da porta da carreta ela viu o traseiro ossudo e enlameado de uma vaca.

Mais abaixo, na rua principal, um Audi prata a ultrapassou e parou alguns metros adiante. A porta do passageiro se abriu. Sonia reduziu a velocidade.

Atrás de si, ela ouviu outro barulho de motor. Olhou para trás. Era o carro coletor de leite. Ele reduziu a velocidade e parou alguns metros atrás dela.

O Audi buzinou. Continuava esperando com a porta do passageiro aberta. Então ela reconheceu Barbara Peters à direção. Sonia entrou. O carro partiu. Sonia olhou para trás. O carro coletor de leite também tinha partido.

— Não se preocupe com ele, é inofensivo — disse Barbara Peters.

— Eu espero que a senhora esteja certa — retrucou Sonia.

Ela estava com boa aparência, apesar de ter acabado de fazer uma longa viagem. O carro cheirava a um perfume que Sonia não conhecia. Dos alto-falantes soava música do Caribe.

— Eu ouvi dizer que o pai dele também estava interessado no Gamander.

— Ele queria transformá-lo num prédio com apartamentos. Você pode imaginar? Escavações e doze apartamentos de luxo em estilo engadino modernizado, todo forrado de pinho.

— Eu posso imaginar que ele tenha ficado bastante irritado quando perdeu a concorrência.

Barbara Peters riu.

— Uma vez ele foi bêbado até a construção e xingou: "Você ainda vai se arrepender, sua puta suja". Ou foi "puta fedida"? Ou as duas coisas?

— E a senhora não fica com medo?

— Como eu já disse, minha estratégia é ignorar. Vamos falar de você. Está melhor?

— Ontem eu ia pedir demissão, mas então a senhora já tinha saído. Hoje estou melhor.

— Eu fico feliz. Ia sentir sua falta. Você dá um certo glamour ao nosso centro de tratamentos.

Sonia recebeu o elogio com um sorriso.

— Junto com a sra. Felix e Manuel — acrescentou Barbara Peters. Com toda inocência. Sem maldade.

Ela fez a curva para a entrada do hotel. Sonia viu pelo espelho retrovisor externo que o tanque de leite parara pouco antes.

Encher formas de metal com *fango* era quase um trabalho meditativo. Sonia mergulhava a concha no copo do liquidificador, desenhava ornamentos com a massa preta viscosa sobre a chapa de metal e ficava olhando como eles se misturavam sem pressa em uma camada grossa, brilhante e com cheiro estranho.

Talvez Casutt soubesse mais do que dizia. Mas ela não acreditava que era ele quem estava por trás de tudo aquilo. Um homem velho e desajeitado que bebia demais não teria a tranqüilidade para esperar até que ela deixasse o hotel, passar pelo saguão furtivamente, subir as escadas até o seu quarto, destrancá-lo, tirar o Pavarotti de sua gaiola, esgueirar-se escadas abaixo e de novo pelo saguão e pela área de bem-estar até a sala de repouso, mergulhar o pássaro no aquário, passar uma terceira vez pelo saguão e sair.

Mas, no caso do ataque com ácido e do fogo subaquático, ele podia ter visto alguma coisa que não queria dizer. Mesmo a voz que alegadamente lhe ordenou que assumisse o posto de porteiro diurno, ele podia ter reconhecido.

Quanto mais pensava no assunto, mais certeza ela tinha de que ele devia conhecer o autor. E mais provável se tornava a possibilidade de ela levar a sério a sua advertência contra Reto Bazzell, o coletor de leite.

Enfiou uma fôrma cheia na estufa e começou a encher uma nova. Lá do alto ela deixava fluir um fino fio de *fango* sobre a superfície limpa desenhando ornamentos entusiasmados sobre a chapa, como um cozinheiro três estrelas na borda de um prato de sobremesa.

Sem bater, a sra. Felix entrou na sala, fechou a porta imediatamente atrás de si e a bloqueou com suas costas. Ela tinha os lábios apertados e duas rugas profundas verticais cruzavam o aro dos seus óculos curvados na altura da raiz do nariz.

Sonia olhou-a sem entender.

A sra. Felix fez o sinal-da-cruz. Então começou a falar com uma voz fina, estranhamente distorcida:

"Peço ao Cristo poderoso,
salvação de todos os homens,
Que colocou grilhões no Diabo.

E agora ajo em nome d'Ele.
O apóstata eu vou
vencer a um só golpe."

Ela voltou a fazer o sinal-da-cruz, tirou uma garrafinha de vidro marrom do bolso de seu avental branco, abriu a tampa e borrifou Sonia com o seu conteúdo.

Sonia soltou um pequeno grito de espanto e protegeu o rosto.

A sra. Felix enfiou a garrafinha de volta no bolso do uniforme e saiu da sala.

Sonia a seguiu. Quando chegou ao corredor, ainda a viu desaparecendo em uma das salas de tratamento. Diante da porta, ouviu a chave sendo virada. Sonia bateu.

Sem resposta.

Sonia bateu de novo.

— Sra. Felix?

Na sala de tratamento, tudo continuou em silêncio.

— Sra. Felix! — exclamou Sonia furiosa em voz alta.

A porta ao lado se abriu, Manuel enfiou a cabeça para fora.

— O que aconteceu?

— Ela está maluca. Você sabe o que ela fez?

— Me conte depois. Eu ainda tenho vinte minutos aqui. — Então ele moveu os lábios, "Bob", e lhe deu uma piscada.

O líquido não tinha cor nem cheiro. Água provavelmente. Água benta possivelmente. Sonia estava sentada na sala dos funcionários e esperava por Manuel. Fumava um dos cigarros dele. Os seus, ela tinha jogado fora naquela manhã. Não sabia o que a deixara mais perturbada: o teatro da sra. Felix ou o fato de Bob estar fazendo massagem com Manuel. Por que não fora fazer com ela?

A porta se abriu. Mas não era Manuel. Era Barbara Peters. Pela primeira vez, desde que Sonia a conhecia, ela parecia um pouco descuidada e estava vestindo as mesmas roupas de duas horas atrás no carro. Seus cabelos davam a impressão de não terem sido penteados desintencionalmente.

— O Bango está aqui embaixo?

A pergunta era estranha. A área de bem-estar era tabu para cachorros. Até para o cachorro da chefe.

— Não. Ele sumiu?

— Ele não estava quando eu cheguei. E não consigo encontrá-lo em lugar nenhum.

— Quando ele foi visto pela última vez?

— Ontem à noite. Michelle lhe deu ração.

— A casa é grande. Talvez ele tenha ficado trancado em algum lugar.

— Eu já procurei em todo lugar. Aqui era a minha última esperança.

— Com certeza ele só deve ter ido dar um passeio.

Barbara Peters balançou a cabeça.

— Bango nunca vai passear sozinho.

Oito

— Por que com o Manuel?

— Lumbago.

— Por que não comigo?

— Com você eu pego a doença, não o tratamento.

Sonia riu. Ela estava deitada em sua cama estreita, a cabeça sobre o ombro de Bob, acima dela, os jogos de sombra.

— Você acha que um som pode ser amarelo com pontinhos cor-de-rosa? — ela perguntou.

— Se os sons tivessem cores, por que não?

— Os sons têm cores. Às vezes eu consigo vê-las.

— Franz Liszt também acreditava nisso.

— Não é minha imaginação, eu sei que é assim. Meu cérebro tem às vezes a capacidade de ver as cores dos sons.

Ela sentiu o sorriso de Bob à meia-luz.

— Qual a cor do som do meu piano?

— Como fumaça de cigarro. Azul, como quando serpenteia da ponta do cigarro até o teto. Não cinza, como quando sai pela boca e pelo nariz.

Ele a puxou para perto.

— É assim que eu quero tocar. Azul e transparente e flutuante, como a fumaça de um cigarro esquecido.

— Às vezes eu também consigo sentir o gosto dos sons.

— E como é o gosto do som do meu piano?

Sonia sentou-se e curvou-se sobre o rosto dele.

— Assim.

E enfiou a língua em sua boca.

Bob ainda estava dormindo quando ela saiu do quarto em silêncio e pendurou o "por favor, não perturbe" na maçaneta.

O saguão de entrada estava vazio, a recepção, abandonada. Do quarto atrás do balcão vinha a voz baixa de um locutor que lia as notícias da manhã.

Ela foi recepcionada pelos já familiares cheiros de cloro e óleos etéreos. Silenciosas como lagos encantados, as duas piscinas jaziam ali.

Atrás da fachada vítrea, a paisagem era iluminada pela aurora como uma pintura. O céu estava encoberto e mergulhava o flanco das montanhas e o vale em uma luz difusa sem sombra nem profundidade.

A ducha de massagem à borda da piscina térmica pingava no silêncio.

Uma das espreguiçadeiras ao lado da piscina tinha

saído da roda. Ela estava um pouco enviesada e bem mais à frente que as outras. Um roupão de banho estava jogado sobre o colchonete branco e tocava o chão dos dois lados. Sonia empurrou a cadeira de volta para o seu lugar e pegou o roupão. Havia duas revistas debaixo dele. Do tipo que Lea, a mais velha entre os filhos dos Häusermann, gostava de ler.

Em um dos ganchos ao lado dos chuveiros, alguém tinha esquecido uma toca de natação. Ao lado da *jacuzzi* havia um par de chinelos de banho bordado com o nome do hotel.

Sonia arrumou tudo e foi até a escada. Hesitou um momento antes de descer. Naquele dia ela lhe pareceu como a entrada de uma cripta.

O corredor lhe parecia mais frio e repulsivo do que nas outras manhãs em que tivera o primeiro turno. Com pressa, como se alguém estivesse atrás dela, foi até a sala técnica, apertou a maçaneta, respirou fundo e abriu a porta.

Ficou parada um momento até que seus olhos se acostumassem à escuridão diminuída apenas pelas luzinhas do painel. Então caminhou decidida até o quadro de luz e girou o interruptor central.

Ela puxou à memória as imagens das posições corretas dos interruptores, botões e alavancas e realizou rapidamente as ações necessárias. Então saiu da sala e começou seu *tour* de inspeção pelas salas.

A cada porta, ela tinha que se superar para abri-la. Em todo lugar acendia todas as luzes e girava o *dimmer* na luminosidade mais intensa.

A sala de repouso ela tinha deixado para o fim. Agora estava diante dela e se obrigou a pressionar a maçaneta. Abriu a porta um pouco, soltou a maçaneta, deu um passo para trás, contou até três e a empurrou cuidadosamente com o pé. Lentamente, ela girou sobre as dobradiças abrindo a visão para o aquário. Os peixes deslizavam tranqüilos pela paisagem de plantas aquáticas.

Cuidadosamente, ela entrou e acendeu a luz. Tudo parecia estar em ordem, apenas com o cheiro tinha alguma coisa errada. Não cheirava a nenhum dos óleos com os quais eles enchiam os aromatizadores de ambiente. Alguma outra coisa pairava no ar. Patchuli?

Uma das espreguiçadeiras tinha sido usada. Alguém tinha feito uma almofada com toalhas. O lugar dos pés estava sujo, como se alguém tivesse se deitado sobre ela com os sapatos sujos.

No chão, ao lado da cadeira, havia cinzas e a ponta de um cigarro. Não, não de um cigarro: de um baseado.

Sonia fechou a porta e correu escada acima.

Lá em cima, quase deu um encontrão em Barbara Peters. Ela não estava de roupão, como sempre nesse horário, mas vestia *jeans*, uma malha de caxemira vermelha e um boné de beisebol para esconder seus cabelos descuidados. Não estava arrumada e parecia que não tinha dormido muito.

— Aconteceu alguma coisa com o Bango? — ela perguntou amedrontada.

— Alguém esteve na sala de repouso e fumou um baseado lá.

Barbara Peters desprezou a notícia com um movimento de mão.

— Ele não apareceu a noite inteira. Eu estou esperando pelo pior.

— Não foi um dos hóspedes que fumou um baseado. Eu acho que alguém invadiu o hotel de madrugada, deitou-se em uma das espreguiçadeiras de sapatos sujos e fumou um baseado com toda a calma. Ele queria que a gente percebesse. Ele queria que a gente soubesse que pode entrar e sair daqui em qualquer horário.

Só então ela despertou o interesse da chefe.

— Você acha que poderia ter alguma coisa com Bango?

— Eu acho que tem alguma coisa a ver com os estranhos acontecimentos aqui. E se o sumiço de Bango também for um acontecimento estranho...

— É. — Barbara Peters desceu a escada decidida. Sonia a seguiu.

Elas ficaram um tempo mudas diante da cadeira.

— Ela irradia alguma coisa — concluiu a chefe.

— Violência — respondeu Sonia.

Elas se calaram de novo, ambas mergulhadas em pensamentos.

— No carro de Reto Bazzell há um adesivo com uma folha de maconha — disse Sonia mais para si mesma.

— Você suspeita dele?

— Sim.

— E você ainda acha que eu devia ir à polícia?

— Cada vez mais.

— Você acha que ele pode estar por trás do sumiço de Bango?

Menos por convicção do que para levá-la a finalmente chamar a polícia, Sonia respondeu:

— Não me causaria espanto.

Barbara Peters curvou-se e juntou as toalhas.

— Espere, a polícia precisa se certificar das evidências.

— Eles vão ter que se contentar com as nossas declarações. Você quer fechar o local até eles terem feito fotos, tirado as impressões digitais e espantado os nossos hóspedes?

Ela saiu da sala com os braços lotados de provas, jogou tudo no cesto de roupa na sala de limpeza e voltou com uma vassoura e uma pá antes mesmo que Sonia pudesse sair do lugar.

Havia mais ou menos meia hora, Retto Bazzell tinha pegado o leite, e Gian Sprecher sentou-se no banco e esperou até que o carro de coleta aparecesse lá embaixo na rua do vilarejo. Justamente quando ele apareceu diante do binóculo, surgiu um carro de polícia vindo na direção contrária. Os automóveis se cruzaram, e a polícia continuou, entrou na estradinha que levava ao Gamander e estacionou diante do hotel. Dois homens de uniforme entraram no hotel e não tinham saído até agora.

Como se ele não tivesse mais nada que fazer além de sentar ali e ficar esperando por dois policiais.

Sonia achara que Barbara Peters iria querer que

ela estivesse junto quando os policiais chegassem. Mas ela só dissera que a chamaria se precisasse. O que não aconteceu. Há pouco ela vira pela porta de vidro os dois policiais indo embora.

Estava sentada em uma das espreguiçadeiras ao lado da piscina e vigiava o movimento na água que consistia na sra. professora Kummer, que, ignorando a sua presença, batia as mãos na piscina térmica e vez por outra trocava algumas palavras com a srta. Seifert, de pé na borda, totalmente vestida.

Manuel estava lá embaixo fazendo uma massagem em Madame Lanvin. Ele tinha achado graça na informação sobre o caso do maconheiro noturno e se mostrara também indiferente, até otimista, em relação ao desaparecimento de Bango.

A sra. Felix não viera trabalhar, tinha dito que estava doente. Sonia ficou feliz por não ter que lidar com ela além de tudo.

De repente, gritos e risadas de crianças soaram vindos da entrada.

— Eehhh! — E: — Não! Bango! Aqui!

Pascal, Dario e Melanie entraram correndo. Eles estavam perseguindo Bango, que corria para a frente e para trás, pulava neles, rodeava-os e voltava a fugir. Como um cachorro que estivera amarrado por muito tempo e agora comemorasse sua liberdade.

Parecia que alguma coisa estava enrolada nele. Um lenço ou um pedaço de pano.

— Bango! — Agora ela também chamou. Mas o cachorro continuou correndo em volta das piscinas.

Barbara Peters chegou ao local da cena acompanhada da recepcionista.

— Bango! — Ela exclamou. — Onde você se enfiou, seu porcaria?

Bango disparou na direção dela e pulou em seu colo. Ela conseguiu segurá-lo.

O *spaniel* estava usando um *short* preso ao seu corpo com um cinto. A parte da frente estava enfiada em uma camiseta suja de tamanho infantil. Na cabeça, tinham-lhe amarrado um chapeuzinho de caçador.

As crianças rodearam Barbara e o cachorro. Elas gritavam e riam.

A sra. professora Kummer saiu da piscina indignada. A sra. Seifert colocou uma toalha sobre seus ombros magros.

— Para mim chega! — exclamou a professora.

Barbara Peters olhou para Sonia assustada, como se esperasse a resposta para uma pergunta nunca feita. Seu rosto tinha perdido toda a cor.

Sonia fez um sinal positivo com a cabeça.

— Quando o animal se tornar homem.

Atrás do pequeno amontoado de pinheiros e larícios ao lado do hotel, havia um pequeno parquinho infantil com tanque de areia, escorregador, carrossel e um castelo construído com vigas grosseiras. As duas filhas dos Häusermann tinham que se alternar para acompanhar seus irmãos pequenos até lá e tomar conta deles. Naquela manhã era a vez de Melanie.

Pascal e Dario foram correndo na frente aos berros e Melanie trotava desanimada atrás deles. Quando ela chegou ao parquinho, os meninos já vinham agitados em sua direção e a arrastaram até o castelinho. Lá, amarrado a uma das vigas com uma corda curta, Bango fantasiado dançava de felicidade ganindo. Ele não conseguia latir, seu focinho estava amarrado com um lenço. Mal as crianças o libertaram, ele voou até o hotel.

Barbara Peters abraçou carinhosamente o entusiasmado Bango e deixou que ele lambesse seu rosto úmido de lágrimas. Sonia a ajudou a libertar o bichinho de suas roupas degradantes e acompanhou os dois até o apartamento da torre. Lá, ela ficou olhando em silêncio enquanto Bango devorava uma lata de ração, uma latinha de atum e meia caixa de bombons, e bebia uma tigela cheia de água misturada com um pouco de leite.

— Pena que os policiais já tinham ido embora — comentou Sonia.

— Em que teria ajudado se eles ainda estivessem aqui? — Sobre a pele pálida de Barbara Peters haviam se formado algumas manchas vermelhas de agitação.

— Teria confirmado a teoria.

Barbara Peters não respondeu.

— Não teria confirmado — disse Sonia. — A senhora não mencionou a lenda.

— Eles não me levaram a sério nem assim.

— O que a senhora contou para eles?

— Sobre o cigarro de maconha. E disse que acho que foi o Reto Bazzell.

— E nada sobre os outros acontecimentos?

— Se eles pararem com o joguinho de Bazzell, tudo vai acabar.

Bango deitou-se de costas diante de sua dona e ela acariciou o seu peito, obediente.

— E essa história do Bango? A senhora também não vai contar?

— Vou. Com Bango ele foi longe demais.

— Eu acho que já tinha ido com o Pavarotti — comentou Sonia friamente.

— Perdão, é claro.

Os olhos de Bárbara Peters voltaram a se encher de lágrimas. Sonia colocou seu braço em volta dela e a puxou para si. No mesmo instante ela estremeceu com soluços altos.

Sonia acariciava seu cabelo despenteado com a mão livre. Vez por outra, entre os soluços saía um "desculpe" abafado.

Quando Barbara Peters se acalmou um pouco, Sonia pegou uma pequena poltrona e sentou-se à sua frente. Tirou-lhe o mocassim e colocou o pé dela sobre o seu joelho. E era pequeno, no máximo trinta e seis, bem cuidado e pedicurado. As unhas do pé estavam pintadas com o mesmo vermelho coral das longas unhas das mãos.

Sonia colocou as mãos sem pressão em torno do pé, empurrou-o para a frente e puxou-o de volta, para a frente e para trás em um ritmo cada vez mais rápido. Quando sentiu que ele tinha relaxado, segurou a base dos dedos com a esquerda e pressionou seu polegar direito na zona do diafragma e do plexo solar, imediatamente abaixo dos joanetes.

Barbara Peters parara de chorar. Ela estava deitada sobre as almofadas do sofá e fechara os olhos.

— Eu estou com medo — ela disse.

— Eu sei.

— Eu nunca tenho medo.

— Eu, quase sempre.

— Não quer me chamar de você?

— Com prazer.

Sonia pegou o calcanhar com a mão esquerda, segurou a ponta do pé com a direita e o rodou cuidadosamente primeiro em uma depois na outra direção.

— Essa coisa do medo tem alguma coisa a ver com o seu marido?

— Começou com ele. Agora, aparece nas mínimas oportunidades. É como se o meu cérebro tivesse aprendido a ter medo.

— Ele lhe bateu?

— Ele quis me matar.

Bango tinha adormecido. Naquele instante deu um pequeno latido baixinho e suas patas se mexeram em sonho.

— Quando ele acordar, terá esquecido tudo — disse Sonia.

— O que você faz contra ele? Contra o medo?

— Antigamente, tomava remédios e fugia.

— E hoje?

— Combato as causas em vez dos sintomas.

— Como se faz isso?

— Faça uma queixa contra esse porco. Conte tudo o que ele fez. Para que ele seja tirado de circulação.

Sonia não elevara seu tom de voz, mas enfatizava suas palavras ao pressionar o polegar com força na zona de reflexo do estômago. Barbara puxou ar entre os dentes fazendo barulho.

— Perdão — disse Sonia.

— Eu vou ligar logo em seguida.

como ele se chama?
quem?
o culpado de você não ter voltado
frédéric
o outro, o culpado de você ficar
bob, ele é pianista
ah então fica, fica

Um céu como um saco de carvão. As rochas pretas de umidade em degradê. As florestas quase azuis, os campos, verde-alga.

Gian Sprecher tinha passado a tarde inteira tirando os galhos derrubados pela tempestade e os havia serrado para transformá-los em lenha. Agora estava a caminho de sua fazenda com o penúltimo carregamento. Ele dirigia seu pequeno trator carregado com cuidado pelo caminho ensopado e enlameado. Na primeira volta da curva em S, perto de Funtana, chegou à rua principal, seguiu-a até a segunda curva e virou cinqüenta metros mais abaixo no caminho de terra que levava à sua fazenda.

As grandes leivas lançadas na rua pelos grossos sulcos dos pneus de baixa pressão deixavam um rastro de lama marrom sobre o asfalto.

Eram só seis da tarde, mas Reto Bazzell já tinha acendido a lanterna. Ele estava a caminho da leiteria. Tinha carregado quase cinco mil quilos de leite. Os óculos de sol espelhados tinham sido empurrados na direção dos cabelos; dos quatro alto-falantes soava "Rebel Music", de Bob Marley.

Reto estivera de bom humor o dia inteiro. Sempre voltava a imaginar a cara que as pessoas deviam ter feito no Gamander e a cada vez tinha que rir. Principalmente agora, depois da curta pausa que fizera lá em cima, à beira da floresta, para fumar um baseado.

A rua estava seca, o Pajero deslizava como que sobre trilhos.

No início da curva de Funtana, ele percebeu que estava um pouco rápido demais. Brecou.

Gian Sprecher levava seu transportador vazio de volta para a floresta Corv para buscar a última leva de madeira. Ele chegou ao cruzamento da rua principal. Ali, uma estranha visão: ao marrom do rastro de lama que ele deixara atrás de si havia se misturado algo branco e algo rosa-avermelhado.

Ele puxou o freio de mão, colocou o carro em ponto morto e desceu. Leite. O branco que escorria pela rua abaixo era leite. E o regato estreito rosa-avermelhado que se misturava a ele?

— Merda! — ele praguejou e manquejou rua acima.

Atrás da curva, ele viu o Pajero. Ele estava de ponta-cabeça, espremido entre dois pinheiros que haviam crescido à beira da escarpa. O pedaço íngreme de grama acima da rua estava marcado pelo rastro do carro que tinha capotado lá. E, mais acima, lá onde ele tinha perdido a direção, os troncos quebrados de dois jovens larícios apontavam para o alto.

O tanque tinha se soltado e estava caído um pouco acima da carcaça do carro, mas ainda na rua. Uma lata de cerveja gigante, toda amassada.

Quanto mais Gian Sprecher se aproximava do local do acidente, mais o barulho do motor de seu trator ligado à distância era abafado pela música que vinha dos destroços. *We're gonna chase those crazy baldheads out of town.*

Reto Bazzell fora lançado para fora do carro e estava caído na rua com os membros grotescamente retorcidos. O sangue de um grande ferimento no pescoço se misturava ao leite que ainda continuava saindo do tanque.

Gian Sprecher fez o sinal-da-cruz.

De repente, uma chuva grossa caiu do céu.

Pouco menos de uma hora até o dia de trabalho acabar. Já fazia mais de duas horas que ninguém vinha à piscina. Sonia e Manuel estavam sentados em um banco de granito polido na frente do vidro da entrada. De lá era possível observar as duas piscinas ou aproveitar a paisagem. Eles deram as costas para as piscinas.

Sonia contava o quanto o ocorrido com Bango afetara a chefe. O único comentário de Manuel fora:

— Afinal, ela não é tão fria quanto se pensa.

Depois eles discutiram a teoria de Sonia durante muito tempo e por fim concordaram em que Reto Bazzell era o principal suspeito. Agora estavam cansados do tema e testavam vários outros. No momento, a sra. Felix.

— Ela com certeza é de alguma seita. Isso é freqüente entre essas velhas solteironas: alguma hora a insanidade religiosa se manifesta.

— Ela recitou um encantamento e me borrifou com água benta. Como se eu fosse o Diabo.

— De Milão. — Manuel caiu na risada. Sonia permaneceu séria.

Os banhos já se encontravam no lusco-fusco precoce demais daquele dia cinzento. Ninguém conseguia se levantar para ligar a iluminação.

A chuva começou a cair como se sempre estivesse lá. Ela imprimia uma retícula sobre a paisagem como quando se está sentado perto demais de uma tela de cinema. O barulho monótono das quatro quedas-d'água fornecia a trilha sonora.

Um veículo agrícola passou estrada abaixo. Sonia reconheceu o fazendeiro manco. Ele vinha rápido, como se quisesse escapar da chuva.

— Alguém sabe o que ela tem? — perguntou Sonia.

— A sra. Felix? Doente. Isso é tudo o que eu sei. Nada grave, caso você tenha tido a esperança.

— Nada grave. Mas espero que seja longo.

Eles ficaram olhando calados a paisagem subaquática descorada. Um velho Landrover passou subindo a estrada, seguido por um Volkswagen e um jipe japonês. A uma certa distância, eles estavam sendo seguidos pelo transportador do fazendeiro manco.

— Bastante movimento, com esse tempo — comentou Manuel.

A curtos intervalos, passaram outros veículos. Entre eles, o Landrover vermelho dos bombeiros locais.

— Alguma coisa aconteceu lá — concluiu Sonia.

Eles continuaram sentados observando o trânsito fora do comum.

Após aproximadamente vinte minutos, um carro de polícia passou em alta velocidade na mesma direção. Pouco depois, seguiu-se uma ambulância.

— Um acidente — concluiu Manuel.

Sonia assentiu com a cabeça.

Depois que eles tinham preparado a área de estar para a noite e passaram pelo saguão em direção aos seus quartos, a recepção já tinha a informação.

— Reto Bazzell — disse Michelle —, o homem que coleta o leite... morto em um acidente.

Sonia e Manuel trocaram olhares.

— Como aconteceu? — ela perguntou.

— Um acidente causado por ele mesmo, mais eu não sei.

O quarto de Manuel ficava em outra parte do hotel. Na escada, eles se separaram.

— Agora só nos resta a esperança de que tenha sido realmente ele — Manuel sorriu malicioso.

Sonia tentou parecer chocada. Mas tinha pensado o mesmo.

À entrada do Steinbock havia panos sujos a partir dos quais uma trilha de pegadas levava até o restaurante. No guarda-roupa estavam penduradas jaquetas impermeáveis e sobretudos molhados. Na chapeleira reinava uma confusão de bonés, chapéus de caçador e capuzes de plástico. Da mesa onde ficavam os clientes habituais, não vinha o barulho festivo de sempre, apenas um murmúrio abafado, como se cada um fizesse sua própria oração.

Sonia não tinha mais certeza se tinha sido uma boa idéia ir ao Steinbock, apesar de tudo, para uma ceia tardia após a atuação de Bob durante o jantar e os coquetéis. Dois dias atrás, ela havia feito grandes elogios à cozinha experimental de Peder Bezzola, e Bob não considerara o acidente de Reto Bazzell motivo suficiente para alterar os seus planos.

Eles mal fecharam a porta atrás de si, o local ficou ainda mais quieto. Nina colocou sua bandeja com copos de cerveja e de vinho vazios sobre o bufê e veio até eles.

— Para jantar? — ela perguntou.

Quando Sonia e Bob confirmaram, ela levou os dois ao restaurante. Ela vestia uma saia justa e um *top* que deixava sua barriga de fora, ambos pretos, provavelmente mais por acaso do que por piedade. Suas bochechas estavam vermelhas, e parecia mais agitada do que abalada pelo acidente.

Apenas duas mesas estavam arrumadas com toalhas brancas, sobre as outras havia tecidos de algodão sujos. Eles não estavam mais contando com clientes.

O cardápio que Nina trouxe era novo. Tinha quatro páginas e nenhum dos menus reto-asiáticos. Somente as ofertas comuns dos restaurantes locais com algumas especialidades de Graubünden.

— Vocês ainda têm o outro cardápio? — Sonia informou-se.

— Não. Só este.

— E as coisas asiáticas?

— Nós não servimos mais.

Antes que Sonia pudesse perguntar por quê, Nina foi até o bar onde alguém a chamara em voz alta. Quando ela finalmente voltou, eles pediram sopa de cevada de Graubünden e *capuns*, um prato típico da região. Para ele aquilo já era bastante exótico, Bob a consolou.

O clima de tristeza do bar rapidamente envolveu os dois. No início, eles ainda conversaram um pouco como dois desconhecidos, o que, afinal, eram mesmo. Mas logo estavam comendo calados como um velho casal.

Durante a sobremesa — torta de nozes à moda engadina com uma bola de sorvete de creme —, Peder Bezzola veio até a mesa. Seu uniforme de cozinheiro sempre imaculadamente branco tinha algumas manchas de molho, seu lenço de pescoço branco estava frouxo, ele havia esquecido alguns pontos ao se barbear e em seus olhos havia um brilho de vinho tinto.

—— Estava bom? — perguntou ele. A pergunta soou um pouco desafiadora.

— Sim, mas onde foi parar o toque asiático? — perguntou Sonia.

— No Gamander — respondeu o cozinheiro. — Se a senhora está procurando um toque asiático, então pode se empanturrar no hotel. Afinal, foi lá que eles a inventaram.

Sonia estava sentada na poltrona verde-oliva e suas pernas ainda abraçavam os quadris de Bob. Ele estava deitado sobre ela e tinha pousado a cabeça sobre o seu ombro. Ambos tinham voltado a respirar calmamente.

— Talvez seja a proximidade da morte — ela disse.

— O quê?

— Que torna os vivos tão quentes.

Como se nada tivesse acontecido, abriu-se sobre a enlutada Val Grisch um sol brilhante. Ele aqueceu os pastos encharcados até eles evaporarem como toalhas quentes durante uma lavagem no inverno.

A casa de Luzi Bazzell estava abandonada. O estábulo tinha sido cuidado naquele dia bem cedo por Joder, sobrinho-neto de Luzi. Ele era fazendeiro em seu tempo livre e ganhava a vida como pedreiro nas muitas construções com as quais a Engadina era sistematicamente desfigurado. O gado já estava no pasto. Luzi estava sentado mudo ao lado do corpo de seu filho, o qual tinha sido levado para lá ainda na mesma noite e que jazia agora em sua sala.

Sonia já tinha preparado a área de estar para ser usada e agora nadava, enérgica. Ela tinha a piscina só para si. Desde o reaparecimento de Bango, Barbara não tinha mais saído de seu quarto.

Pouco antes das oito, a porta de vidro se abriu e Igor entrou. Ele fez um aceno, chamando Sonia até a borda da piscina.

— Você tem que ir encontrar a chefe. A polícia está aqui.

Ela se trocou, e dez minutos depois estava no escritório de Barbara Peters. Os dois homens uniformizados do dia anterior pareciam pouco à vontade nos móveis de alumínio oferecidos aos visitantes.

Barbara estava usando de novo o *jeans* e a malha de caxemira vermelha de ontem. O boné ela tinha trocado por um lenço de seda que usava, como as begumes, como um turbante.

Mas sua expressão facial tinha mudado. Não estava mais amedrontada e agitada como ontem, porém de novo tranqüila e segura de si.

— Sonia, estes dois senhores me trouxeram duas interessantes descobertas.

Ela se levantou e agitou no ar um roupão não muito limpo que estava sobre o encosto de uma poltrona livre. Ele tinha o logo do Gamander.

— Isso foi encontrado no carro acidentado do sr. Bazzell. E isto.

Ela voltou a colocar o roupão sobre a poltrona, pegou um pequeno saco plástico com um ziper de cima de uma das mesinhas e o entregou a Sonia. Ele tinha uma chave de segurança com um aro azul.

— Uma chave mestra — ajudou-a Barbara. — O acidentado a levava junto com seu molho de chaves.

Sonia olhou para a chave e depois para Barbara e para os policiais.

— Onde ele a conseguiu?

— Ela está marcada com o número cinco — explicou o policial mais velho. — De acordo com o planejamento, este é o número da chave reserva da recepção. Ela devia estar na gaveta do caixa. Até agora, ninguém notou sua falta.

— E como Bazzell chegou até ela?

Barbara levantou os ombros, indicando que não sabia a resposta. Mas então, acabou dizendo:

— Talvez eu não tenha sido tão injusta assim com o sr. Casutt.

Sonia viu o velho homem com seu sorriso congelado naquele buraco cheirando a mofo e voltou a ouvir suas palavras: tome cuidado com o filho. Ele não bate bem. Será que aquela era a explicação? Será que Casutt não era o criminoso, mas talvez o cúmplice?

— A sra. Peters nos contou o ocorrido com o seu cachorro — disse o policial aparentemente de patente mais alta.

— Isso foi antes que eu soubesse da chave — retrucou Barbara.

— Ela disse que a senhora tem uma teoria.

Apesar de Barbara ter lhe dado a entender com todas as suas forças que devia fechar a boca, Sonia contou sobre os fatos ocorridos e sobre o que ela achava que eles significavam. O policial que fazia as perguntas fez anotações com uma expressão séria. Apenas uma vez ela o viu trocando olhares com seu colega mais novo.

como é mesmo o nome do hotel?
gamander, por quê?
talvez eu vá até aí, como é o nome do buraco
val grisch, mas eu tenho pouco tempo
não faz mal

Sonia sentiu o alívio que vinha de Barbara Peters e se transferia para todos os funcionários. E os poucos hóspedes, que não tinham se inteirado muito do motivo da tensão, perceberam que os funcionários estavam mais motivados e o serviço, mais cortês.

Ela também se sentia melhor. O sentimento abafado de uma ameaça indeterminada tinha desaparecido. Mas a sua lembrança ainda continuava lá.

No primeiro dia após a morte de Reto Bazzell, fez um calor de verão. O tempo permitiu que o jantar fosse servido no terraço. Barbara Peters fez questão de fazê-lo, mesmo que alguns funcionários — entre eles, Sonia — a tivessem desaconselhado. Isso poderia ser interpretado pelo vilarejo como falta de piedade dela, eles temiam.

Mas Barbara achava que os hóspedes não tinham que sofrer também pela tragédia; mandou empurrar o piano para perto da janela e pediu a Bob, por favor, que não tocasse nada triste. Ela convidou Sonia, Manuel e Michelle, a recepcionista, para jantarem de novo com os hóspedes, conseguindo assim um grupo de vinte e uma pessoas em sete mesinhas.

Ela própria sentou-se à mesa com o dr. Stahel. Mas acima de tudo, era a anfitriã atenciosa e sorridente. Levava o seu Valentino tomara-que-caia de mesa a mesa, trocava algumas palavras com os hóspedes e exibia seu riso de menina. Carregava o tempo todo uma taça de champanhe na mão, a qual o garçom enchia durante as curtas paradas à mesa do dr. Stahel com o conteúdo da garrafa que estava no *cooler* ao lado da mesa.

Com os guarda-sóis coloridos, os garçons em suas jaquetas brancas de linho engomado e o piano em clima de jazz como pano de fundo, tudo aquilo pouco se parecia com o jantar de alguns hóspedes de hotel, mas sim com uma festa para comemorar um feliz dia de verão.

Michelle e Manuel conversavam animados e felizes. Mas Sonia tinha dificuldades para manter o mesmo tom. Ela não se sentia bem naquela situação.

Durante a sobremesa, chegou até eles de repente o barulho de um motor acelerado. Os hóspedes desviaram os olhares para a rua que vinha do vilarejo, passava pelo hotel, e levava até o alto. Um velho Landrover verde chegou vindo do vilarejo e parou no ponto em que a rua ficava mais próxima do terraço.

Um velho fazendeiro saiu do carro. Ele estava usando um terno escuro e uma gravata preta. Os braços estavam caídos ao lado de seu corpo, como se não fossem seus. Durante um momento, ele olhou mudo na direção deles. De repente, empunhou a mão, balançou-a ameaçador e berrou na direção deles alguma coisa em sua língua, com a voz rouca de ódio.

Todos os hóspedes emudeceram; apenas Bob, que do seu lugar não via a cena, continuou tocando seus *happy tunes*.

O velho calou-se por um momento e parecia prestar atenção à música, atônito. Então levantou o punho mais uma vez e gritou:

— *Schmaladida musica del diavel!*

Depois voltou para o Landrover. Letárgico e com dificuldade, com se tivesse sido repentinamente tomado por um grande cansaço.

O piano emudeceu. Bob deve ter percebido alguma mudança no terraço, que ficara quieto de repente. Seu rosto apareceu na janela. Ele olhou para Barbara interrogativo.

— Maravilhoso! — ela lhe exclamou. — Obrigada, continue assim, por favor!

Ele trocou um olhar com Sonia antes de sair da janela. Pouco depois, suas improvisações flutuavam na noite de verão.

Os hóspedes continuaram a comer e tentaram retomar suas conversas. Ninguém olhou para o homem velho do outro lado, que manobrava seu jipe na rua com motor lamuriante e cambio arranhador.

Barbara Peters fez o que pôde para minimizar a cena. Mas o clima estava estragado.

— O que ele disse? — Sonia quis saber mais tarde de um dos garçons que falava *vallader*, o romano dos moradores da Baixa Engadina.

— Era Luzi Bazzell, o pai do falecido. Nós devemos voltar para o lugar de onde viemos. Ou *giò l'infiern*. Para o inferno.

— E *musica dal diavel* quer dizer "música do Diabo", não é?

— Bravo!

As costas de Bob tinham gosto amargo com açúcar. Seu gemido era púrpura sobre ouro.

Ela cavalgou em uma onda vermelho-rubi até que a espuma amarelo-cromo a engoliu e puxou para o redemoinho da rebentação preta.

você vem agora?
para onde?
para cá
como assim?
porque você escreveu
para esse vilarejo assombrado eu não sou louca

Sonia leu o seu último diálogo por SMS com Malu. Ela tinha lido certo:

como é mesmo o nome do hotel?
gamander, por quê?
talvez eu vá até aí, como é o nome do buraco?
val grisch, mas eu tenho pouco tempo
não faz mal

Remetente: Malu. Mas só então ela reparou no número: era do celular antigo de Malu.

Sonia teclou o número. A pessoa não estava disponível, disse uma voz feminina.

Ela teclou o novo número. Malu atendeu imediatamente. Sem explicações, Sonia perguntou:

— Você recuperou o seu celular antigo?

— Não, ele não apareceu mais.

— Merda.

— O novo é melhor. Menor e com câmera.

— Alguém me mandou uma mensagem com o antigo fingindo que era sua.

— Por que alguém faria isso?

— Para descobrir onde eu estou. Você não perdeu o celular. Ele foi roubado.

— Por quem?

— Para quem, essa é a pergunta.

— Para quem você acha?

— Frédéric.

Por um momento, fez-se silêncio do outro lado da linha.

— Pense — Sonia pediu.

— Estou pensando. Não me vem ninguém à cabeça.

— Você fez as pazes com o Hanspeter?

— *No, sir.*

— Você ainda encontra o Kurt?

Sem resposta.

— Você ainda se encontra com ele, não é?

— Mas ele não...

— Você já se enganou uma vez sobre ele.

Mais uma vez, fez-se silêncio do outro lado.

— Pense!

— Nós estávamos no Sansi Bar. Martínis de reconciliação. Muitos. Em algum momento mais tarde eu percebi que ele não estava mais lá. No dia seguinte eu liguei e perguntei se o tinha esquecido lá. Merda. Sinto muito, Sonia.

Sonia foi até Michelle na recepção e lhe instruiu a não receber em hipótese alguma nenhuma correspondência em seu nome.

O dobre fúnebre se elevou admoestante até o Gamander. Meio vilarejo fora à missa, pois era sábado. O padre Dionys celebrou a missa fúnebre. Depois a comunidade enlutada se aglomerou no pequeno cemitério, sob a garoa, em torno do jazigo aberto. As coroas de flores expressavam o peso do último adeus, pois o pai de Reto era um homem importante.

Uma grande coroa de gérberas de quatro cores, uma obra-prima do florista fúnebre, levantou alguns comentários sussurrados. Ela tinha uma fita preta com a inscrição dourada: "Com profundo pesar. Hóspedes e funcionários, Hotel Gamander".

Após o enterro, Luzi Bazzell convidou todos para o Steinbock. Mas o grupo enlutado não ficou, como de costume, alegre e ruidoso de alívio por tudo ter acabado e eles ainda estarem vivos. Todos comeram e beberam quase mudos em respeito à dor do viúvo, paralisado, que enterrara seu único filho.

Naquela noite, não jogaram cartas no Steinbock. Chasper Sarott e Nina estavam sentados, aborrecidos, à mesa dos clientes habituais.

O único cliente era Gian Sprecher. Ele estava encolhido em sua mesa de sempre, diante de um copo semicheio, ainda de terno com gravata preta, e olhava fixo o vazio. Quando quis prestar condolências a Luzi Bazzell depois da missa, este não lhe deu a mão.

Às nove horas, Peder Bezzola fechou a cozinha, que permanecera fria, e veio até o bar. Quando Gian Sprecher o viu entrando, fez um aceno para que viesse até ele.

— Quer que eu te conte uma coisa? — perguntou ao cozinheiro.

— Por mim — ele respondeu e se sentou.

— Mas tem que ficar entre nós.

Como um mar de névoa invertido, a manta de nuvens pesava sobre o vale.

Sonia sacrificara mais uma vez o seu intervalo de almoço por uma rodada de *jogging*. Afinal, o motivo pelo qual ela nem sempre tinha colocado em prática o seu férreo intento de fazer todo dia alguma coisa pelo seu físico estava agora a dois metros de profundidade na terra.

Ela corria pela trilha que conectava os vilarejos do terraço sul da Baixa Engadina. Abaixo dela, Val Grisch, alguns metros acima, a camada compacta de nuvens cinzentas da qual vez por outra soava o duro tilintar do sininho de uma vaca.

Ela respirava com facilidade, o que atribuía ao fato de ter conseguido já há alguns dias voltar a ser uma não-fumante. E talvez também ao alívio generalizado que só fora atrapalhado pelo SMS falsificado do celular roubado de Malu.

E havia mais uma coisa que ela em algum momento teria que admitir: talvez estivesse um pouco apaixonada.

A trilha cruzava com uma ruazinha de terra. Ela teria que entrar nela se quisesse chegar a tempo ao trabalho. Tinha uma massagem marcada às duas e meia, um novo hóspede que ela ainda não tinha visto.

O manto de névoa diante dela se tornara cinza-escuro. Ainda antes que chegasse à primeira fazenda à margem do vilarejo, pesadas gotas de chuva já caíram. Após alguns minutos, os canais que atravessavam a rua a intervalos estavam cheios de água de chuva marrom.

Sua roupa esportiva ficou colada no corpo e ela começou a sentir frio nas mãos. Os cabelos que apareciam embaixo do boné levavam fios gelados de água para dentro de sua gola.

A rua do vilarejo desapareceu embaixo da chuva, que espirrava ao bater no chão. A sra. Bruhin acendera a luz em sua loja, de tão escuro que ficara.

Um carro a alcançou e foi andando ao seu lado. Ah, de novo um desses. No início ela quis continuar correndo sem virar a cabeça. Mas então, acabou parando.

Um Passat preto parou ao seu lado. O motorista se curvou em sua direção e abriu a porta do passageiro.

— Vá logo, entre! — era Manuel.

Sonia sentou-se no banco do passageiro.

— Eu não sabia que você tinha um carro.

— Nem todos os homens ficam exibindo os seus carros.

Apesar de os limpadores de pára-brisa estarem na velocidade máxima, as casas atrás do vidro dianteiro se desmanchavam.

— Nós não vamos falar sobre o tempo, combinado? — disse Manuel.

— Não. Só turistas falam sobre o tempo. E hoteleiros.

Já à porta da sala de tratamento, Sonia sentiu que alguma coisa estava errada. Uma cor transparente vinha daquela sala. Ela só não conseguia classificá-la.

Esticou a mão até a maçaneta, pressionou-a com cuidado e entrou.

Sobre a maca de massagem, sob o jogo de cores do painel de luzes, estava deitada uma mulher coberta até a nuca. Ela estava de bruços. Sonia não podia ver o seu rosto.

A cor que superava todas as outras vinha dela e a contornava como uma sombra colorida. Era um ultramarinho diluído.

Sonia soube imediatamente quem ela era.

Nove

— Fique, Sonia.

Ela deve ter imaginado que Sonia iria querer sair da sala imediatamente.

— Você não precisa me massagear. Eu só preciso falar com você.

Ainda o mesmo tom de sempre. Aquela amabilidade que não tolerava contraposição. E, como antigamente, ela assim conseguia se impor também com Sonia. Fechou a porta e foi até a cabeceira da maca.

E lá estava ela. O rosto virado, pousado sobre os braços morenos cruzados. O corte infantil cinza-azulado, na altura dos ombros, escondido sob um turbante. As unhas das mãos ainda não envelhecidas, pintadas com o mesmo rosa de sempre. Pearl Orchid, Sonia sempre tivera que lhe trazer, antigamente, dos *duty free shops*. Não porque não pudesse pagar o preço normal. Era apenas uma das incontáveis medidas por meio das quais ela assegurava sua presença no casamento de seu filho.

— Você está gostando do trabalho?

— Às vezes, mais, às vezes, menos. Agora, por exemplo, menos.

— Você tem que agüentar uma hora. Eu paguei por ela.

— Eu não sou uma puta com quem se pode transar ou conversar pelo mesmo preço.

— Não sei nada sobre putas.

— Eu sei. Graças ao seu filho.

Durante um momento, fez-se silêncio. Sonia marcou ponto para si.

Mas a mãe de Frédéric se recuperou rápido.

— Quando um homem procura prostitutas, alguma coisa está errada em seu casamento.

Sonia não respondeu.

— Desculpe, Sonia. Eu não quis dizer isso.

Maman se desculpando era uma experiência nova.

— O que você quer?

— Apenas uma assinatura.

— Isso você não vai ganhar.

Maman virou a cabeça. Então seu rosto ficou voltado para Sonia. Estava bonita. Músculos do canto da boca esticados, sobrancelhas elevadas, pálpebras caídas sanadas há pouco.

— Eu entendo você, Sonia.

— Duvido.

— Eu também passei por momentos difíceis com o Paps.

— Ah. Ele também tentou matar você?

— O Frédé não tentou matar você, Sonia. Foi um acidente. Eu o conheço. Ele é um pouco irascível, mas Frédé não faria mal a uma mosca.

Sonia puxou o lábio inferior para baixo com o indicador e curvou-se em sua direção.

— Aqui! Você está vendo esta cicatriz? Ela vem do punho do seu meigo filhinho. E eu só não posso lhe mostrar nenhum ferimento à bala porque ele estava bêbado demais para me acertar.

— Temporariamente irresponsável.

— E quem me garante que ele não vai pegar de novo uma irresponsabilidade temporária em uma garrafa de bebida e terminar o que começou?

— Eu.

— Como?

Pela primeira vez sua ex-sogra sorriu.

— Eu exerço uma certa influência sobre o Frédé.

— Não uma boa influência, diga-se de passagem.

Maman engoliu a resposta. Em seu tom mais amável, ela disse:

— Vá, Sonia, seja boazinha. Ali sobre a mesa está o requerimento para interromper o processo. Você é a única que pode assiná-lo.

— Esqueça.

Maman lhe deu um sorriso maternal.

— Eu lhe faço uma sugestão: assine provisoriamente.

Veja como ele se comporta. Se ele lhe der o menor motivo nos próximos seis meses, você pode retirar imediatamente a anuência e o processo volta a correr.

Código penal, artigo 66, parágrafo 2. Sonia tinha todos aqueles parágrafos armazenados na cabeça, prontos para serem relembrados. E pela primeira vez pôde pensar em fazê-lo.

Maman deve ter sentido.

— Você o amou um dia — ela ajudou.

— Amei, sim, mas nunca gostei realmente dele.

A mãe de Frédéric ignorou isso também.

— Ele já era muito sensível quando menino. O fato de você tê-lo abandonado o deixou terrivelmente magoado. Ele só queria ter você de volta. Pois, você sabe, os homens não têm tanto treino em expressar seus sentimentos.

Há momentos, durante negociações diplomáticas, em que é melhor se calar. A ex-sogra de Sonia acabara de deixar passar um desses momentos.

— Ah, esse é o nome que você dá para isso? Passar diante do apartamento da esposa divorciada no meio da madrugada, tocar a campainha ensurdecedoramente, e, como ela não atende, quebrar o vidro da porta do apartamento, invadi-lo, enchê-la de socos e, quando um vizinho intervém, atirar nela! Expressão de sentimentos mal treinada?

— Ele enlouqueceu por um momento, eu sei.

— Enlouqueceu de forma bem planejada. Carregou sua pistola de oficial e a levou para a loucura espontânea que ocorreria mais tarde!

Sonia elevara o tom de voz. Então se calou e tentou se acalmar.

Maman se sentou. Sonia percebeu que em nenhum momento ela contara com a possibilidade de que a massageasse, pois estava vestindo um maiô inteiriço.

— O que você quer mais? Você já estragou a carreira dele. E por pouco não estragou a vida.

Sonia teve vontade de gritar com ela. Mas obrigou-se a respirar fundo e respondeu tranqüila:

— Ele mesmo estragou as duas coisas. — Ela pegou o documento de cima da mesa. Tinha o título "Requerimento para interrupção do processo contra o dr. Frédéric Heinrich Forster". Ela resistiu ao impulso de rasgá-lo e o entregou a Maman.

Esta ignorou o papel.

— Você não acha que, apesar de tudo, lhe deve alguma coisa pela vida que ele lhe ofereceu? E continua oferecendo?

Sonia deixou o papel cair e virou-se para sair. Mas Maman segurou seu antebraço com toda força.

— Cedo ou tarde ele vai sair mesmo sem você. E então eu ficaria significativamente mais tranqüila se ele não lhe guardasse nenhum rancor.

Sonia segurou o punho de Maman, livrando-se daquela mão. Ainda tranqüila, embora seu coração batesse acelerado:

— Ah, então agora você me ameaça com o seu filho meigo.

— Já acabou? — Manuel estava sentado à mesa da sala dos funcionários, diante de um livrinho de palavras-cruzadas.

— Ela é a mãe do meu ex. — Sonia ficou feliz porque Manuel estava lá. Sentou-se ao lado dele.

— Eu pensei que ninguém soubesse onde você está.

— Fora a minha melhor amiga. E eles roubaram o celular dela e leram os meus SMS.

— Eles não recuam diante de nada.

— Eles querem algo de mim que só eu posso lhes dar.

— O quê?

Sonia não viu nenhum motivo para não lhe contar.

— Uma assinatura. Eles querem que eu assine um requerimento para interromper o processo contra o meu ex.

— Que processo?

— Ameaça, rompimento da paz doméstica, ofensa corporal leve, tentativa de homicídio premeditado, porte ilegal de arma de fogo e assim por diante.

Manuel deu um assobio elogioso.

— Como vítima e ex-companheira do criminoso que, na época do crime, estava vivendo separada dele há menos de um ano, eu poderia requerer a interrupção do processo. Então restaria só a tentativa de homicídio, mas o advogado dele está tentando se livrar dessa acusação, porque Frédéric alegadamente só queria me ameaçar com a pistola. Isso o promotor aceitaria, se até a vítima apoiasse o criminoso. Há um time inteiro de advogados trabalhando nisso. Ele pode pagar. Fez uma fortuna com a *new economy* na época.

— Mas agora espero que ele esteja no xadrez?

— Na psiquiatria. Seus advogados solicitaram imediatamente um exame do seu estado mental e por isso o juiz mandou interná-lo na Clínica Waldweide. Lá eles poderão mantê-lo durante o tempo a que for condenado, caso ele seja condenado. Caso eu não assine, isso pode acontecer, na melhor das hipóteses, daqui a alguns anos; se eu assinar, ele está praticamente fora.

Manuel confirmou com a cabeça pensativo.

— E ele poderia tentar tudo de novo?

— De qualquer forma, já me ajuda saber que ele não está andando livre por aí.

A porta se abriu e a sra. Felix ficou parada na soleira. Seus olhos aumentados a encararam através do aro cor de bala. Ela fez o sinal-da-cruz.

— A cruz — ela balbuciou —, a cruz.

O crucifixo no nicho acima da porta da biblioteca estava de cabeça para baixo. Não se sabia desde quando, ninguém lhe dava atenção. Com exceção da sra. Felix, que viera devolver um livro deixado na sala de repouso.

Quando Sonia chegou à biblioteca, o zelador já estava em cima da escada desfazendo a violação. Barbara Peters estava calada ao lado observando.

O corpo de Cristo estava virado para a parede e podia-se ver o papel de parede estampado de rosa e dourado com o qual a parte de trás da cruz estava encapada.

Quando a cruz apontar para o sul.

Sonia procurou o olhar de Barbara Peters. Ela balançou a cabeça sorrindo, como se fosse uma piada sem graça.

O zelador tirou a cruz do nicho e a virou.

— O senhor poderia aproveitar para limpar um pouco o pó antes de pendurá-la de novo — disse a chefe casualmente e saiu.

O homem sobre a escada estendeu o crucifixo na direção de Sonia.

— Você pode segurar enquanto eu vou buscar um pano?

Sonia olhou para a cruz e não conseguiu se decidir a tocá-la. Ela mesmo foi buscar um pano.

Somente quando voltou, percebeu que o dr. Stahel estava sentado em uma das poltronas ornamentadas.

— A cruz invertida é um símbolo satânico. Com isso, os satanistas ridicularizam a cruz cristã.

— Eu tenho uma outra teoria. — Ela se sentou ao lado do dr. Stahel e lhe contou sobre o fragmento do *Diabo de Milão* e a sua interpretação dos sete sinais. Stahel, segurando seus óculos na mão, a ouvia com o olhar voltado para o teto. Ela teria gostado mais se ele tivesse mantido sua expressão levemente divertida de sempre, mas ele a ouviu tão compenetrado e compreensivo que a cada frase ela se convencia mais de que sua teoria estava certa.

— Então? — ele perguntou, quando ela terminou. — Quem você acha que está por trás disso?

Sonia lhe contou sobre Reto Bazzell e sobre todos os indícios que apontavam para ele como criminoso.

— Talvez seja alguém que sabia da história e agora está dando continuidade a ela — sugeriu o dr. Stahel.

— Terminando — ela disse baixinho.

— O que a sra. Peters acha disso?

— Ela se recusa a levar isso a sério. Talvez o senhor devesse falar com ela.

Ele sorriu.

— Talvez eu devesse aconselhá-la a pagar uma rodada para os bombeiros depois de seu próximo treinamento.

— Sim, por favor, faça isso.

Ao sair, ela olhou para o nicho, no alto, onde o crucifixo recém-espanado estava pendurado de novo em sua posição correta. Voltou mais uma vez até o dr. Stahel.

— O senhor já estava aqui quando a sra. Felix descobriu a coisa?

— Não, devo ter chegado logo depois.

sabe quem está aqui?
quem?
a mãe de frédéric
como ela sabe onde você está?
adivinhe
shit
ela está brincando de pombo-correio
não assine nada
nada
e o pianista?
toca maravilhosamente

Depois de bater na porta pela terceira vez, ela ouviu passos e então o mecanismo da fechadura antiga. Com um rangido tortuoso, a porta se abriu e a pequena mulher de preto apareceu diante dela. Ela pareceu não reconhecê-la.

— *Buna saira* — disse ela, e olhou Sonia de cima a baixo desconfiada.

— Boa noite, eu gostaria de falar com o sr. Casutt.

A velha girou um interruptor ao lado da porta. Uma lâmpada se acendeu no grande corredor, fazendo com que o pavimento polido brilhasse palidamente. Sob essa luz, ela examinou a visitante mais uma vez.

— A senhora já esteve aqui uma vez, não?

Sonia fez que sim com a cabeça.

— Então já sabe onde ele mora. Mas acho que a senhora não vai conseguir falar com ele. — Segurou um copo invisível com a mão reumática e o virou na garganta.

A porta do apartamento de Casutt estava entreaberta e lançava uma faixa cinzenta da luz do dia quase invisível no escuro corredor.

— Olá? Sr. Casutt? — chamou Sonia em voz baixa.

Da pequena cozinha vinha o fedor de lixo doméstico velho. A bagunça piorara ainda mais desde sua última visita.

— O senhor está aí, sr. Casutt? — ela chamou um pouco mais alto. Nada se moveu. Ela prendeu a respiração e andou pela cozinha até a porta da sala, que também estava aberta.

— Alguém em casa? — Ela entrou na sala. Aqui também o caos piorara. Abriu a janela. O ar que entrou por ela estava frio e úmido e cheirava a fumaça de madeira molhada.

Casutt estava na cama, a cabeça enfiada no braço esquerdo dobrado. Seu braço direito estava caído sobre o carpete e de sua boca caía um fio de saliva.

Sonia se superou. Tocou o ombro dele e o cutucou.

— Sr. Casutt? Tudo bem?

Ele não se moveu.

Ela segurou os ombros dele com um pouco mais de força e o chacoalhou.

— Oláááá, acorde!

Casutt abriu os olhos, vermelhos e inexpressivos — e voltou a fechá-los.

Ela tinha ido até lá para lhe pedir explicações. Queria saber se ele partilhava do plano de Reto Bazzell e se sabia quem o estava levando a cabo.

Ela olhou pela janela. No pátio lá embaixo estava um homem olhando para cima. Quando viu Sonia, ele continuou a carregar um carrinho de mão com troncos de uma pilha de lenha. Ela fechou a janela.

Sonia deixou o apartamento fechando as duas portas atrás de si. Pelo menos sua suspeita de que pudesse ter sido o próprio Casutt que virara a cruz tinha sido eliminada.

Como velas esfarrapadas de grandes navios, as nuvens passaram pelo flanco arborizado do outro lado do vale. Ainda era fim de tarde, mas nas salas e cozinhas das velhas casas a luz já estava acesa. Mal Sonia pisou na rua, a chuva despencou, como se tivesse esperado por ela.

Diante da porta de uma casa de apartamentos em estilo engadino, ela foi segura por uma mulher. Era Ladina, a mãe do menino deficiente. Sonia deixou-se convencer por ela a esperar em seu apartamento até que a chuva diminuísse.

Em uma sala forrada de madeira clara de pinho; ela teve que se sentar em um banco de canto. Sobre a mesa estava um trabalho em tricô que Ladina guardou. Em um berço transportável estava o menino dormindo.

— Normalmente eu teria que trabalhar com ele nesse horário. Graças a você, ele agora pode dormir.

Ladina trouxe café, pegou uma caixa de biscoitos em um pequeno armário embutido ornamentado e sentou-se ao lado de Sonia.

— Ele nunca poderia andar direito seu eu abandonasse aquela terapia, ela disse.

Sonia fez um sinal de desprezo com a mão.

— Ela é uma bruxa velha.

Ladina olhou para ela assustada.

— Você acredita em bruxas?

— Claro que não.

— Eu acredito. — Ela se calou por um momento e então continuou:

— Antes de cada tratamento ela rezava com a gente para que desse certo. Mas não era nenhuma oração que eu conheça. E, durante o tratamento, ela às vezes murmurava alguma coisa. Christoph chorava não só por causa do tratamento. Ele chorava também porque tinha medo dela.

— Eu acho que ela é de alguma seita estranha.

— As bruxas também são.

O café estava quente demais. Sonia apoiou a xícara de novo na mesa.

— Estão acontecendo coisas estranhas no hotel.

— Eu sei, essas coisas se espalham rapidamente em um vilarejo pequeno como este.

— Nós pensávamos que Reto Bazzell estivesse por trás disso. Mas os acontecimentos continuam.

Ladina não disse nada. Seu silêncio pareceu significativo a Sonia.

— Você conhece a lenda do Diabo de Milão?

— Como é?

— Uma moça vende sua alma ao Diabo, mas o preço só será cobrado quando sete eventos acontecerem.

— Que eventos?

— Como os que ocorreram ultimamente. Brasa queima na água, o pássaro se torna peixe, o animal se torna gente, a cruz aponta para o sul.

— Não, eu não conheço.

— Hoje a cruz da sala de leitura estava pendurada ao contrário. Foi a sra. Felix que a descobriu e ficou totalmente fora de si. Se ela fosse uma bruxa, isso deveria deixá-la feliz.

— Talvez ela tenha enganado vocês e ela mesma tenha virado a cruz. — Ladina mergulhou o biscoito no café e levou-o à boca. — Existem muitas pessoas que têm alguma coisa contra a Peters.

O pedaço amolecido do biscoito se quebrou, caindo sobre a toalha de mesa bordada. Ladina foi até a cozinha sem dizer uma palavra, voltou com um pano, um rolo de papel de cozinha e um pote com água e sabão, e começou a limpar a toalha como se Sonia não estivesse ali.

— Quem mais? — perguntou Sonia por fim.

Ladina levantou a toalha de mesa e enfiou várias camadas de papel de cozinha sob a parte molhada.

— Eu não quero levantar suspeita sobre ninguém.

— Quem, fora os Bazzell, também tinha interesse no velho Gamander?

Ladina levou os utensílios de limpeza para a cozinha. Quando voltou, disse:

— Ele nunca faria algo assim.

— Quem?

— Peder. Peder Bezzola, o cozinheiro do Steinbock. Ele é direito.

— Que interesse ele tinha no Gamander?

— Era dele.

Sonia colocou a xícara sobre a mesa, sem ter bebido.

— Peder Bezzola é o antigo proprietário?

— Era dos pais dele. Quando eles se aposentaram, o irmão assumiu. Há três anos, ele caiu com o seu planador. Peder trabalhava como cozinheiro em Lausanne e teve que assumir o comando.

— E por que ele vendeu o hotel?

— Ele o pegou cheio de dívidas e estava cheio de idéias e planos para recuperá-lo voltando à ativa. Sabe o que ele queria construir?

— Uma área de estar?

— Exatamente.

— E o que deu errado?

— O banco. No início, eles queriam cooperar. De

repente, não apenas rejeitaram o crédito, mas também cancelaram a hipoteca. O hotel foi a leilão judicial. Você tem três chances para adivinhar quem o arrematou.

— O banco.

— E logo em seguida, vendeu-o por uma bolada. Peder diz que ficou com o projeto dos banhos como brinde.

Sonia balançou a cabeça pensativa.

— E agora ela ainda copia os menus dele.

— Mas Peder não tem nada a ver com essa história. Ele é muito correto.

Christoph começou a chorar. Ladina se levantou e foi cuidar dele. Mais uma vez parecia ter esquecido a presença de Sonia.

— A chuva diminuiu. Muito obrigada por tudo. — Sonia se levantou.

Sem levantar os olhos, Ladina disse:

— Mais provável a tia dele.

— Qual tia?

— A sra. Felix.

Até então, ela tinha evitado envolver Bob. Como se assim pudesse criar para si uma zona neutra na qual tudo aquilo não significasse nada. Uma outra realidade na qual pudesse se refugiar. Mas, no final daquele dia cheio de emoções, ela ansiava por falar sobre tudo aquilo com uma pessoa íntima. E que Bob já tinha atingido esse *status*, ela reconheceu naquela noite. Em algum momento daquela noite ela lhe contaria.

Ela estava feliz porque iria até o bar, para ouvi-lo. Ele sempre voltava a surpreender com sua música.

Mas já na porta viu Maman no grande espelho da parede do bar. Ela estava usando um vestido decotado, com um colar de três voltas cujas pérolas, de grosso calibre, se destacavam exageradamente diante da pele permanentemente bronzeada. Estava sentada como uma dama em uma banqueta do balcão, com o seu xerez obrigatório diante de si, e ria calorosamente de alguma coisa que Barbara Peters dissera.

Sonia parou. Não estava com vontade de encontrar sua ex-sogra ali.

Enquanto ficou na porta, indecisa, Barbara Peters se distanciou de Maman, atravessou o salão, passou por trás de Bob e desapareceu da vista de Sonia. Ao passar por ele, tocou sua nuca casualmente.

Sonia voltou para o quarto.

Se o Diabo existisse e fosse possível se fazer um pacto com ele, Barbara Peters o faria.

Sonia tinha tirado o vestido e estava deitada em sua cama. O *spot* da fachada jogava a sombra da bétula sobre o teto inclinado. O vento noturno fazia com que dos contornos surgissem e desaparecessem caretas. Todas eram de Barbara Peters.

Na adolescência, ela ficava horas deitada na cama de seu quarto, no sótão, organizando o seu próprio concurso de *miss* odiada. As candidatas eram suas inúmeras amigas e inimigas, que sempre trocavam de papéis. Ela era a presidente e a única participante do júri incorruptível e inclemente. Fazia com que elas competissem entre si em eliminatórias humilhantes até eleger a rainha odiada entre as três finalistas. Então fazia acontecer coisas terríveis a esta enquanto olhava tudo impassível. Às vezes, quando não conseguia se decidir, fazia o mesmo com todas as três finalistas.

Naquele dia, mais de vinte anos depois, as duas finalistas, Barbara e Maman, disputavam uma emocionante corrida, cabeça com cabeça. Elas se esforçaram bastante, terminaram o concurso empatadas e tiveram que dividir a coroa. Justamente quando Sonia estava se decidindo pela forma do primeiro prêmio, bateram na porta.

Ficou quieta.

Bateram mais uma vez. Então, a voz de Manuel:

— Abra, vá, sou eu.

Ela se levantou e abriu a porta para ele, de calcinha e sutiã.

Ele estava um pouco ofegante:

— Se você não descer, ela vai tirá-lo de você.

Ela levantou os ombros.

— Se ele quer deixar...

— Que bobagem, ela é de uma beleza fora do comum. Você já está exigindo muito dele.

Ela deixou os ombros caírem de novo.

— Claro que você também é bonita, só que... Ah, merda, vamos descer, venha logo.

— Eu já estava dormindo.

Ele a examinou.

— Toda maquiada? Desça. Lute!
— O que você ganha com isso?
Manuel riu.
— Eu não quero que ela fique com ele.
Sonia pegou o vestido do cabide.
— Por você.

Foi uma vitória fácil. Quando eles desceram, Maman estava comendo à mesa de Barbara no restaurante; às vezes o seu riso forçado chegava até eles. Bob estava mergulhado em sua música. Ela, Manuel e o dr. Stahel eram os únicos clientes do bar. As duas mulheres continuavam no restaurante.

Bob sentou-se com eles durante os intervalos e comportou-se como sempre. E quando tocou sua última peça — "*In the Still of the Night*", de Cole Porter —, as duas damas já haviam se recolhido há muito, sem nem mesmo terem dado uma olhada no bar.

Primeiro o dr. Stahel se desculpou, depois Manuel, então Vanni começou a mostrar os primeiros sinais de impaciência e, por fim, Sonia e Bob foram para o quarto dela como um casalzinho de artistas afinado em turnê.

— Bob?
— Hum?
— Onde você arrumou esses arranhões?
— Que arranhões?
— Nas costas.

— Devem ser seus.

— Ah, Bob. Massagistas têm unhas curtas.

A floresta abaixo de Alp Petsch estava negligentemente embalada em algodão. O cinza do céu era atravessado a oeste por um branco ofuscante que fazia com que os graciosos galhos dos larícios brilhassem. A estreita trilha estava forrada com folhas marrons do último outono. Entre elas, estavam espalhadas as pequenas pinhas com as quais ela brincava de cachimbo quando criança.

Ela tinha pedido dispensa daquele dia a Manuel. Ele assumiu o seu único compromisso e perguntou:

— E se Miss Gamander perguntar?

— Ela que vá para o inferno.

— Entendi.

Não pense em nada, não pense em nada, repetia Sonia no ritmo de seus passos rápidos. Sob as roupas, ela suava, mas suas mãos, orelhas e a ponta do nariz estavam gelados. A temperatura tinha caído sensivelmente nas últimas horas.

Não pense em nada, não pense em nada.

À esquerda, à margem do caminho, ficava o banco onde ela vira aquela vez o mundo se transformar por um instante. Há quanto tempo fora?

Não pense em nada, não pense em nada.

O caminho se tornava íngreme ao atravessar a floresta cada vez mais desmatada, permitindo aos poucos a visão dos campos alpinos desarborizados.

Ofegante, ela chegou à margem da floresta. Acima dela se elevavam as encostas, de um verde saturado, até desaparecerem sob finos *volants* de névoa. Duas, três choupanas estavam coladas à encosta, como que implantadas por uma criança na paisagem de um trenzinho de controle remoto. Um arranhão na horizontal, no meio do qual corria um riacho branco como neve, atrapalhava a harmonia do quadro.

A grama estava alta, só um dos pastos tinha sido aparado por um fazendeiro, numa decisão repentina, em um dos raros dias secos das últimas semanas. O feno estava espremido em bolas brancas artificiais, brilhantes, à margem do caminho.

Sonia pulou por cima da cerca e começou a subir pelo pasto aparado.

Aqui vai a minúscula Sonia Frey subindo uma montanha íngreme. Uma entre milhões que nesse momento sobem uma montanha íngreme; uma entre centenas de milhares que nesse momento sobem com um pouco de medo uma montanha íngreme; uma entre dezenas de milhares que nesse momento sobem com um pouco de medo e um pouco de dor de cotovelo uma montanha íngreme.

Não pense em nada, não pense em nada.

Passou por uma depressão pavimentada com esterco de vaca e um poço de madeira forrado de folhas de metal. Passou por uma cabana de madeira preta com coletor solar. Passou por um pequeno deslizamento de terra mal cicatrizado.

Chegou à bainha de névoa. Os contornos se diluíam. Continuou subindo até que os pastos abaixo dela tivessem desaparecido completamente e nada mais a envolvesse além daquela névoa branca e quieta.

Só então ela se permitiu uma pausa. Sentou-se sobre uma pedra que surgira no meio do campo impecável e esperou até que o turbilhão em seu corpo se acalmasse.

Não pense em nada.

Sua respiração se acalmou. O pulso desacelerou.

À sua volta e acima dela não havia nada. E ela se envolveu nesse nada fresco e opaco, como se fosse um leve manto.

De longe, chegou aos seus ouvidos um barulho de motor que se transformou em uma linha cor de laranja luminosa que oscilava no branco vapor da névoa.

O ar tinha um odor redondo e macio.

De repente, como se o vento tivesse soprado uma cortina de tule, o branco que ela encarava se levantou. Acima dela, abriu-se um céu azul-gelo. Abaixo dela, Val Grisch estava mergulhado em um mar de névoa como que para sempre.

Era como se ela tivesse entrado através de uma fresta branca em uma outra realidade, iluminada por um ofuscante sol desconhecido.

O tempo parara. Nada se movia.

O primeiro movimento que Sonia percebeu foi o vento gelado. Então viu a nuvem a seu reboque. Ela deslizou até lá e voltou a esconder o mundo que Sonia pudera vislumbrar por um momento.

Quando Sonia era pequena, seu pai fazia mágica para ela: colocava a mão espalmada sobre a testa e sorria. Então, deslocava-a lentamente para baixo. O rosto feliz desaparecia e acima do polegar surgia um triste. Ele deslocava a mão de novo para cima, e o sorriso reaparecia.

Da mesma forma, como uma mágica, o mundo se transformara e voltara à sua forma anterior há pouco. Então, no caminho de volta, ela voltou e viu o vilarejo e a floresta com clareza e nitidez, enquanto atrás dela nuvens cinza brotavam de novo das encostas.

Montanha abaixo, através da floresta, pela trilha levemente inclinada forrada de folhas, entre andar e flutuar. Depois pelos pedregulhos rangentes do caminho invadido pelo mato. Passou pela casa enlutada de Luzi Bazzell. Pela ruazinha de Casutt com o esgrafito desbotado e as descascadas fachadas em que estavam apoiadas pilhas de lenha protegidas por um plástico.

Diante da loja de suvenires, a sra. Bruhin levava a lousa e o estande de jornal para dentro. Quando viu Sonia, apontou para o céu:

— Aí vem coisa!

Sonia levantou os olhos. A manta de névoa uniforme tinha se acumulado em nuvens cinza cujas bordas começavam a se tingir de amarelo e marrom.

Sonia continuou caminhando, subiu a rua do vilarejo, passou pelo Steinbock, pelo poço dos gerânios, certeira na direção da igreja. Abriu a pesada porta e aspirou a mistura de madeira de pinho, vela queimada e incenso. Apenas um pouco de luz da tarde cada vez mais escura entrava pelos vitrais.

Do altar lateral da Virgem Maria vinha uma luz de vela. Ela foi até lá.

Uma mulher velha, vestida de preto, estava ajoelhada diante dele, profundamente concentrada em sua oração. Sonia teria preferido estar sozinha. Fez o sinal-da-cruz diante da imagem de Maria e tirou sua carteira esportiva do bolso da calça. Ela tinha um zíper e fez um barulho rascante ao ser aberta.

A mulher que rezava virou a cabeça e olhou para ela. Sonia reconheceu a senhora que morava no prédio de Casutt. Elas trocaram acenos de cabeça sem dizer uma palavra.

Sonia jogou uma moeda no ofertório e acendeu três velas. Todas as três para si mesma.

A velha senhora finalizou sua oração com um "amém" audível, fez o sinal-da-cruz e se levantou com esforço. Fez um aceno de cabeça para Sonia e saiu andando. Em seguida, as velas do altar tremularam. Sonia ouviu o gemido da porta lateral e o barulho dela batendo.

A estátua de Maria vestia uma túnica branca que dava no chão, um véu branco que se transformava em uma estola, e uma echarpe azul celeste na cintura. Em seu braço direito estava pendurado um rosário dourado que ia até a ponta do seu pé. Ela tinha as palmas das mãos juntas, os olhos voltados para o céu e rezava por nós, pobres pecadores.

Sonia ouviu o barulho baixinho de passos. Olhou à sua volta e viu um vulto entrar na sacristia.

Mais uma vez, as velas tremularam, e mais uma vez a porta lateral gemeu.

— Sandro! — chamou uma voz feminina abafada.

Era a mulher que estivera ali há pouco.

— Sandro!

Ela veio até Sonia com passos acelerados e curtos.

— A senhora viu o sacristão?

Ela estava pálida e seus olhos, arregalados. Sua respiração estava intermitente, como se tivesse acabado de fazer algum esforço.

— Talvez na sacristia — respondeu Sonia. — Aconteceu alguma coisa?

A mulher assentiu com um sinal de cabeça.

— A cruz.

Ela foi até a sacristia e voltou em seguida com o sacristão. Ambos foram até a porta lateral. Sonia os seguiu.

O céu estava então quase preto. Um vento gélido redemoinhava grandes flocos de neve pelo vilarejo. O sacristão e a velha não estavam à vista, mas o pequeno portão de ferro do cemitério estava aberto.

As coroas e buquês murchos de Reto Bazzell já estavam cobertos de uma fina camada de neve. A velha senhora estava diante do túmulo, o sacristão mexia na cruz simples.

Ela estava enfiada na terra de ponta-cabeça.

O sacristão a arrancou, colocou-a sobre o chão e foi até um quartinho de ferramentas do outro lado do cemitério. Sonia e a velha senhora ficaram mudas ao lado do túmulo, olhando a neve, que agora redemoinhava como uma pesada cortina cobrindo os rastros de terra sobre a cruz fúnebre.

— Eu me chamo Sonia Frey — disse Sonia para quebrar o silêncio.

— Seraina Bivetti — respondeu a mulher. Então elas continuaram caladas.

O sacristão voltou com uma pá, cavou um pequeno buraco e plantou a cruz na posição certa. Ele apertou a terra com o sapato e deu um passo para trás.

Seraina tirou um lenço de papel usado da bolsa e o entregou ao sacristão sem dizer uma palavra. Ele limpou a cruz até a inscrição ficar legível de novo e admirou sua obra.

Seraina fez o sinal-da-cruz, Sandro Burger a imitou e também Sonia fez o sinal-da-cruz.

— Ai, quando eu pegar esse aí — disse o sacristão ameaçador.

— Cuidado para ele não pegar você — murmurou Seraina.

Sonia ficou em pé, enregelada, ao lado do túmulo de seu inimigo, e viu que a neve de verão caía sobre os ombros do casaco de lã preto de Seraina como um boá transparente.

Ela deu um pulo assustada quando o sino da igreja bateu o quarto de hora.

Como se o sino fosse o sinal pelo qual eles esperavam, os dois começaram a andar. Sonia os seguiu. Seus sapatos já deixavam pegadas sobre o estreito caminho de cerâmica.

No portão do cemitério, eles se separaram.

— Ursina está arejando sua coberta de penas de ganso — disse Seraina em despedida.

Agora a neve se acumulara até mesmo na rua do vilarejo. Sonia não conseguia ver nem dez metros à sua frente. As casas do outro lado da rua estavam atrás de uma cortina de neve.

Diante dela surgiu um vulto em meio ao turbilhão de neve. Primeiro, apenas uma condensação quase invisível, depois uma silhueta dois tons mais escura. Então ganhou cor. Amarelo. Uma senhora veio em sua direção. Ela usava uma capa de chuva amarela sob a qual espiava uma calça xadrez escocesa predominantemente amarela. Passou por Sonia sem levantar os olhos. Sonia a seguiu com os olhos até o turbilhão de neve engolir o vulto.

Ela continuou. Atrás dela, o barulho de um motor se aproximou. Ela se espremeu contra a parede de uma casa.

Dois faróis tingiram os flocos de neve de amarelo. Uma limusine preta se materializou e logo desvaneceu-se. Mas esse tempo foi suficiente para se reconhecer o carro do Senatore.

As marcas de pneu levavam até o hotel, mas a limusine não estava mais lá. Na entrada de carros, Pascal e Dario brincavam na neve inesperada.

A fachada de vidro da área das piscinas estava iluminada. Entre o torvelinho de flocos podia-se reconhecer vagamente a sra. professora Kummer. Ela tinha aberto os braços e apoiado a cabeça na nuca, em uma espécie de dança de movimentos artísticos. Da parte da piscina aquecida que ficava ao ar livre subia uma nuvem de vapor iluminada.

Os Lütger saíram pela porta principal. Estavam com roupas de caminhada e fingiam não perceber a dança de flocos. Ambos seguravam bastões de esqui imaginários e acompanhavam os seus passos com movimentos mecânicos de braço.

Era como se a chegada enlouquecida do inverno tivesse arrancado Val Grisch completamente da realidade.

Sonia tinha planejado passar o resto do dia em seu quarto. Não estava com vontade de ver Barbara nem Bob nem Maman. Ia comer um tablete de chocolate e ver um pouco de TV.

Mas de noite, ela vestiu de novo os sapatos de trilha úmidos e saiu do Gamander.

Tinha parado de nevar, e a neve já pingava dos telhados. De muitas chaminés saía fumaça, e as casas cobertas de neve, com suas janelas iluminadas, pareciam um motivo de calendário do Advento.

A lâmpada sobre a porta da Chasa Cunigl estava acesa. Sonia bateu, e pouco depois a porta lhe foi aberta, como se a estivessem esperando.

Dessa vez, Seraina a reconheceu.

— Ele não melhorou — disse ela —, acho que a senhora não vai conseguir falar com ele.

— Eu quero falar com a senhora.

Seraina deu um passo para o lado, deixando Sonia entrar, e fechou a pesada porta. Cheirava à torta de maçã que estava esfriando sobre uma cômoda no corredor. Ela não fez menção de levar Sonia ao seu apartamento.

— Eu tenho pouco tempo, estou esperando uma visita.

— Quando começou a nevar, a senhora disse que Ursina estava arejando sua coberta de penas de ganso.

— Isso a gente diz aqui quando neva fora de época.

— Vem da lenda do Diabo de Milão.

— Não é uma lenda.

Sonia ficou sem fala por um momento.

— Eu vi a senhora rezando hoje na igreja. Quem quer acreditar em Deus, tem que estar pronto para o Diabo também.

— A senhora pode me contar a história? No meu livro está faltando uma parte.

— Minha visita pode chegar a qualquer momento. Volte amanhã. — Seraina abriu a porta e esperou. — Depois do almoço. Ao meio-dia. Eu almoço cedo.

Sonia passou por ela e saiu ao ar livre.

— Quando minha mãe era moça, Ursina lhe apareceu uma noite. Tinha chorado lágrimas de sangue, ela contou. Na manhã seguinte, os cabelos pretos de minha mãe estavam brancos como neve.

No caminho de volta, as luzes se apagaram. A

rua ficou de repente no escuro, os quadrados das janelas ficaram pretos. Além disso, tudo ficou quieto. Uma televisão que antes fazia um barulho abafado acima dela emudecera.

Ela parou e procurou a lanterna na bolsa. Esquecera-a no quarto. Continuou, andando o mais rápido que a escuridão permitia.

Também na rua do vilarejo, noite preta como breu. Em algumas janelas flamejava luz de velas, e sombras se esgueiravam. Ela começou a correr.

Lá onde o Gamander normalmente brilhava como um barco a vapor na madrugada, via-se apenas um contorno ameaçador.

Mas quando ela chegou à entrada de carros, ouviu o barulho abafado de um gerador sendo ligado. Lentamente, as luzes se acenderam no Gamander. Piscaram algumas vezes e então permaneceram estáveis.

O vilarejo continuou escuro.

Naquela noite, Sonia nem tentou dormir sem o lorazepan. Mas quando acordou, o efeito tinha ido embora e a noite ainda ia demorar para acabar.

Ela tinha sonhado com um barulho. Um tilintar, matraquear e tinir baixinhos, como se Pavarotti se exercitasse ali ao lado em sua gaiola. Foi tão claro, tão colorido e tridimensional que ela acendeu a luz e foi até o banheiro.

Mas lá não havia nenhuma gaiola. Só o toco da vela que ela tinha deixado acesa sobre a pia caso o gerador fosse desligado antes de a luz voltar. O barulho de motor longínquo ainda podia ser ouvido. Ela voltou ao quarto e puxou a cortina um pouco para o lado.

Do vilarejo ainda não vinha nenhuma luminosidade. Mas o poste de luz do estacionamento era alimentado pelo gerador, jogando um fraco feixe de luz sobre a rua molhada.

Por um instante, ela acreditou ter visto um vulto sob ele.

Dez

No dia seguinte, a neve tinha derretido no vilarejo. Mas quando o vento soprava vez por outra o tule de névoa, as montanhas faiscavam brancas lá no alto.

Sonia tinha um horário de manhã com o dr. Stahel. Ele não estava nem com dor de cabeça, nem de ressaca.

— Faça o que achar mais adequado — ele pediu a Sonia.

Sonia considerou um *shiatsu* na cabeça bastante adequado para um neuropsicólogo. Massageou seu couro cabeludo com os dedos das duas mãos, da testa até a nuca. Ele tinha acabado de tomar banho e ela sentia o seu cabelo branco volumoso nas mãos provavelmente como sentiria o pelo molhado de um urso polar.

Stahel fechou os olhos. Depois de um tempo, disse:

— Amanhã é meu último dia aqui.

— Eu gostaria que fosse o meu também — respondeu Sonia.

Ele abriu os olhos e eles se olharam de ponta-cabeça.

— Ah é? Pensei que você estivesse começando a gostar daqui.

— Eu também pensei. — Ela segurou um tufo de cabelo em cada mão e puxou-os com delicadeza.

— A cruz invertida?

Sonia segurou dois novos tufos de cabelo e lhe contou sobre a segunda cruz invertida.

— Alguém está continuando do ponto onde o coletor de leite parou.

— Ou é uma coisa... — Ela segurou os lóbulos de suas orelhas e começou a massageá-las entre os polegares e os indicadores. — Uma coisa sobrenatural.

Ele não entrou no assunto.

— E o pianista?

— O que tem ele?

— Ora, eu não sou cego.

— Parece não ter sido para a vida toda.

— Pena. Vocês formavam um belo casal.

Sonia pressionou por alguns segundos o canto interno dos olhos do dr. Stahel. Então pressionou as protuberâncias onde suas grossas sobrancelhas cresciam.

— Posso lhe perguntar uma coisa que talvez não seja muito de sua área?

— Se não se tratar de amor.

Ela deslizou os dedos em movimentos circulares até as têmporas dele e de lá para baixo, até os nódulos musculares do maxilar.

— O senhor acha possível — ela perguntou, hesitante — que em uma dessas tantas realidades o Diabo exista?

O dr. Stahel demorou a dar resposta.

— Provavelmente em todas — disse ele por fim.

aqui esta chovendo
e o que mais?
nada mais, chove e chove
aqui nevou
já e alguma coisa

Uma manta de nuvens cheia de furos lançava sua sombra inquieta sobre Val Grisch. Nas estreitas ruelas pairavam cheiros de cozinha e de uma janela vinha uma melancólica música tirolesa.

A porta da casa de Seraina estava aberta, do corredor vinham vozes abafadas. Quando seus olhos se acostumaram à penumbra do *pierten*, ela viu duas mulheres conversando com um homem magro e encurvado. Era Casutt. Ele veio até a porta e então Sonia viu que estava barbeado, de cabelo penteado, e usava uma camisa limpa e gravata. Ele cheirava a uma água-de-colônia que não conseguia encobrir completamente o seu cheiro de suor. Seu olhos estavam vermelhos.

— A senhora veio falar comigo?

— Não, tenho um encontro com Seraina.

Casutt trocou um olhar calado com as duas mulheres.

— Hoje eles a levaram — disse ele, em voz baixa como se lhe contasse um segredo.

— O que aconteceu?

Uma das mulheres contou em primeira mão:

— No meio da noite, eu acordo com um barulho na rua. Como um canto. Ou um choro. Eu vou até a janela e vejo um vulto banco. Como um fantasma. Eu acordo o meu marido e ele também vê o vulto. Ele abre a janela e chama: "Ei!"

Ela não responde, mas olha para cima. E então nós a reconhecemos: é Seraina. De camisola. Nós descemos e a trazemos para dentro. Ela não diz uma palavra, só treme. Está com uma aparência horrível, com os cabelos soltos e sem dentadura. Só treme. Sabe Deus há quanto tempo ela já estava vagando lá fora. Nós a enrolamos em um cobertor e a trazemos para cá. A porta está aberta. Mas quando percebe que queremos entrar em sua casa, ela começa a gritar e se recusa a entrar, usando mãos e pés. Então a trouxemos de novo para nossa casa e acordamos o médico. Ele ligou para a ambulância. Quando eles a levaram, ela ainda estava tremendo. Mas não falou uma palavra.

— Em estado de choque — completou a outra mulher.

As dramáticas mudanças de luz faziam com que o vilarejo parecesse o cenário de um palco preparado para uma apresentação ao ar livre. Sonia se apressou. Ela queria ficar longe daquela casa e daquela história.

A meio caminho do hotel, o barulho de cascos de cavalo veio de uma estreita travessa. Ecoava nas fachadas, como se uma brigada de cavaleiros atravessasse Val Grisch a galope. Sonia parou no cruzamento e espiou da esquina.

Era a carruagem azul do hotel. Um pouco rápida demais para a estreita rua. Curdin, que ela sempre costumava cumprimentar, estava sentado na boléia e olhava para a frente concentrado.

Sob o teto da carruagem ela reconheceu Barbara Peters dando gargalhadas. E, também ele rindo a plenos pulmões, Il Senatore.

No saguão do hotel ela estava sendo esperada por Manuel. Ele, que até então sempre fora da opinião que sua profissão já era exercício suficiente, fizera questão de poder acompanhá-la em sua caminhada, na tarde livre que eles tinham em comum.

Ele estava vestindo uma bermuda nova de caminhada que ia até o joelho. Saindo de um par de sapatos de trilha também não muito usados, se destacavam suas panturrilhas nuas, depiladas.

— Pelo menos, sem meias de caminhada — comentou Sonia.

— Eu posso desenrolá-las se ficar com frio — ele explicou e demonstrou.

— E o que você tem na mochila?

— Capa de chuva, pulôver, algo para beber, algumas provisões, ataduras, tudo que a gente precisa. Meias extras.

— Meias extras.

— Eu odeio pés molhados.

— Os sapatos parecem impermeáveis.

— Caso a gente tenha que atravessar algum riacho.

— Então poderemos construir pontes de corda. Você tem uma corda?

Ele ficou sem ação por um segundo, então mostrou a larga lacuna entre seus dentes dianteiros.

Na entrada de carros, a família Häusermann se preparava para o seu passeio, todos com *mountain bikes* alugadas na loja de esportes. Bango dançava excitado em volta deles.

Quando o *spaniel* viu Sonia, correu até ela e a cumprimentou. Manuel, ele ignorou. Quando este se curvou e quis lhe fazer um afago, ele levantou os beiços e rosnou.

— Eu faço mais o tipo de gatos — sorriu Manuel sem graça.

Gian Sprecher tinha então, afinal, aparado o capim do campo ao lado da casa. Ou o tempo firmava e a grama secaria até que ele pudesse chamar a pessoa que as imprensava nas bolas, ou o tempo não firmava e ele teria que pedir emprestado a alguém um secador de feno.

Ele levou o cortador de grama até o armazém, sentou-se por um momento para tomar fôlego no banco que ficava na frente do estábulo e olhou para o vilarejo lá embaixo.

Diante do Gamander havia um pequeno aglomerado

de pessoas. Ele se levantou e tirou o binóculo do gancho.

Alguns minutos depois, ele estava diante do velho telefone de parede da cozinha. Colocara seus óculos de metal redondos, que lhe davam uma aparência estranhamente intelectual, e leu um número anotado em um porta-copo.

Considerando o seu excesso de peso e seus trinta cigarros, Manuel estava impressionantemente em boa forma. Durante a primeira meia hora, caminhou atrás dela e depois a ultrapassou com a explicação de que, em seu próprio ritmo, não se cansaria tão rápido. Desde então ele caminhava à frente, olhava para trás às vezes procurando por ela e esperava vez por outra até que ela o alcançasse.

Agora ela já o perdera de vista há algum tempo. Mas quando chegou ao seu banco, ele estava sentado lá, tinha estendido sobre o assento um guardanapo de papel com uma salsicha cortada em cima. Estava enchendo dois copos de papel com um líquido amarelo de um cantil.

— A cada hora, dez minutos de intervalo, foi assim que eu aprendi — ele exclamou.

Sonia parou ao lado do banco.

— Obrigada, eu não estou com fome.

— Então beba um gole. É suco de maçã, e não cerveja.

Ele lhe estendeu o copo. Ela o pegou e bebeu em pé.

— Você não quer se sentar?

— Eu não consigo fazer piquenique neste banco. — Sonia lhe contou sobre a sua experiência.

— Você entende? Foi uma experiência mística.

Seria como se eu fizesse piquenique num banco de igreja.

— Você é religiosa?

Sonia pensou.

— Eu gostaria de ser.

— Está no caminho certo. Você já tem visões. Como uma santa.

Manuel começou a guardar as coisas em sua mochilinha.

— Não foi uma visão. Eu não vi nada que não exista. Só vi uma coisa que as outras pessoas não conseguem ver.

Durante um trecho, o caminho era largo o suficiente para que eles pudessem caminhar lado a lado.

— De qualquer forma, eu acredito no mal. Eu o encontrei.

— O mal é uma convenção, como o bem. As pessoas chegam a um acordo. Sacrificar pessoas era bom. Comer pessoas era bom. Torturar e matar pessoas na roda era bom. Bombardear pessoas é bom. Explodir pessoas é bom. Depende.

Sonia caminhou um tempo calada ao lado dele, até que disse:

— Eu acho que existe também o mal absoluto que não depende de interpretações. O mal como poder.

Como ele não se manifestou, ela acrescentou:

— Conseqüentemente, existe também o bem como poder.

— Estou falando: religiosa.

O caminho ficou mais estreito, obrigando-os a

caminhar um atrás do outro. Sonia deu-lhe a dianteira.

— Às vezes eu acho que não foi ninguém do vilarejo.

Ela pensou que ele não a tivesse ouvido e decidiu, nesse caso, não repetir o comentário.

Mas então ele perguntou:

— Quem então?

Sonia riu encabulada.

— Às vezes todas as coisas me parecem tão estranhas. Você nunca tem isso? Você está sentado em um lugar e de repente tudo se modifica. As coisas mais familiares se tornam repentinamente desconhecidas e ameaçadoras. E então você tem a sensação de que existe uma outra coisa ali, uma outra presença. Você conhece isso?

— Não.

— Foi exatamente essa sensação que me tomou aqui em cima. Só que ela não vai mais embora. A sra. Felix, o fícus, os bastões luminosos, Pavarotti, os sinos, Bango, a morte de Bazzell, as cruzes, o Senatore e Barbara, os hóspedes, os moradores do vilarejo, a neve, Seraina. Tudo cada vez mais estranho, tudo cada vez mais desconhecido, tudo cada vez mais ameaçador.

O caminho subia em uma serpentina estreita. À beira da escarpa cresciam rosas-dos-alpes. Alguém tinha arrancado a maioria das suas flores há não muito tempo.

Manuel caminhava à frente dela a passos regulares de guia de montanha. Ele não disse nada quando ela terminou. Uma hora ela ficou para trás só para poder ver o seu rosto quando ele virasse em uma das estreitas curvas. Sua suspeita de que ele sorria em silêncio não se confirmara. Sua expressão estava séria e interessada.

— Eu gosto muito de você, Sonia — disse ele do nada.

— O que é isso? Uma declaração de amor?

Ele continuou sério.

— Eu só quero que você saiba.

— Eu também gosto de você.

Eles tinham chegado ao limite da floresta. O céu estava limpo de nuvens a oeste. Mas do leste vinha rolando um novo chumaço de névoa.

— No começo, eu não gostava de você, para ser sincero.

— Ah, é? E por que não? — perguntou Sonia surpresa.

Ela adivinhou um suposto levantar de ombros.

— Preconceito. Uma reingressante de um círculo melhor, essas coisas.

— De onde você soube essas coisas?

— Dela.

— Barbara Peters me anunciou como reingressante de um círculo melhor?

Ele chegara a uma barreira de gado e a atravessou pela estreita passagem de pedestres.

— Talvez eu também tenha simplesmente concluído a partir dos comentários dela.

O caminho se tornara largo de novo e Sonia se juntou a ele.

— Mas você disfarçou bem que não gostava de mim.

Ele tinha os olhos grudados no caminho à sua frente.

— Isso a gente aprende em nossa profissão.

— Eu nunca consegui completamente.

Manuel parou e a encarou.

— Talvez você nunca tenha sido obrigada a aprender.

— O que você quer dizer?

— Bonita e com um certo dinheiro no bolso.

— É assim que você me vê?

— No começo.

— E agora?

— Como já disse: agora eu gosto de você.

Uma nuvem apressada da frente fria apagou o sol. Sonia sugeriu, na próxima encruzilhada, tomar o caminho de volta para o vilarejo.

— Ah, um pouco de chuva não faz mal a ninguém — objetou Manuel.

— A chuva, não. Mas o raio, sim.

— Também medo de raios.

— Também de raios — confirmou Sonia.

Em confirmação, ouviu-se a leste um longo trovão.

Val Grisch estava lá, como que encolhida diante da tempestade vindoura. Lá embaixo, um trator se movia em direção a uma fazenda como um inseto em fuga. Um pouco mais perto, à margem da floresta que ficava entre eles e o seu ponto de chegada, estava um vulto, um caminhante talvez, ou um fazendeiro. Então ele se moveu e logo desapareceu entre as árvores.

A inclinação os obrigou a uma caminhada mais rápida.

— A descida sempre foi a pior parte, desde os passeios de escola — praguejou Manuel. — A gente passava a subida inteira se alegrando pela descida, e então os joelhos doíam, e nós batíamos os dedos do pé dentro dos sapatos até sangrarem.

Em algum lugar na confusão das nuvens de chuva, uma salva de raios brilhou. O trovão ainda demorou um bom tempo.

O caminho foi cortado por uma cerca elétrica. Ela tinha um gancho com um puxador. Manuel o abriu e fechou-o de novo atrás de si. Em uma estaca da cerca, à margem do caminho, estava pendurada uma bateria que fazia ouvir seu pérfido tique-taque a intervalos regulares.

Sonia sentiu os primeiros pingos.

Os pinheiros acima de cujas pontas eles ainda há pouco podiam ver o vilarejo estavam agora diante deles, altos e esbeltos. Mais vinte, trinta metros, e teriam alcançado os dois primeiros. Eles ficavam à direita e à esquerda do caminho, e seus pesados galhos formavam um arco, como na entrada de uma floresta de contos de fadas.

O vento, que eles até então só haviam sentido, era agora audível. Ele sussurrava nas folhas dos pinheiros, como se quisesse apressá-las.

A floresta se tornou mais densa. À beira da escarpa acima deles havia árvores novas. Embaixo de suas crinolinas verdes, os magros troncos se perdiam em uma escuridão misteriosa.

Eles caminhavam mudos um atrás do outro, ambos concentrados no caminho acidentado.

Sonia quase deu uma trombada em Manuel. Ele tinha parado de repente, como um animal que fareja perigo.

Bem à frente, no lusco-fusco verde-escuro da floresta,

um vulto estava de pé, olhando imóvel em sua direção.

— Ele está esperando por nós — Sonia sussurrou.

Lentamente, Manuel se pôs de novo em movimento.

E ele foi o primeiro a reconhecê-lo.

— O cozinheiro do Steinbock — disse ele, e acelerou o passo.

Sonia não partilhava de seu alívio. Apenas hesitante ela o seguiu.

A chuva ainda podia ser mais ouvida do que sentida embaixo dos pinheiros. Só nos lugares onde o vento ou as serras elétricas haviam aberto uma clareira na floresta, a grama começou a brilhar úmida.

Peder Bezzola os aguardava com o rosto petrificado.

— Não é um bom dia para caminhadas — disse Manuel como cumprimento.

Bezzola não respondeu. Estava parado de pernas abertas no meio do caminho estreito. À sua esquerda, a escarpa se inclinava, à sua direita, ela caía abrupta e rochosa até a continuação da trilha.

Sonia chegou até os dois e fez um aceno de cabeça para Bezzola. A seu cumprimento ele respondeu. Mas apenas com um curto movimento de cabeça.

Sonia tentou se lembrar de algum caminho de fuga sem ter que olhar à sua volta.

Bezzola não fazia menção de deixá-los passar.

— Você poderia por favor abrir espaço? — disse Manuel. — Como você vê, está chovendo.

Bezzola o ignorou. Mas então dirigiu a palavra a Sonia.

— A-há. Dando um passeio com o Diabinho de Milão.

Sonia sentiu seu pulso na carótida. Ela quis responder alguma coisa, mas só conseguiu dar um sorriso forçado.

— Você poderia, por favor, nos deixar passar? — pediu Manuel, num tom grave perigosamente amável.

Bezzola apertou a brasa do seu cigarro e pisou nele. A bituca ele jogou escarpa abaixo. Então cruzou os braços.

— Ei! Eu estou falando com você — disse Manuel alto e claramente, como se falasse com uma pessoa com problemas auditivos.

O cozinheiro continuou falando com Sonia, como se Manuel não estivesse ali.

— E o cachorrinho vestido não pôde vir junto, coitadinho? Ele como certeza também ia gostar de fazer um passeio com o Diabinho. Com seu chapeuzinho de caçador engraçado.

— Deixe a gente passar imediatamente! — Manuel lhe deu um empurrão.

— Ah, você não sabe? — Bezzola ainda se dirigia diretamente a Sonia. — O Diabinho foi visto enquanto enfiava o cachorrinho vestido no porta-malas.

Ele olhou para Sonia com o olhar encorajador de um professor que sabe que sua aluna tem a resposta certa na ponta da língua.

Sonia tinha memorizado uma imagem, sem perceber o que havia de errado com ela: Bango rosnando para Manuel quando ele quis agradá-lo. De repente, ela congelou.

Manuel empinou o ombro esquerdo e forçou a passagem por Bezzola.

Talvez ele tenha escorregado, talvez Bezzola tenha ajudado um pouco. De qualquer forma, Manuel caiu um trecho da escarpa abaixo, conseguiu se agarrar no tapete de mirtilos, ficou pendurado um momento sobre o topo de um rochedo, até que as raízes das plantas cederam fazendo um barulho alto. Ele caiu escarpa abaixo com um grito de *"shit!"*.

Peder saiu correndo, Sonia o seguiu.

Manuel estava caído no caminho, gemendo, quando eles chegaram. Ele sangrava em um grande arranhão do lado direito do rosto. Estava de costas, com o braço esquerdo estranhamente retorcido embaixo da cabeça e as pernas cruzadas, como se relaxasse em uma cadeira de praia. Suas coxas estavam lado a lado, mas a panturrilha esquerda descansava acima da direita. Atrás do joelho havia um novo ângulo, como uma nova articulação, que inchou rapidamente e se tingiu de vermelho-azulado.

RRSP, Sonia aprendera durante sua formação. Ele responde? Respira? Sangra? Tem pulso?

— Manuel?

— Merda — ele gemeu.

— Você consegue mexer as mãos? — ela viu como os seus dedos agarravam algo invisível. — Os dedos dos pés?

— Eu acho que sim — ele cochichou.

— Nenhum formigamento? Você sente tudo?

— Mais do que tudo.

Atrás de si, ela ouviu Bezzola telefonando em reto-romano.

— O que dói mais?

— O ombro esquerdo.

— Você quer tentar mudar de posição?

— Não.

Ela segurou o pulso direito dele para medir os batimentos cardíacos e sentiu um estalo. Ele deu um berro. Com cuidado, colocou a mão de volta no chão.

Bezzola tinha terminado sua conversa.

— Lá embaixo, à margem da floresta, há um lugar onde se pode pousar. Eu vou descer e esperar pelo helicóptero. Você tem um celular? Caso seja necessário. — Ele deu a ela o seu número e partiu.

Sobre a escarpa rochosa por onde Manuel caíra não havia árvores. Sem empecilhos, a chuva caía em cima deles.

— Na bolsa de fora da minha mochila tem uma pelerine. Talvez você consiga tirá-la sem me mover.

Sonia levou minutos até conseguir pegar com todo cuidado a capa de chuva cor de laranja sob Manuel. Ela se agachou ao lado dele e a estendeu sobre os dois. Durante um tempo, eles ficaram sentados à luz avermelhada de sua pequena barraca, ouvindo a chuva que tamborilava sobre o tecido sintético.

Manuel fechou os olhos.

— O que ele disse é verdade. Eu sou o Diabo de Milão.

Sonia tinha tentado expulsar aquele tema de seu consciente. E agora também fingia que não o tinha ouvido.

— Fui eu. Eu sinto muito, mas é verdade. Fui eu.

Sonia continuava calada.

— Eu queria te dizer. Hoje. Por isso eu quis vir junto.

— E por que você não disse?

— A chuva. Começou a chover e você queria voltar. Eu ia te dizer. Juro. — A dor e o esforço da confissão causavam sulcos profundos em seu rosto redondo e liso.

Sonia sentiu que era invadida por uma grande indiferença. Era como se ela estivesse muito longe daquela pessoa com quem estava encolhida embaixo de uma pelerine de dois metros quadrados.

— Eu joguei ácido no fícus, convoquei Casutt para o turno do dia, afundei os bastões fluorescentes na piscina, desajustei o mecanismo dos sinos da igreja, vesti o Bango, virei a cruz.

— E Pavarotti? — Ela quis saber, mais para completar o quadro.

Ela sentiu que ele balançava a cabeça em afirmativa. O que ele disse depois, ela não ouviu. Mas viu a voz dele. Era uma coisa despedaçada, oleosamente iridescente, viscosa, que se movia rolando, em cuja superfície o barulho da chuva forjava uma estrutura.

Quando a imagem da voz desapareceu, só restando a da chuva, ela perguntou:

— E como ia continuar, o que ia acontecer com ela?

— Com quem?

— Barbara Peters. A sua Ursina.

Silêncio. E então, com o tom cauteloso do mensageiro de uma má notícia:

— Não se trata dela. Sempre se tratou de você, Sonia. Você é Ursina.

Sonia não entendeu.

— Eu sou Ursina?

— Mas nada iria lhe acontecer. Acabou. Missão cumprida.

Uma rajada de vento bateu nas copas molhadas das árvores, duplicando a cadência da chuva.

— Missão?

Manuel gemeu. De dor e pela sua lentidão em compreender.

— Frédéric — ele disse apenas.

Um gosto metálico surgiu na boca dela.

— De onde você conhece Frédéric?

— Da Waldweide. Eu trabalhei lá como fisioterapeuta.

A voz dele vinha de muito longe, e a dela, de mais longe ainda. Ela se ouviu perguntando:

— Por quê?

— Ele queria acabar com você, foram suas palavras. Como você fez com ele.

— E por que você topou?

Ela ouviu como ele puxou o ar de dor.

— Eu tive pena dele.

— Pena? Frédéric?

— Você já trabalhou na psiquiatria? Com o tempo, você só consegue distinguir os funcionários e os pacientes pelas roupas. Médicos com cabelos desgrenhados que conversam consigo mesmos, enfermeiros que falam o tempo todo sozinhos, enfermeiras do turno da noite com medo do escuro, psiquiatras que roubam os pacientes. É um alívio quando conhecemos uma pessoa normal.

— Que acabou de tentar matar sua mulher divorciada.

Mais uma vez, Manuel esperou que uma onda de dor passasse.

— Ele me contou a versão dele. Eu o compreendi. Na época.

— A versão dele!

— Você o sacaneava sistematicamente desde o seu casamento. Não queria filhos. Não gostava dos amigos dele. Afundou a carreira dele. Você o fez de bobo diante da família dele. Diante dos colegas dele. Diante do mundo todo. Ele não queria matá-la. Só queria trazê-la à razão. Mas você o provocou. — Depois de se recuperar de um lancinante ataque de tosse, ele continuou: — E agora você ainda queria lhe dar o resto: hospício ou cadeia.

— E então — ela ouviu sua voz desconhecida dizer —, você decidiu ajudá-lo.

— Ele me convenceu. E a perspectiva de que eu assim poderia sair da Waldweide ajudou também.

Um pé-de-vento puxou a pelerine, e Sonia lutou um momento até tê-la de novo sob controle.

— A partir de quando você passou a gostar de mim?

— Já depois de alguns dias.

— E mesmo assim, você continuou.

Durante um tempo, só se ouviam a chuva e a respiração cautelosa de Manuel.

— Duzentos e oitenta mil. Eu nunca teria conseguido tanto dinheiro em toda minha vida. Pagável em sete parcelas. Após cada serviço, havia quarenta mil a mais em minha conta.

Sim, aquilo era bem de Frédéric. "Os argumentos

se tornam mais profundos", ele sempre dizia quando precisava dar um empurrãozinho com dinheiro.

— Dinheiro fácil — continuou Manuel. — O mais difícil foi fazer com que você encontrasse o livro de lendas de Frédéric.

A luz de um raio entrou pelo buraco da cabeça da pelerine iluminando por um segundo o interior do seu confessionário improvisado. O trovão seguiu-se quase imediatamente.

— E como você conseguiu o emprego?

— Eu me candidatei normalmente. Pouco depois de você.

Mais um raio, dessa vez um pouco mais fraco; seu trovão, um pouco mais distante.

— E como ele sabia? Eu não contei para ninguém.

Manuel deu um gemido.

— Espero que eles cheguem logo.

Não, não era verdade. Ela tinha contado para uma pessoa. E fez a pergunta cuja resposta não queria saber:

— Ele tinha contato com Malu?

— Ela o visitava com freqüência.

De repente, Sonia não conseguia mais suportar a proximidade de Manuel. Ela se levantou e estendeu a pelerine sobre ele como se fosse um daqueles cadáveres da polícia.

A alguns passos de distância, esperou embaixo da chuva torrencial, tremendo de frio e chorando, até que acima dela soou o barulho da hélice do helicóptero de resgate.

Quando passaram por ela, carregando-o, ela caminhou um trecho ao lado da maca.

— E por que a segunda cruz? — Gritou para superar o barulho do helicóptero.

— Não fui eu — ele gritou de volta.

aqui chove e chove e chove
...
ei, sonia, onde você está?
o seu celular não foi roubado não e
foi
vocês inventaram isso para eu não me perguntar de onde a maman sabia onde eu estou
não entendi
desista, malu, manuel deu com a língua nos dentes
...
por que, malu?
...
por que, malu?
solitária e sem grana
quanto ele pagou?
pouco demais
...
sinto muito de verdade
...

Uma de suas maiores crises no casamento, Sonia vivera na Namíbia. Frédéric a atraíra para lá com duas semanas de safári. Ela nunca estivera na África antes e ficara feliz. Comprou uma câmera quase profissional e todos os manuais sobre animais e plantas que pôde encontrar.

Somente quando eles passaram pelo portão enfeitado com chifres do Bushman's Hunting Lodge, ela percebeu que

Frédéric não tinha reservado um safári de fotos. Eles estavam em uma daquelas gigantescas fazendas de caça cercadas, sobre as quais ela lera nos guias. Os hóspedes caçadores eram levados em posição de tiro até as manadas de órix, zebras, gnus ou cabras-de-leque, e no jantar havia *fondue* de carne com carnes selvagens sortidas.

Frédéric lhe confessara seis meses antes que tinha uma patente de caçador de muito tempo atrás. Ela recebeu a novidade com a indiferença que já se instalara nela naquela época em relação a ele. Mas ele tomou sua reação como uma demonstração de abertura em relação à caça esportiva.

Ela nem mesmo desfez sua mala e, já no dia seguinte, pousou como única passageira de um pequeno avião na pista acidentada cheia de arbustos do Waterbuck Lodge, um pequeno parque com doze bangalôs de luxo. Passou os dias observando do terraço os animais bebendo em um buraco natural de água. Com dificuldade e com as pernas da frente esticadas, as girafas; apressadas e nervosas, as cabras-de-leque; aborrecidos e *blasés*, os leões.

No hotel havia uma fonte de água quente que deveria se tornar o núcleo da planejada área de bem-estar. Na despedida, os donos, com os quais ela fizera amizade, disseram:

— Se você algum dia não souber mais para onde ir, no Waterbuck Lodge nós logo teremos lugar para uma boa fisioterapeuta.

Agora chegara o momento em que ela não sabia mais para onde ir.

Estava deitada na cama em seu quarto e olhava pela última vez o teto inclinado acima de si.

Tinha se recusado a entrar no helicóptero. Peder Bezzola a levara de volta para o hotel. No caminho, ele lhe contou que Gian Sprecher havia lhe dito que vira o massagista com o cachorro fantasiado. Quando Sprecher lhe telefonara naquele dia dizendo que Sonia e o massagista tinham saído para uma caminhada, ele fora atrás deles. Queria fazer o massagista falar. Pela memória de Reto Bazzell.

No hotel, eles ligaram para o médico do vilarejo. Ele lhe receitou um banho quente e um grogue, e lhe deu alguma coisa para relaxar. Ela não perguntara o quê.

Mas ia se informar. Aquele negócio era bom. Não a deixava anestesiada nem apática. Tudo estava lá bem delineado — a traição, a intriga, o ódio, o medo, a decepção, a dor-de-cotovelo —, mas não a atingia. Ela conseguia pensar em tudo como se fosse o destino de outra pessoa.

E como o destino de outra pessoa, ela conseguiu tirar aquilo de sua cabeça, apagar a luz e deixar-se embalar num sono pela chuva.

Naquela noite, o índice pluviométrico em todo lugar chegou a marcas recordes. Um sistema de baixa pressão passara pelo país inteiro vindo da margem norte dos Alpes, e uma massa de ar úmido se encaminhava da Alemanha e da Áustria para o norte do cantão dos Grisões. Em algumas regiões, a quantidade de chuva das últimas 24 horas tinha sido quase a metade de toda a quantidade do mês de junho.

Sonia acordou cedo. Ficou deitada com os olhos fechados até saber como estava se sentindo.

Era como se todos os seus sentimentos estivessem encapsulados em um frágil casulo. Se ela não fizesse movimentos bruscos, talvez eles ficassem lá.

Ainda antes das sete, alguém bateu timidamente à porta. Sonia vestiu seu quimono.

— Pois não? — ela perguntou com a porta fechada.

— Sou eu, a sra. Felix.

Sonia levou um susto.

— O que a senhora quer?

— A sra. Peters me mandou.

Sonia abriu. Lá estava a sra. Felix em seu avental branco. Ela sorriu sem graça e tirou os óculos. O gesto teve algo de tão desarmado que Sonia a deixou entrar.

— Ela mandou dizer que você deve descansar. Eu vou fazer o seu trabalho. — E acrescentou: — Com prazer.

Ela ficou parada, hesitante, e levantou os olhos na direção de Sonia. Sem a distorção causada pelas lentes dos óculos, seus olhos pareciam os de uma mulher mais velha, nem tão antipática assim.

— Oito fraturas — ela disse. — O hospital telefonou. Mas nenhuma lesão interna.

Sonia ouviu o boletim médico com um levantar de ombros. A sra. Felix continuou em pé ali.

— Eu queria me desculpar. Fui injusta com você. — Ela estendeu a mão, Sonia a apertou.

— Ao que tudo indica, eu também fui com você — ela respondeu, e lhe abriu a porta.

A sra. Felix ainda hesitava.

— E se você estiver se sentindo melhor esta tarde, ela gostaria de convidá-la para um chá. No apartamento dela. Às quatro horas.

Sonia voltou a se deitar na cama e tentou não danificar o seu casulo de sentimentos. Seu despertador mostrava oito horas quando uma batida na porta a acordou.

— *Room service* — disse uma voz masculina.

Era Bob. Ele trazia uma bandeja com o café-da-manhã e fez uma cara de culpado.

— Sinto muito pelo que lhe aconteceu — ele disse.

— Há coisas piores — ela respondeu, pegou a bandeja de sua mão e fechou a porta no seu nariz. Amigável, mas determinada. Somente quando ela colocou café em sua xícara percebeu que era um café-da-manhã para dois. Deitou-se com a bandeja na cama e ligou a televisão. Em algumas regiões do Mediterrâneo tinham dado o alarme de enchentes. Os meteorologistas contavam com mais chuvas.

Quando acordou, havia alguma coisa sobre a sua barriga.

Ela deu um berro e um pulo. A coisa caiu no chão com um barulho de louça.

Com o coração aos pulos, juntou os cacos do café-da-manhã. Aconteceu: ela tinha feito o movimento brusco e o casulo havia se quebrado. Tudo o que tinha guardado para mais tarde estava de repente lá, com todo o seu realismo. Ela tirou suas malas e a bagagem de mão de cima do armário e começou a arrumá-las.

Das nuvens pendiam escuros véus de chuva até a terra. As manchas de água nas fachadas desbotavam os esgrafitos. As verduras se afogavam nas hortas e o Flümella, o ribeirão do vilarejo, que durante os verões normais quase não tinha água, transbordara abaixo do morro porque havia pedaços de madeira impedindo o seu fluxo.

Os poucos voluntários dos bombeiros que trabalhavam durante o dia no vilarejo ou em suas fazendas estavam cuidando disso. Alguns outros protegiam com sacos de areia as duas, três janelas dos porões notoriamente alagados ao longo da estrada do vilarejo.

Anna Bruhin estava na porta da loja esperando que alguma coisa acontecesse. Qualquer coisa que acabasse com aquela monotonia.

A parelha de cavalos passou batendo os cascos. Curdin lhe fez um aceno mal-humorado, ela acenou de volta. Sob o teto estava o homem grisalho que parecia indiano. Certamente queria pegar o carro do correio das duas e meia. Uma vez ele quisera comprar em sua loja a revista *Spiegel,* e ela, burra, não tinha nenhuma. Para a semana seguinte, tinha encomendado uma, agora que ele estava indo embora. Vamos ver se dessa vez mais algum hóspede ia chegar de novo.

sonia, eu preciso falar com você
eu não
é importante de verdade
de verdade rs rs

Logo depois, o celular de Sonia tocou. Estava escrito "Malu" no *display*. Sonia desligou o aparelho.

Ela tinha feito as malas, só tinham sobrado os sapatos de trilha, molhados e sujos. No início, ela queria deixá-los lá. Mas então os colocou em uma sacola. Para a Namíbia.

Ainda eram só duas e meia. Mais uma hora e meia até o chá no apartamento de Barbara. Como se ela estivesse com alguma vontade de tomar chá com aquela vaca. Tudo o que queria era informá-la de que ela, agora, imediatamente, no mesmo instante estava pedindo demissão e partindo com o próximo carro do correio. Para isso, não precisava de chá com bolo. Para isso, bastavam três minutos.

Ela ligou a televisão. Ainda chuvas ininterruptas em todo lugar. No eixo norte-sul foram anunciadas as primeiras interrupções nas estradas. Trechos danificados por deslizamentos de terra, ruas alagadas.

Ela zapeou pelos *talk-shows,* e novelas da tarde e voltou a desligar o aparelho.

E se lá as estradas também fossem interrompidas? Pontes levadas pelas águas, ruas bloqueadas, desfiladeiros cobertos de neve.

A idéia de sentir isolada e obrigada pela natureza a ficar ainda mais tempo naquele quarto, naquele vilarejo, naquela comunidade e naquela situação era insuportável para ela.

Ela não podia esperar até as quatro. Tinha que sair de lá. Naquele instante.

Antes que pudesse tocar a campainha, a porta se abriu e uma das camareiras albanesas saiu.

— A sra. Peters está lá em cima? — perguntou Sonia.

A moça balançou a cabeça.

— Sim, sra. Peters.

Sonia subiu as escadas. As portas do banheiro, cozinha e do quarto no primeiro patamar estavam fechadas. Só a porta que dava para a segunda escada em caracol estava meio aberta.

No quarto redondo da torre não havia ninguém à vista. Bango também não a cumprimentou.

— Olá? Barbara? — Ela chamou.

Sem resposta.

Com certeza a albanesa tinha entendido mal sua pergunta. Talvez se a sra. Peters morasse lá.

Ela deu meia-volta e ia descer a escada de volta, quando ouviu a fechadura virar e em seguida passos na escada de baixo. "Barbara, eu já estou aqui em cima", ela ia dizer.

Mas alguma coisa a fez hesitar.

Os degraus baixos na escada eram de um verde-cobalto peculiar. Ao se aproximarem, eles assumiram um contorno embaçado. Um cintilo. Uma névoa colorida. Um círculo de vapor.

O coração dela parou. Ela procurou desesperada um esconderijo, descobriu a porta para a ameia, abriu-a sem fazer barulho e saiu.

A superfície por onde se podia caminhar tinha aproximadamente cinqüenta centímetros de largura, e o chão era coberto com lajotas vitrificadas que estavam escorregadias devido à chuva contínua. O parapeito tinha no máximo um metro de altura e estava cheio de falhas. A construção inteira estava inclinada, Sonia vira lá de baixo com calafrios. Mas aquilo de que ela fugia lhe dava mais medo.

Ela foi tateando agachada até a janela que ficava mais distante da porta e espiou para dentro da sala.

Ele tinha emagrecido. Seu rosto, que mesmo em seu último encontro catastrófico ainda tinha os traços suaves de muitos almoços de negócios, agora estava seco. Os olhos estavam fundos e, acima da barba de três dias, os ossos da bochecha se destacavam.

O que mais o transformara era a cor de seu rosto: ele estava pálido. Ele, que até mesmo para a negociação do divórcio aparecera bronzeado. Ele, que, onde quer que eles tivessem morado, tinha sempre um aparelho de bronzear e que, na dúvida quanto à escolha de um hotel, preferia renunciar a uma estrela a não ter a uma sala de bronzeamento.

Ele vestia um conjunto esportivo azul de um tamanho grande demais, com três listras brancas. E trazia consigo uma mala de ferramentas que parecia carregar com esforço.

Olhou à sua volta e foi direto à janela dela. Como se a tivesse visto.

Ela se abaixou. Um pedaço da calha do telhado de bronze havia se soltado, e a água da chuva caía intermitentemente, às vezes barulhenta sobre a ameia, às vezes silenciosa sobre o parapeito.

Quando ela teve coragem de espiar de novo para dentro da sala, ele estava ocupado com sua mala.

Cinco pequenos recipientes de plástico com um líquido transparente estavam sobre o tapete. Ele usava luvas descartáveis, tinha uma chave de fenda na mão, e estava ocupado em conectar o componente eletrônico de um dos recipientes a um fino cabo. Estava com a ponta da língua apertada entre os lábios e com a expressão entusiasmada que ela já conhecia de quando ele trabalhava em seu aparelho de som de última geração ou quando arrumava seus equipamentos para mais um curso especial como major da artilharia naquele uniforme ridículo do qual tinha tanto orgulho.

O recipiente estava agora conectado. Ele o levou até uma das janelas e o escondeu atrás da cortina de seda. Então desenrolou o cabo e o levou escondido sob as franjas dos tapetes e os móveis até a mala.

Como que paralisada, Sonia ficou observando como Frédéric preparava seu atentado. Ele o fazia com a mesma meticulosidade com que organizava um pique-nique, enfiava as malas das férias no porta-malas ou enfeitava a tradicional árvore de Natal da Maman.

E à qual ela não tinha nada a contrapor, a não ser um desleixo crescente que na verdade não refletia a sua natureza.

Ele escondeu todos os cinco recipientes na sala e começou a trabalhar em um pacote enrolado em fita adesiva preta. Nele também havia componentes que pareciam eletrônicos. Ligou-os às pontas dos cabos que chegavam a ele de todas as direções.

Tirou um pequeno objeto amarelo de dentro da mala e o prendeu com um elástico ao pacote.

Era um celular. Dois pequenos cabos entravam dentro dele. Frédéric os conectou à parte eletrônica do pacote. Tudo com movimentos pausados, precisos e estudados. Era o celular desaparecido de Malu.

Ele admirou sua obra.

Sonia tinha que ter previsto o que viria a seguir: ele procurava, num reflexo, alguém à sua volta que pudesse elogiá-lo pelo seu trabalho.

Ela não teve tempo de se abaixar, e ele olhou diretamente nos seus olhos.

Durante um instante, ele manteve olhos nos olhos. Então sorriu, levantou-se e se dirigiu à porta que dava para a ameia.

Ela viu quando ele saiu. Quando parou. Quando tomou sua decisão.

Ele fechou a porta atrás de si e só podia ser visto da cintura para cima. Então se abaixou para que ela não o visse passar pelas janelas.

Frédéric sempre se gabou de seus instintos. Decidir com o coração e manter-se fiel à sua decisão, este era o seu lema.

Será que estava rastejando para a direita ou para a esquerda?

Durante todo o seu casamento, Sonia pôde ter certeza de que ele sempre faria o oposto do que ela faria.

Ela viria pela direita, portanto, ele vinha pela esquerda.

Ela se levantou e correu na mesma direção. O mais rápido que pôde, antes que ele percebesse que não corria para seus braços.

Mas ele já tinha percebido. Antes que ela chegasse à porta, ele fez a curva correndo.

Ela conseguiu segurar a maçaneta, abriu a porta, pulou para dentro e conseguiu, por pouco, fechá-la e virar a chave.

E mais uma vez, as mesmas imagens: o vidro estilhaçado ao lado da maçaneta.

A mão se enfiando pelo buraco.

O corte profundo, ainda sem sangue, entre o polegar e o indicador.

A mão tateando em busca da chave da porta.

O corte que de repente começou a sangrar.

O fio de saliva nos cantos da boca.

As três palavras. Três triângulos afiados, brilhantes como aço: Eu. Mato. Você.

Mas desta vez ela conseguiu tirar a chave. Correu para a escada em caracol abaixo e fechou a porta atrás de si. A chave não estava mais do lado de dentro como ela tinha na lembrança. Ele devia tê-la colocado do lado de fora. Ela a virou na fechadura e voou pela segunda escada abaixo até o longo corredor labiríntico ao fim do qual ficava o seu quarto.

Sobre a cama, as malas arrumadas, sobre o chão, a sacola plástica com os sapatos de trilha sujos, sobre a escrivaninha, a sua bolsa, no cesto de lixo, jornais velhos, prospectos, um maço aberto de cigarros mentolados e garrafas plásticas de água vazias — um quarto de hotel pouco antes do fim de uma agradável estadia.

Sonia foi até o banheiro, apoiou-se com as duas

mãos na borda da pia e olhou ofegante para o espelho.

Os cabelos encharcados escorriam de sua cabeça como uma touca de banho, o conjunto de linho estava colado em seu corpo como um pedaço de pano, seu rosto estava contorcido como o do sr. Casutt. E os olhos: como os de um animal acossado.

Ela voltou para o quarto, tirou seu celular da bolsa e o ligou.

sonia, cuidado, ele fugiu

Ligou para o número de Malu.

O antigo número de Malu.

O estrondo abafado era liso e anguloso, como um cristalino. Era incolor e transparente. E lançou uma sombra verde-cobalto.

A fumaça mal podia ser distinguida das nuvens.

Sublime, lá estava o Gamander, um navio de guerra atingido em seu ancoradouro. A torre de Barbara Peters estava em chamas. Flamas se elevavam do esqueleto de seu telhado, e das suas janelas saía uma espessa fumaça.

Com os guarda-sóis coloridos do terraço, tinha sido construído, a uma distância segura do incêndio, um abrigo para as pessoas do hotel. Hóspedes e funcionários tinham jogado cobertores militares dos bombeiros sobre os ombros e olhavam para as chamas. Cada um mergulhado em seus pensamentos, como diante de uma lareira acesa.

Os bombeiros voluntários tinham transportado sua

única escada suspensa até lá e combatiam o fogo. Alguns homens estavam de pé nas ameias e nos balcões do entorno e ajudavam seus colegas com os extintores que tinham sido instalados em cada andar. Podiam-se ouvir os seus gritos e o ronco da bomba rotativa que puxava água do Flümella cheio para apagar o incêndio.

Vanni servia vinho quente e chá.

Barbara Peters estava de braços dados com o Senatore. Ambos assistiam ao espetáculo com uma apatia impressionante. Principalmente o Senatore parecia ansioso pelo fim do terceiro ato.

Os Häusermann conversavam a meia-voz com seus filhos excitados. Os Lanvin e os Lütger se solidarizavam entre si apesar da barreira da língua. E a sra. professora Kummer olhava para a srta. Seifert com reprovação, como se ela fosse a grande culpada pela catástrofe.

Sonia dividia um cobertor com Bob. Ele tinha passado o braço em torno dela e ela deixara.

Maman era a única vestida para sair. Capa de chuva, guarda-chuva, bolsa Hermès. Ela se aproximou de Sonia:

— Posso falar um momento a sós com você? — Ela parecia irritada. Esse incêndio não lhe era muito conveniente.

— Você vai ter a assinatura.

Maman recebeu a notícia com um rápido sorriso.

— Que bom! Mas tem mais uma coisa. Uma coisa pessoal.

Ela olhou para Bob em expectativa até que ele colocasse o cobertor sobre o ombro de Sonia e se afastasse um pouco.

— Eu preciso partir imediatamente. Recebi um telefonema. Frédé saiu ontem da clínica sem permissão. Era importante para mim que você soubesse. — Ela abriu a bolsa e tirou o requerimento. Também tinha uma caneta tinteiro. E até mesmo ofereceu suas costas para Sonia como apoio.

Sonia ficou olhando enquanto ela marchava decidida sobre seus saltos altos na direção do vilarejo. Pela primeira vez na vida, teve um pouco de pena dela.

Não se viam mais chamas, apenas fumaça saía do toco da torre e se misturava com as nuvens daquele junho chuvoso.

Barbara Peters fazia a ronda entre seus hóspedes como a anfitriã de um coquetel. Com a diferença de que eles, em vez de gentilezas, trocavam detalhes sobre os planos de evacuação.

— Uma hora mais tarde e seríamos pegas tomando chá — disse Sonia quando Barbara veio até ela.

Barbara olhou-a sem compreender.

— Ora, você tinha me convidado para um chá às quatro horas.

— Às quatro? Para um chá? Às quatro eu tinha um compromisso em Storta.

Uma hora depois, o fogo — certamente também com ajuda da chuva — tinha sido apagado. A polícia e os bombeiros oficiais, que naquele meio-tempo haviam chegado, liberaram o saguão do hotel para os hóspedes e funcionários enregelados. Após uma inspeção detalhada do local do incêndio, decidiriam se os hóspedes podiam desocupar seus quartos.

A cozinha improvisou um lanche, e logo surgiu entre os hóspedes e funcionários um clima abafado de festa. Eles contavam uns aos outros em que situação tinham vivido o alarme de incêndio e como reagiram a ele.

Um pouco distante da comoção estava a sra. Felix, como a menina que ninguém nunca tira para dançar. Quando Sonia se postou à sua frente, ela tirou os óculos de novo.

— Ele disse que era um amigo comum, seu e da sra. Peters. Ele era muito simpático. Disse que queria surpreendê-la — ela gaguejou.

Sonia estava tão bem, que conseguiu sorrir um pouco e responder:

— Ele conseguiu.

A evacuação não se deu naquela noite. O ribeirão montanhês que vinha de Val Tasna tinha destruído a estrada e o caminho de ferro entre Ardez e Scuol, e expulsado os moradores dos vilarejos do entorno. A entrada do Túnel Vereina estava bloqueada por deslizamentos de terra, e todos os desfiladeiros estavam intransitáveis. A Baixa Engadina estava isolada, e as acomodações de emergência de todo o vale estavam lotadas.

A polícia e os bombeiros reforçaram a segurança da parte incendiada do prédio, liberaram o resto do hotel e passaram a se ocupar de atividades mais urgentes. Hóspedes e funcionários ocuparam de novo os seus quartos. Só o da sra. professora Kummer tinha se tornado inabitável devido à água jogada para apagar o fogo.

Uma contagem das pessoas do hotel tinha demonstrado que ninguém faltava. Por isso, a polícia cedeu à pressão da dona do hotel e adiou para o dia seguinte a comunicação de que no local do incêndio fora encontrado o corpo de um homem.

Sonia acordou com o coração leve. O quarto estava mais amigável do que em outras manhãs. Mais claro, mais arejado.

Com cuidado, para que ele não acordasse, passou por cima de Bob e foi até a janela. Levantou a cortina e olhou para a claridade lá fora.

A chuva ainda caía de um céu cinza nebuloso. Mas a bétula diante de sua janela não escurecia mais o quarto.

Ela tinha perdido folhas durante a noite.

Agradecimentos

Agradeço ao dr. dr. h. mult. Albert Hofmann e à sua esposa Anita por uma tarde encantadora em sua casa e pelas explicações sobre questões da percepção e da realidade. Agradeço a Andrea Netscher de Jiménez pela introdução teórica esclarecedora ao mundo da fisioterapia e por suas agradáveis práticas na arte da massagem. Agradeço a Sabine Rolli pela revisão crítica do manuscrito quanto à sua credibilidade fisioterapêutica. Agradeço ao professor dr. Peter Brugger pelo seu tempo e pela permissão neuropsicológica concedida ao texto. Agradeço a Stephan Haag por sua explicação pacienciosa e pela detalhada documentação das questões jurídicas. Agradeço a Christoph Schmidt por suas rápidas respostas às minhas incertezas quanto a questões hoteleiras. Agradeço a Chasper Pult pela ajuda como especialista na Baixa Engadina e no seu dialeto, e peço que me desculpe pelo fato de eu ter eliminado a Reforma religiosa em sua pátria. Agradeço a Ursula Baumhauer pela sua preparação como sempre inspiradora. Agradeço à minha esposa Margrith Nay Suter pelo seu julgamento incorruptível e sua persistência estimulante.

E peço desculpas aos centros de turismo da Baixa Engadina pelo mau tempo.

Martin Suter

Este livro foi composto em Adobe Garamond
para a Editora Planeta do Brasil
em junho de 2008.